從廢主出宮至聲討爾朱氏

南北史演義

蔡東藩 著

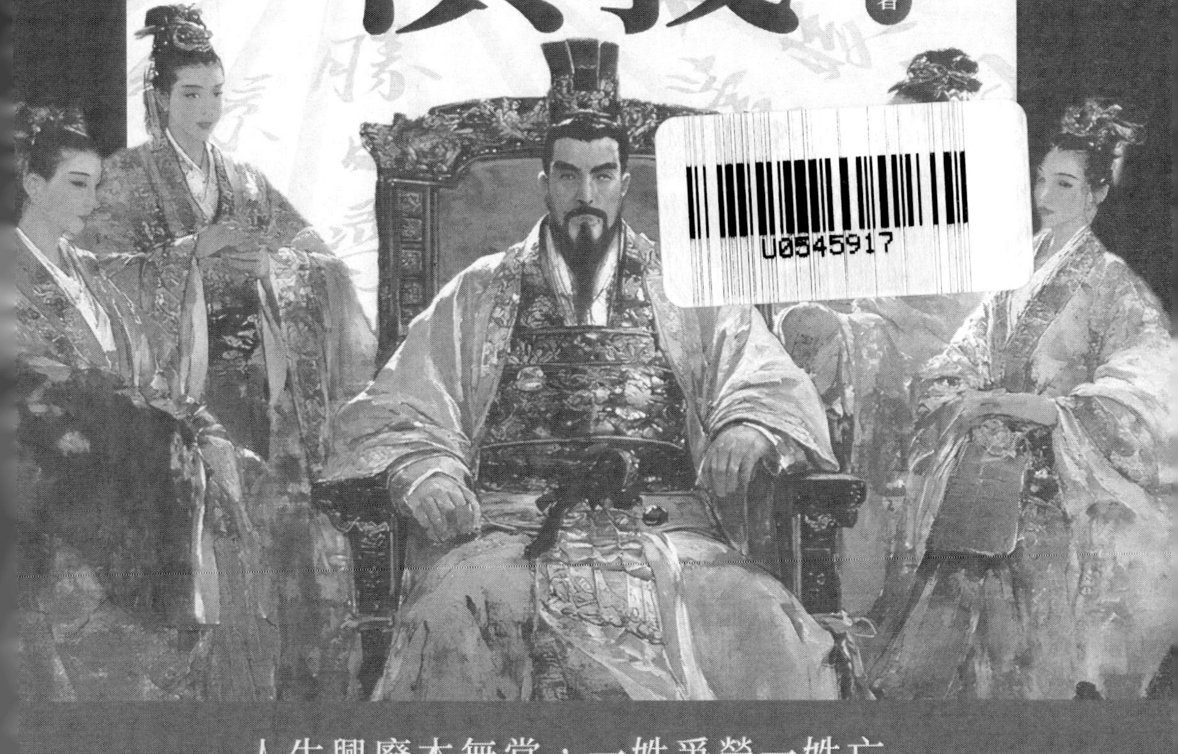

人生興廢本無常，一姓爭榮一姓亡
美人未必能傾國，禍水都從暗主招

南北對峙，各方勢力爭權奪利
內憂外患相交織，朝代更替如過往雲煙

目錄

第二十六回

篡宋祚廢主出宮　弒魏帝淫嫗專政

卻說蕭道成還鎮東府，命長子賾為江州刺史，次子嶷為中領軍，進尚書左僕射，王僧虔為尚書令，右僕射王延之為左僕射，柳世隆為右僕射，道成送還黃鉞，自加太尉，都督南、徐等十六州軍事，加衛將軍褚淵為中書監司空。召平西將軍黃回還至東府，留住外齋，即令寧朔將軍桓康，率數十人縛回，歷數回罪，一刀殺死。驃騎長史謝朏，素有清名，道成欲引為腹心，參贊大業，每夜召入與語，屏除侍從，但使二小兒捉燭，總道他有佐命良謨，造膝前陳，哪知朏坐了多時，並沒有說及心事。道成恐朏為難，取燭置案，再遣去二小兒，朏仍然無言。愚不可及。道成乃呼入左右，朏亦別去。太尉右長史王儉，窺知道成微意，密語道成道：「功高不賞，古今甚多，如公所處地位，難道可長居北面麼？」道成佯為呵止，面色卻微露歡容。儉又說道：「蒙公青睞，故言人所未言，奈何見拒！試想宋氏失德，非公何能安定；但恐人情澆薄，未能久持，公若再加延宕，人望且從此去了！不但大業永淪，連身家亦將難保呢！」道成始徐徐道：「卿言亦似有理。」儉複道：「公今日名位，不過一經常宰相，理應加禮同寅，微示變革。現在朝右大臣，唯褚公尚可與商，儉願為公先容。」教猱升木，不顧名義。道成道：「我當自往！」

越兩日親訪褚淵，說了許多閒文，方餂說道：「我夢應得大位。」淵支吾道：「目下一二年間，恐未便輕移，就使公有吉夢，亦未必應在旦夕，請公慎重為是！」道成乃出，還告王儉，儉答道：「這是褚公尚未曾達識哩。儉當為公設法！」遂倡議加道成太傅，假授黃鉞，使中書舍人虞整草詔。簡直是沒有宋主。道成親吏任遐道：「如此大事，應報褚公。」道成道：「褚公不從，奈何！」遐笑道：「褚彥回（係褚淵字）貪生怕死，並沒有奇材異能，怕他什麼！遐今往報，不患不從！」道成乃令遐告褚。褚淵前尚猶豫，經遐怵以利害，淵果無異詞。確是貪生怕死。

準欣然還報，便即繕詔頒發，假道成黃鉞，都督中外諸軍，加官太傅，領揚州牧，劍履上殿，入朝不趨，贊拜不名，餘官如故。道成上表佯辭，由侍臣奉詔敦勸，乃受黃鉞，辭殊禮。酷肖劉裕。召賾為領軍將軍，調嶷為江州刺史，令三子映為南兗州刺史，四子晃為豫州刺史。

已而宋主准立謝氏為皇后，十二歲即立皇后，未免太早，后係故光祿大夫謝莊女孫，即謝朏姪女。既已正位，覃恩慶賞，再申前命，加封道成，道成尚不肯受。越年正月，擢江州刺史蕭嶷，都督荊、湘等八州軍事，領荊州刺史，出左僕射王延之為江州刺史。道成又欲引用謝朏，令為左長史，嘗置酒召飲，與論魏晉故事，微言挑逗道：「昔石苞不早勸晉文(指司馬昭)，遲至奔喪，方才慟哭，若與馮異相較(馮異東漢人，曾向光武帝勸進)，究不得為知幾。」朏答道：「晉文世事魏室，所以終身北面，設使魏行唐、虞故事，亦當三讓鳴高。」

道成愀然不樂，改官朏為侍中，更用王儉為長史。儉格外效力，先申前命，請道成不必再辭。復擬加封公爵，初議封為梁公，員外郎崔祖思道：「讖書有云，金刀利刃齊刈之，今宜稱齊，乃應天命。」於是代為繕詔，進道成為相國，總掌百揆，封十郡為齊公，備九錫禮，所有官屬禮儀，並仿朝廷。道成三讓乃受，即命王儉為齊尚書右僕射，兼領吏部。

會宣城太守楊運長免職還家，道成遣人勒死運長。陵源令潘智與運長友善，為臨川王劉綽所深知。綽係故臨川王義慶孫，承襲舊封，自憂宋祚將移，遂遣親吏陳贊，向智代白道：「君係先帝舊人，我是宗室近屬，一旦權奸得志，勢難兩全，乘此招合內外，起圖保國，尚可挽回末運，免致淪胥！」智佯為允諾，遣歸陳贊，暗中卻報知道成。道成即遣兵捕綽，並綽兄弟親黨，悉數加誅。

嗣復毒死武陵王贊，召還雍州刺史張敬兒，令為護軍將軍。授蕭長懋為黃門侍郎，出官雍州刺史。長懋係道成孫，即賾長子，賾領南豫州刺史，為相國副。尋復進爵道成為齊王，增封十郡，得建天子旌旗，出警入蹕，冕十有二旒，乘金根車，駕六馬，備五時副車，樂舞八佾，設鍾虡宮懸。世子賾改稱太子，王女王孫爵命，一如舊儀。與劉裕篡晉時好似一幅印板文字。於是大事告成，好把那劉宋四世六十年的帝祚，輕輕奪來。

不到數日，便逼宋主准禪位，可憐十三歲的小皇帝，在位只三年，也要他下禪位詔。詔曰：

唯德動天，玉衡所以載序；窮神知化，億兆所以歸心。用能經緯乾坤，彌綸宇宙，闡揚鴻烈，大庇生民，晦往明來，積代同軌。前王踵武，世必由之。宋德湮微，昏毀相襲，景和騁悖於前，元徽肆虐於後。三光再霾，七廟將墜，璇極委馭，含識知泯。我文武之祚，眇焉如綴，靜唯此紊，夕惕疚心。相國齊王，天誕叡聖，河嶽炳靈，拯傾提危，澄氛靖亂，匡濟艱難，功均造物。宏謀霜照，祕算雲回，旌旆所臨，一麾必捷，英風所拂，無思不偃，表裡清夷，遐邇寧謐。既而光啟憲章，弘宣禮教，奸宄之類，睹隆威而革情，慕善之儔，仰徽猷而增厲，道邁於重華，勳超乎文命，蕩蕩乎無得而稱焉！是以辮髮左衽之酋，款關清吏，木衣卉服之長，航海來庭，豈唯蕭慎獻楛，越裳薦翬而已哉！故四奧載宅，六府克和，川陸效珍，禎祥麟集，卿煙玉露，旦夕揚藻，嘉穟芝英，晷刻呈茂。革運斯炳，代終彌亮，負扆握樞，允歸明哲，固已獄訟去宋，謳歌適齊。昔聖政既淪，水德締構，天之歷數，皎焉攸徵。朕雖寡昧，闇於大道，稽覽隆替，為日已久，敢忘列代遺則，人神至願乎？便遜位別宮，敬禪於齊，依唐、虞、魏、晉故事，俾眾周知！

這詔傳出，宋主准應即徙居。那陰鷙險狠的蕭道成，尚有一番做作，連上三表懇辭，所以宋主還得淹留一日。王公大臣，統向齊王府勸進，朝廷又連下詔書，促令受禪。內推外挽，統是一班狐群狗黨，巧為播弄，遂於次日行禪位禮。

宋主准本應臨軒，他卻畏縮得很，匿居佛蓋下。王敬則引兵入殿，令軍士舁著板輿，趨進宮中，脅主出宮。因宋主避匿，一時搜尋不著，惹得敬則動惱，大肆咆哮。太后等驚駭得很，只好自督內侍，四處找尋。既將幼主覓著，乃送交敬則，可憐幼主准鼻涕眼淚，迸做一堆，瞧著板輿，好似囚車一般，不肯坐入。當由敬則擁令升輿，驅使出殿。准收淚語敬則道：「今日要殺我否？」敬則道：「沒有此事，不過徙居別宮，官家先世取司馬家，也是這般！」報應顯然。准復泣下，自作恨聲道：「願後身世世勿復生天王家！」帝王末路，多半如此，人生何苦想作皇帝！宮中自太后以下，無不哭送。

准復拍敬則手道：「如無他慮，願餉公十萬錢！」敬則不答，及出至朝堂，百官均已候著，獨侍中謝朏，入直閤中，並未出來。當由詔使趨呼道：「侍中應解璽綬授齊王！」朏答道：「齊自應有侍中，何必使我！」說著，引枕自臥。詔使不禁著忙，便問道：「侍中是否有疾？我當走報。」朏又道：「我有什麼疾病，不勞誑言！」詔使無法，只好自去。朏竟步出東掖門，登車還宅。

齊僕射王儉代為侍中，趨至宋主身旁，解去璽綬。敬則遂令宋主改乘畫輪車，出東掖門，就居東邸，靜待新皇命令。光祿大夫王琨，在晉末已為郎中，至是復見宋主授禪，便攀宋主車號哭道：「他人以壽為歡，老臣以壽為戚，既不能先驅螻蟻，乃復遇著此事，怎得不悲！」老而不死是為賊。左右亦為泣下，敬則反加呵止。俟宋主已入東邸，派兵監守，然後再入殿門。

司空褚淵，尚書令王僧虔，齎奉璽綬，率百官馳詣齊宮，道成尚佯為謙讓。善學劉裕。淵等固請受璽，並由淵宣讀璽書道：

皇帝敬問相國齊王。大道之行，與三代之英，朕雖闇昧而有志焉。夫昏明相襲，晷景之恆度，春秋遞運，歲時之常序，求諸天數，猶且隆贊，矧伊在人，能無終謝！是故勳華弘風於上葉，漢魏垂式於後昆。昔我高祖欽明文思，振民育德，皇靈眷命，奄有四海。晚世多難，奸宄實繁，鼓宵聞，元戎旦警，億兆夷人，啟處靡厝，加以嗣君荒怠，敷虐萬方，神鼎將遷，寶策無主，實賴英聖，匡濟艱危。唯王體天則地，含弘光大，明並日月，惠均雲雨，國步斯梗，則稜威外發，王猷不造，則淵謨內昭。重構閩吳，再寧淮濟。靜九江之洪波，卷海圻之氛沴，放斥凶昧，存我宗祀，舊物維新，三光改照。逮至寵臣裂冠，則裁以廟略，荊漢反噬，則震以雷霆。麾旆所臨，風行草靡，神算所指，龍舉雲屬，諸夏廓清，戎翟思韙，興文偃武，闡揚洪烈，明保沖昧，翱翔禮樂之場，撫柔黔首，咸躋仁壽之域。自霜露所墜，星辰所經，正朔不通，人跡罕至者，莫不逾山越海，北面稱藩，款關重譯，修其職貢。是以禎祥發採，左史載其奇，玄象垂文，保章審其度。鳳書表肆類之運，龍圖顯班瑞之期。重以珠衡日月，神姿特挺，君人之義，在事必彰。書不云乎：皇天無親，唯德是輔，民心無常，唯惠之懷。神祇之眷如彼，蒼生之願如此，笙管變聲，鍾石改調，朕所以擁璇持衡，傾佇明哲。昔金德既淪，而傳祚於我有宋；歷數告終，實在茲日，亦以水德而傳於齊。式遵前典，廣詢群議，王公卿士，咸曰唯宜。今遣使持節兼太保侍中中書監司空褚淵，兼太尉守尚書令王僧虔，奉皇帝璽綬，受終之禮，一依唐、虞故事。王其允副幽明，時登元後，寵綏八表，以酬昊天之休命！

還有太史令陳文建，奏陳符命，說自六為亢位，後漢歷一百九十六年，禪位與魏；魏歷四十六年，禪位與晉：晉歷一百五十六年，禪位與宋；

宋歷六十年，禪位與齊，數朝俱六終六受，驗往揆今，若合符節，這便是大齊受命的符瑞。牽強附會。王儉又呈上即位的儀注，勸道成即日登基，因擇定宋升明元年四月甲午日，即位南郊，祭告天地，改元建元，登壇受賀。褚淵、王僧虔以下，稱臣山呼，舞蹈如儀。丑。

禮成還宮，頒詔大赦，廢宋主准為汝陰王，王太后為汝陰王太妃，謝皇后為汝陰王妃，撤去汝陰王陳太妃名號，各令遷出宮中，移居丹陽，築宮置戍，限制自由。降宋晉熙王燮為陰安公，江夏王躋為沙陽公，隨陽王翽翽已改封為隨陽王。為舞陰公，新興王嵩為定襄公，建安王禧為荔浦公，郡公主為縣君，縣公主為鄉君。所有宋室功臣子孫，襲爵封國，一併撤銷，唯存南康、華容、萍鄉三邑封爵，使奉劉穆之、王弘、何無忌宗祀。二臺官僚，依任攝職，進褚淵為司徒，柳世隆為南豫州刺史，陳顯達為中護軍，王敬則為南兗州刺史，李安民為中領軍，他如王儉、張敬兒以下，各加官進爵有差。褚淵從弟炤前為安成太守，卸職家居，當淵奉璽勸進時，曾問淵子賁道：「司空今日何往？」賁答道：「奉璽綬往齊王府！」炤嘆道：「我不知汝家司空，把一家物送與一家，是何命意？」及淵為司徒，賀客盈門，炤復嘆道：「彥回少立名行，不意病狂至此！門戶不幸，致有今日；倘使彥回作中書郎時，便即病死，豈不是一位名士麼？正唯名德不昌，乃享期頤上壽。」淵有此弟，不啻蹠、惠。淵聞炤言，頗自覺慚悶，上表辭官。奉朝請裴朏，獨上表數道成罪惡，掛冠徑去。道成遣人追及，把他殺死。太子蕭賾請殺謝朏，道成搖首道：「彼不畏死，我若殺他，反成彼名，不如置諸度外，足示包容。」於是朏乃免死，但罷職歸家。

處士何點戲語人道：「我已撰罷齊書，首列功臣二贊，分作十六字四句。第一句是淵既世族，第二句是儉亦國華，第三句是不賴舅氏，第四句是遑恤國家！」原來淵父湛之，曾尚宋武帝女始安公主，儉父僧綽，亦尚武康公主，所以何點譏諷二人，如是云云。

那廢主准徙居丹陽，未及匝月，忽聞門外有走馬聲，衛士疑為亂起，奔入殺准，偽報病死。蕭道成未曾加罪，反且賞功，但追諡為宋順帝，一切飾終儀制，如晉恭帝故事。宋自武帝至此，共歷四世八主，計六十年而亡。尤可恨的是齊主道成，一不做，二不休，索性把劉宋宗室，如陰安公燮以下，一概捕戮，各家無論少長，也同處死。唯劉遵考子澄之，與褚淵善，淵代為哀求，總算赦免，尚得倖存。比劉裕還加慘毒，故享國較短。

蕭氏既開國號齊，追尊祖考，他本漢相國蕭何二十四世孫，當然以蕭何為始祖。蕭何居沛，何孫彪徙居東海蘭陵縣，傳至淮陰令令整，即道成五世祖，適值晉亂，奔至江左，居晉陵武進縣。當時邑人統皆南徙，便號稱為南蘭陵。道成父承之，仕宋至右軍將軍，屢立戰功。前文於承之事，亦曾散敘。宋元嘉二十四年，承之病歿，道成年亦弱冠，姿表英異，龍顙鐘聲，鱗紋遍體，時人已目為英奇。又有一種異徵，他母陳氏生道成時，屢憂乏乳，夜夢神人持糜粥兩甌，呼令盡飲。飲畢乃醒，乳遂大出，陳氏也不勝驚異。道成有庶兄二人，一名道度，一名道生，有相士見陳氏道：「夫人當生貴子，只可惜不能親見！」陳氏嘆道：「我有三兒，不知將哪個應相？」嗣復指道成道：「斗將大約將來當應驗汝身呢！」原來道成表字紹伯，小名斗將，當喪父時，家乏餘資，母陳氏尚親操井臼。及道成為建康令，冬月尚無縑纊，獨奉膳甚厚。陳氏嘗撤去兼肉，語道成道：「居家務宜勤儉，我得一盤肉食，也好知足了。」未幾亦歿。

道成篡宋受禪，追尊父承之為宣皇帝，母陳氏為孝皇后。還有兩兄一妻，均先時去世，追封兄道度為衡陽王，道生為始安王。妻劉氏少年寢臥，常有雲氣擁護，適道成後，治家有法。宋明帝末年，劉亦病歿，升明二年，追贈為齊國妃，齊建元元年，復冊諡為昭皇后。補敘蕭氏履歷，是必不可少之筆。太子賾為皇儲，次子嶷為豫章王，三子映為臨川王，四子晃為長沙王，五子曄為武陵王，六子暠為安成王，七子鏘為鄱陽王，八子鑠為桂陽王，九子早夭，十子鑑為廣陵王，十一子鈞為衡陽王，鈞出繼道度為嗣，皇孫長懋為南郡王，光前裕後，安國定邦，饒有興朝氣象。

驀聞魏遣梁郡王拓跋嘉，奉丹陽王劉昶（昶係宋文帝第九子，景和元年奔魏，事見前文），南侵壽陽，齊主道成怡然道：「我早料有此著，已派垣崇祖出鎮豫州，力能制虜，當不至有他慮。」遂不復調兵遣將，但撥運糧餉，接濟壽陽。

小子欲敘壽陽戰事，又不得不將北朝事蹟，約略補述。自魏主弘傳位太子，自居崇光宮，柔然侵魏，弘因嗣主年幼，不能治軍，乃復督兵北討，逐走虜眾。嗣復南巡西幸，一再外出，這位淫姣不貞的馮太后，樂得與李奕朝歡暮樂，共效於飛（應二十三回）。適尚書李訢，出為相州刺史，受贓枉法，被人告訐，尚書李敷，暗中袒訢，替他掩飾，偏為上皇弘所聞，檻車徵訢，考驗當死。又欲黜退李敷兄弟，訢婿裴攸，替訢設法，謂應訐發李敷兄弟陰事，當可免罪。訢初意不欲背敷，轉思生死攸關，也顧不得舊時僚誼，乃列李敷兄弟罪狀三十餘條，奏陳上去。弘不禁大怒，立誅李敷兄弟，訢得減死。未幾仍復任尚書。

看官，你想這馮太后貪歡戀愛，與李奕如何情密，平白地將情夫誅死，怎得不痛恨交併！當下囑使左右，就上皇弘飲食間，暗加鴆毒。弘不知就裡，食將下去，須臾毒發，痛得肝腸寸裂，七竅流血，一命嗚呼！婦人心腸，如此陰毒。年僅二十三歲。追諡為獻文帝，廟號顯祖。時為魏主宏延興六年，即宋主昱元徽四年。點醒年序，令人豁目。

馮太后復臨朝稱制，改元太和，受尊為太皇太后，知書達事，親決萬機。授兄馮熙為太師中書監。熙恐人情不服，一再乞辭，乃出除洛陽刺史，仍官太師。太卜令王叡，姿貌偉晢，由馮氏特加青睞，令作李奕第二，超拜尚書。祕書令李衝，美秀而文，亦邀私寵。去一得二，其樂也融融。外面卻優禮勳舊，如東陽王拓跋丕等，均加厚賞。

丹陽王劉昶，由宋奔魏，迭遭寵遇，三尚公主。至是聞蕭氏篡宋，表請聲討，馮太后與群臣計議，許昶規復舊業，世胙江南，作為魏藩，乃發兵數萬，號稱二十萬人，歸梁郡王嘉統帶，奉昶南下，壽陽大震。豫州刺史垣崇祖，卻不慌不忙，想出一條禦敵的計策，保守危城，果得建功。小子有詩嘆道：

扞邊端的仗奇謀，胡騎南侵不足憂；
借得一泓肥水力，管城城守等金甌。

畢竟崇祖用何妙計，且看下回分解。

果報二字，為釋氏口頭禪，儒家亦未嘗不守此說。子輿氏曰，殺人之父，人亦殺其父，殺人之兄，人亦殺其兄，然則非自殺之也，一間耳。觀於劉裕篡晉，傳及四世，而蕭道成起而篡宋，與劉裕如出一轍，陰謀攘奪，陽示謙恭，零陵、汝陰，同歸於盡。王敬則更明告汝陰王，謂官家先取司馬家亦如此，令起劉裕而問之，恐亦不能自解也。天網恢恢，疏而不漏，其報應誠巧矣哉！魏馮太后之弒魏主弘，亦未始非北朝之果報。北朝故事，後宮生子，將為儲貳，必先令其母自盡，秕俗相沿，乃有母殺其子之怪劇，是亦一天之巧於報應也。若夫蕭道成之奸險，與馮太后之淫亂，則演義已詳，無容贅論焉。

第二十七回

膺帝籙父子相繼　禮名賢昆季同心

卻說齊豫州刺史垣崇祖聞魏兵大至，即設一巧計，命在壽陽城西北，疊土成堰，障住肥水。堰北築一小城，四周掘塹，使數千人入城居守。將佐統言城小無益，不足阻寇，崇祖笑曰：「我設此城，無非為誘敵起見，虜騎遠來，驟見城小，必以為一舉可拔，悉力盡攻，謀破我堰，我決堰縱水，淹彼不備，就使不盡淹沒，也要漂流不少。銳氣一挫，自然遁去了！」原是好計。將佐等方無異言。

果然魏兵一至，即攻小城。崇祖自往督御，坐著肩輿，從容登城。魏兵舉首仰望，但見他冠服雍容，不穿甲冑，首戴白紗帽，身著白絳袍，好似乎居無事一般。大眾很是驚訝，唯自恃人多勢旺，也不管他什麼態度，當即蚊附攻城。不意澎湃一聲，大水驟至，城下一片汪洋，害得魏兵無從立足，慌忙倒退。怎奈前隊兵士，被後隊擠住，一時不能速走，那流水最是無情，霎時間淹去人馬，已達千數，餘眾拚命奔逃，也已拖泥帶水，狼狽不堪。這一場的挫敗，把魏兵一股銳氣，銷磨了一大半。崇祖仍將肥堰築好，還駐壽陽，一面派兵往朐山，令他埋伏城外，與城中相呼應，防敵往攻。魏將梁郡王嘉，心果未死，移師往攻朐山，甫至城下，伏兵齊起，與守卒內外夾擊，又殺傷魏兵千餘。梁郡王嘉，只好麾眾北走，退出豫州境外去了。

先是崇祖在淮上，謁見齊主蕭道成，便自比韓信、白起，眾皆未信。及捷報入都，齊主語朝臣道：「我原料他力能制虜，今果如是，真是朕的韓、白呢！」可惜是為汝爪牙，終累盛名。遂進官都督，號平西將軍，增封千五百戶。崇祖聞陳顯達、李安民等，得增給軍儀，因也上表請求，隨即奉到朝廷敕書，謂卿才如韓、白，比眾不同，今特賜給鼓吹一部，崇祖拜受。又恐魏騎轉寇淮北，奏徙下蔡城至淮東。

是年夏季，魏兵果欲攻下蔡，既聞內徙，乃聲言當平除故城。崇祖麾下諸將佐，盧虜騎設戍故城，崇祖道：「下蔡距鎮甚近，虜豈敢立戍，不過欲平城示威罷了。我當率眾往擊，休使輕視！」遂率眾渡淮。正值魏兵毀掘城址，便驅兵殺將過去，嚇得魏兵棄去器械，匆匆退走。崇祖趁勢奮擊，追奔數十里，殺獲數千人，到了日暮，才收軍回城。垣氏威名，從此遠震。

越年，魏兵復侵齊淮陽，軍將成買，拒守甬城。齊遣將軍李安民、周盤龍等，領兵往援，買亦出城與戰。魏兵分頭抵敵，很是厲害，買竟戰死。李安民、周盤龍等與魏兵相持，未分勝負。那魏兵已戰勝買軍，併力來圍李、周兩人，盤龍子奉叔，率壯士二百人，突入魏兵陣內，又被魏兵圍住，或言奉叔陷歿，惹得盤龍性起，躍馬奮矟，殺入魏陣，所向披靡。奉叔乘隙殺出，聞知乃父陷入，復轉身殺進，救父盤龍。父子兩騎縈擾，十蕩十決，得將魏兵擊退。李安民驅軍追上，力破魏兵，魏兵約有數萬，四散奔逃，乃不敢再窺齊境。劉昶亦打消前念，還居平城。

既而齊遣參軍車僧朗，至魏行聘，魏主宏問僧朗道：「齊輔宋日淺，何遽登大位？」僧朗答道：「唐、虞登庸，身陟元後，魏、晉匡輔，貽厥子孫，這都是因時制宜，不容相提並論呢。」魏主卻也不加辯駁，唯賜宴時，尚有宋使一人，因蕭齊篡宋，留住魏都，至是也召入列宴，位置在僧朗上首。僧朗不肯就席，宋使出言詬詈，頓時惱動僧朗，拂衣趨出，仍就客館俟命。劉昶袒護宋使，陰使人刺殺僧朗，魏主宏頗不直劉昶，厚賻喪儀，送櫬南歸，並遣還宋使。齊主道成，尚欲整兵北伐，只因年將花甲，筋力就衰。有時且患疾病，未免力不從心。

好容易過了四年，褚淵已進任司徒，豫章王嶷，進位司空，兼驃騎大將軍，領揚州刺史，臨川王映為前將軍，領荊州刺史，長沙王晃為後將軍，兼護軍將軍，南郡王長懋為南徐州刺史，安成王暠為江州刺史，召還江州刺史王延之，令為右光祿大夫。未幾疾病交作，醫治罔效，甚且沉重。自知不起，乃召司徒褚淵，左僕射王儉，至臨光殿，面授顧命。且下遺詔道：

朕本布衣素族，念不到此，因藉時來，遂隆大業。風道沾被，昇平可期，遘疾彌留，至於大漸。公等奉太子，願如事朕，柔遠能邇，輯和內外，當令太子敦穆親戚，委任賢才，崇尚節儉，弘宣簡惠，則天下之理盡矣。死生有命，夫復何言！

越二日，就在臨光殿逝世，年五十六，在位只四年。太子蕭賾嗣位，追謚為高皇帝，廟號太祖，窆武進泰安陵。齊主秉性清儉，喜怒不形，博涉經史，善屬文，工草隸書。即位後，服御無華，主衣中有玉介導（或作玉導，係是冠簪），謂留此反長病源，命即打碎。後宮器物欄檻，向用銅為裝飾，悉改用鐵。內宮施黃紗帳，宮人著紫皮履，華蓋除金花，爪用鐵回釘，嘗語左右道：「使我治天下十年，當使黃金與土同價。」即使天假之年，恐亦未能得此，且恭儉乃是小善，不能掩篡弒大惡，誇誕何為！自齊主歿後，嗣主賾力從儉約，尚有父風。賾小字龍兒，為劉昭后所出（劉昭后見上）。生賾時，與始陳孝后同夢，見龍據屋上，因字賾為龍兒。賾少受父訓，頗具韜略，後來亦屢立戰功，至是得承遺統，升殿即位，命司徒褚淵錄尚書事，尚書左僕射王儉為尚書令，車騎將軍張敬兒為開府儀同三司，司空豫章王嶷為太尉，追冊故妃裴氏為皇后。裴氏為左軍參軍裴璣之女，納為太子妃，建元三年病歿，予謚曰穆，故前稱穆妃，後稱穆皇后。立長子長懋為太子，次子子良為竟陵王，三子子卿為廬陵王，四子子響，出為豫章王嶷養子，未得受封，五子子敬為安陸王，六子早夭，七子子懋為晉安王，八子子隆為隨郡王，九子子真為建安王，十子子明為武昌王，十一子子罕為南海王，餘子並幼，因特緩封。尚有幼弟數人，前尚年少，未得封爵，乃特封皇十二弟鋒為江夏王，十五弟銳為南平王，十六弟鏗為宜都王，後來又封十八弟銶為晉熙王，十九弟鉉為河東王，總計齊祖蕭道成，共生十九男，自賾以下至十一子，已見前回，十三十四十七子，早亡無名，史家稱為高祖十二王。衡陽王鈞出繼，不在此例。太子長懋子昭業，亦得受封為南郡王。司徒褚淵，復進位司空。且由嗣主賾召宴東宮，群臣多半列座，右衛率沈文季，與淵談論，語言間偶有齟齬。淵不肯少讓，文季怒道：「淵自謂忠臣，他日死後，不知如何見宋明帝！」淵亦老羞成怒，起座欲歸，還是齊主賾好言勸解，特賜他金鏤柄銀柱琵琶。朝秦暮楚，不啻倡伎，應該特賜琵琶。乃頓首拜受，終席始出。

越宿入朝，天氣盛熱，紅日東昇，淵用腰扇為障。功曹劉祥，從旁揶揄道：「作這般舉止，怪不得沒臉見人！但用扇遮面目，有何益處？」淵聽入耳中，禁不住開口道：「寒士不遜。」祥冷笑道：「不能殺袁、劉，怎得免寒士！」淵慚不能答，自是愧憤成疾，竟致謝世。淵豐采過人，獨眼多白睛，世擬為白虹貫日，指作宋氏亡徵。亦太附會。歿時年四十八歲。長子賁為齊世子中庶子，領翊軍校尉，既丁父憂，當然免職。及服闋進謁，詔授侍中，領步軍校尉，賁固辭不拜。淵曾封南康公，賁當襲爵，他復讓與弟蓁，自稱有疾。大約是恥父失節，所以守志不仕，營墓終身，這也可謂善幹父蠱了。幸有此兒。

越年改元永明，授太尉豫章王嶷領太子太傅，護軍將軍長沙王晃為南徐州刺史，鎮北將軍竟陵王子良為南兗州刺史。召還豫州刺史垣崇祖，令為五兵尚書（中兵、外兵、騎兵、別兵、都兵為五兵）。改司空諮議荀伯玉為散騎常侍。從前齊主賾為太子時，年已強仕，與乃父同創大業，朝政多由專斷，倖臣張景真，驕侈僭擬，內外莫敢言，獨司空諮議荀伯玉，密白宮廷，齊祖道成，即命檢校東宮，收殺景真，且宣敕詰責太子。賾驚惶稱疾，月餘尚難回父意，幾乎儲位被易，幸虧豫章王嶷無意奪嫡，孝悌兼全，王敬則又替賾救解，始免易儲。但伯玉益得上寵，賾更引為怨恨，與伯玉勢不相容。垣崇祖亦未嘗附賾，當破魏入朝時，嘗與太祖密談終夕，賾亦未免懷疑；因此即位改元，便召崇祖入都，佯為撫慰。過了數月，密囑寧朔將軍孫景育，誣告崇祖構煽邊荒，意圖不軌，伯玉與為勾結，約期作亂等事，遂將崇祖伯玉，收繫獄中，論死處斬。車騎將軍張敬兒因佐命有功，很得寵遇，家中廣蓄妓妾，奢侈逾恆。初娶毛氏，生子道文，後見尚氏女有美色，竟將毛氏休棄，納尚氏為繼妻。尚氏嘗語敬兒道：「從前妾夢一手熱，君得為南陽太守，嗣夢一髀熱，君得為雍州刺史，近復夢半身熱，君得為開府儀同三司，今且夢全體俱熱，想又有絕大的喜事了。」要殺頭了。敬兒大悅，私語左右，當有人報入宮中。齊主賾不能無疑，敬兒又遣人貿易蠻中，朝廷又疑他勾通蠻族。適華林園設齋超薦，朝臣皆奉敕入園，敬兒亦往。才經入座，即有衛士突出，拿下敬兒。敬兒自脫冠貂，憤然投地：「都是此物誤我！」貪圖富貴者其聽之！下獄數日，便即誅死，子道文、道暢、道固、道休並伏誅，唯少子道慶赦免。聊為汝陰吐氣。弟恭兒官至員外郎，留居襄陽，聞敬兒被誅，率數十騎走蠻中。

小子嘗閱宋書，得悉敬兒兄弟略跡。敬兒初名狗兒，恭兒名豬兒，宋明帝因他名稱鄙俚，改名敬兒、恭兒。敬兒叛宋佐齊，做了一個開國功臣，總道是與齊同休，哪知閱時未幾，父子同死刀下，這可見助惡附逆的賊臣，僥倖成功，也不能富貴到底，人生亦何苦不為忠義呢！敬兒本南陽人，曾在襄陽城西，築造大宅，儲積財貨。恭兒雖官員外郎，卻不願出仕，並與敬兒異居，自處上保村中，起居飲食，不異凡民，自慮為兄受累，乃竄跡蠻穴。後來上表自首，歷陳本末，齊主賾亦知他與兄異趣，下詔原宥，仍得還家。一死一生，公理自見，本書不嫌瑣敘，實欲喚醒夢夢。

侍中王僧虔，為宋太保王弘從子，世為宰輔。齊祖蕭道成，素與僧虔友善，所以開國前後，特加重任。齊祖善書，僧虔亦善書，兩人嘗各書一紙，比賽高下，書畢，齊祖笑示僧虔道：「誰為第一？」虔答道：「臣書第一，陛下書亦第一。」齊祖復笑道：「卿可謂善自為謀了。」建元三年，出任湘州刺史，都督湘州諸軍事，永明改元，召還都中，授侍中左光祿大夫，開府儀同三司。僧虔累表固辭。尚書令王儉，係僧虔從子，僧虔與語道：「汝位登三事，將邀八命褒榮，我若復得開府，是一門有二臺司，豈不是更增危懼麼！」既而得齊主敕書，收回開府成命，改授侍中特進左光祿大夫。

或問僧虔何故辭榮？僧虔答道：「君子所憂無德，不憂無寵，我受秩已豐，衣暖食足，方自愧才不稱位，無自報國，豈容更受高爵，加貽官謗！且諸君獨不見張敬兒麼？敬兒坐誅，不特子姓受殃，連親戚亦且坐罪。謝超宗門第清華，不讓敝族，今亦因張氏賜死，你道可怕不可怕呢！」原來超宗為謝靈運孫，好學有文辭，宋孝武帝時，為新安王子鸞常侍，曾為子鸞母殷淑儀作誄，孝武帝大為嘆賞，謂超宗殊有鳳毛，當是靈運復出，遂遷為新安王參軍（足補前文十九回之闕）。後來齊祖蕭道成為領軍，愛超宗才，引為長史。蕭氏受禪，遷授黃門郎，嗣因失儀被黜，竟至免官，超宗未免怨望。及蕭賾嗣統，使掌國史，除竟陵王諮議參軍，益怏怏不得志。嘗娶張敬兒女為子婦，敬兒死後，超宗語丹陽尹李安民道：「往年殺韓信，今年殺彭越，尹亦當善自為計！」安民具狀奏聞，齊主賾遂收繫超宗，奪官戍越，行至豫章，復賜自盡。所以僧虔引為申誡。

僧虔於永明三年病歿，追贈司空，賜謚簡穆。王儉本僧綽子，僧綽遇害，儉由僧虔撫養成人。至是為僧虔守制，表請解職。齊主不許，但改官太子少傅。向例太子敬禮師長，二傅從同，此時朝廷易議，太子接遇少傅，視同賓友。太子長懋，頗知好學，每與儉問答經義，儉逐條解釋，曲為引申。竟陵王子良，臨川王子映，亦嘗侍太子側，互相引證。天演講學，望重一時，子良尤好賓客，延攬文士。永明五年，進官司徒，他卻移居雞籠山，特開西邸，召集名流，聯為文字交。當時如范雲、蕭琛、任昉、王融、蕭衍、謝朓、沈約、陸倕八人，皆有才譽，子良各與相親，號為八友。次如柳惲、王僧孺、江革、范縝、孔休源等，亦皆預列。唯太子好佛，子良亦好佛，東宮嘗開拓玄圃，築造樓觀塔宇。子良亦就西邸中，開廈闢舍，營齋造經，召致名僧，日夕唄誦。蕭氏好佛，此為先聲。范縝屢言無佛，子良道：「汝不信因果，何故有富貴貧賤？」縝答道：「人生與花蕊相似，隨風飄蕩，或吹入簾幌，墜諸茵席，或吹向籬牆，落諸糞坑。殿下貴為帝胄，譬如花墜茵席，下官賤為末僚，譬如花落糞坑，貴賤雖殊，究竟有什麼因果呢！」理由亦未盡充足。縝又著《滅神論》，以為神附於形，形存神自存，形亡神亦亡，斷沒有形亡神存的道理。子良使王融與語道：「卿具有美才，何患不得中書郎，奈何矯情立異，自辱泥塗！」縝笑說道：「使縝賣論取官，就使不得尚書令，也好列入僕射了。」

范雲即縝族兄，子良嘗奏白齊主，請簡雲為郡守，齊主賾道：「我聞雲賣弄小材，本當依法懲治，就使不爾，亦將飭令遠徙。」子良道：「臣有過失，雲輒規諫，諫草具存，儘可複核。」遂取雲諫書上呈，由齊主賾檢閱，約百餘紙，詞皆切直，因語子良道：「不意雲能如此直言，我當長令輔汝，怎可使他出守！」太子長懋，嘗出東田觀獲，顧語僚佐道：「刈此亦殊可觀。」眾皆唯唯，不復置議，獨雲趨前進言道：「三時農務，關係國計民生，伏願殿下知稼穡艱難，毋令一朝遊佚！」太子聞言，改容稱謝。齊主賾素好射雉，雲復勸子良進諫，代為屬草。大略說是：

鑾輿亟動，天蹕屢巡，陵犯風煙，驅馳野澤，萬乘至重，一羽甚微，從甚微之歡，忽至重之誡，臣竊以為未可也。頃郊郭以外，科禁嚴重，匪直芻牧事罷，遂乃窀掩殆廢。且田月向登，桑時告至，士女呼嗟，易生噂議，棄民從欲，理未可安。曩時巡幸，必盡威防，領軍景先（高帝從子），詹事赤斧（高帝從祖弟）。堅甲利兵，左右屯衛。令馳騖外野，交侍疏闊，晨出晚還，頓遺清道，此實愚臣最所震迫耳。況乎衛生保命，人獸不殊，重軀愛體，彼我無異，故語云聞其聲不食其肉，見其生不忍其死。今以萬乘之尊，降同匹夫之樂，夭殺無辜，易致傷仁害福。菩薩不殺，壽命得長，施物安樂，自無恐怖，姑無論馳射之足以致危，即此動輒傷生，亦非陛下祈天永命之意。臣本庸愚，齒又未及，以管窺天，猶知得失，廟廊之士，豈闇是非，未聞一人開一說，為陛下遠害保身，非但面從，亦畏威耳！臣若不啟，陛下於何聞之？

齊主賾覽表，頗為感動，不復出射。

會因連年無事，齊主有志修文，特命王儉領國子祭酒，就在儉宅開學士館，舉前代四部書，充入館中。儉夙嫻禮學，諳究朝儀國典，所有晉、宋故事，無不記憶，當朝理事，判決如流，發言下筆，皆有精采。十日一還學，監試諸生，巾卷在庭，劍衛令史，儀容甚盛，自作解散髻，斜插幘簪，朝野吏士，相率仿效。儉嘗語人道：「江左風流宰相，唯有謝安。」言下寓有自擬意。恐怕勿如。至永明七年，遇疾而歿，年才三十八歲。禮官欲謚為文獻。吏部尚書王晏，與儉有嫌，特入啟齊主道：「此謚自宋氏以來，不加異姓。」齊主賾乃令改謚文憲，追贈太尉侍中中書監，舊封南昌公，仍使如故。一切喪葬禮制，悉依前太宰褚淵故事。小子有詩詠王儉道：

斜簪散髻號風流，侈擬東山轉足羞。
謝傅不為桓氏黨，如何附勢倡奸謀！

未幾為永明八年，巴東王子響，忽有謀反消息，又惹起一番兵禍來了。究竟子響是否謀反？容待下回表明。

蕭賾嗣位，即殺垣崇祖、荀伯玉，蓋亦一雄猜之主也。崇祖為蕭齊健將，御虜有功，正宜令彼扞邊，永作干城，乃以青宮私怨，誣罪處死，其冤最甚。伯玉亦無可殺之罪，挾嫌報怨，置諸死地，究屬非宜，即如張敬兒之伏誅，誅之可也，令誅者為齊主蕭賾，不可也。彼佐齊篡宋，甘為賊首，雖死尚有餘辜，但於齊則固為佐命功臣，殺之不以道，我且為敬兒呼冤矣。褚淵、王儉，身為貳臣，皆不足道。王僧虔因貴知懼，猶不失為智士，然竇宋璽綬，送入齊宮，對諸袁粲、劉秉，當有愧色。繩以春秋賊討之義，其亦褚淵之流亞乎？長懋兄弟，敬師下士，頗有可取；然江左文人，尚風流而少氣節，雖得百士，亦屬無補。且佞佛唄經，幾與村嫗相似，是亦不足觀也已。

第二十八回

造孽緣孽兒自盡　全愚孝愚主終喪

卻說巴東王子響，係齊主賾第四子，本出為豫章王嶷養兒。嶷早年無子，後來連生五男，乃命將子響還本，進封巴東王。永明七年，由江州刺史調鎮荊州，都督荊、襄、雍、梁、寧、南北秦七州軍事。子響少年好武，膂力絕人，能開四斛重硬弓。自選壯士六十人，被服甲冑，隨從左右。蒞鎮年餘，輒在內齋殺牛置酒，犒饗壯士，又令內人私作錦袍絳襖，與蠻人交易器仗。長史劉寅等，密表上聞。齊主賾遣使查問，子響拒絕見面，先將劉寅等拿下，一一殺斃。朝使奔歸闕下，報明齊主，齊主當然動怒，即召將軍戴僧靜入朝，令他統兵萬人，往討子響。

僧靜奏道：「巴東王少年喜事，不知審慎，長史等亦操持太急，忿不思難，所以致此。試想天子兒過誤殺人，也沒有什麼大罪，驟然遣軍西進，反致人情惶懼，恐非良策，還請陛下三思！」僧靜所奏，似是而非。齊主乃別遣衛尉胡諧之，游擊將軍尹略，中書舍人茹法亮，帶領甲仗數百人，馳往江陵，查捕群小，且傳詔道：「子響若束身來歸，當許保全生命。」

諧之等行至江津，築城燕尾洲，遣傳詔石伯兒，詣江陵城撫慰子響，子響閉門不納，但白服登城，呼語伯兒道：「天下豈有兒子叛父的道理？長史等揑造蜚言，負我太甚，所以將他殺死。我罪不過擅殺，便當單騎還闕，自請處分，何必築城相逼，欲捉我報功呢！」伯兒返報燕尾洲，尹略憤然道：「擅殺長史，罪已非輕，今又拒絕詔使，還好說是不反麼？」遂欲整眾攻城。子響聞報，乃殺牛具酒，遣使至燕尾洲犒軍。略將來使拘住，所有牛酒，悉委江流。太為造孽，所以速死。

子響又使人走告法亮，願見傳詔，法亮復把他拘繫。於是子響怒起，灑淚誓眾，集得府州兵卒二千人，即令養士六十人為前導，從靈溪西渡，直薄燕尾洲，自與百餘人跨馬後隨，押著連臂弓數十張，接應前軍。尹略不管好歹，一聞叛兵馳至，即驅兵出敵，趨至堤上，正遇叛兵相值，不暇問答，便與交鋒，叛兵頭目王沖天，左手執盾，右手執刀，惡狠狠的向前衝突，略挺槍攔阻，才經數合，殺得略氣喘吁吁，臭汗直流。慌忙虛晃一槍，勒馬返奔，不防叛兵裡面，發出無數硬箭，沒頭沒腦的射來。略正叫苦不迭，忽聽見颼的一聲，那箭鏃已射著項後，貫入頸中，一時忍不住痛，暈落馬下。巧巧王沖天追到，順手一刀，剁作兩段。該死。餘眾死了一半，逃還一半。王沖天持盾陵城，茹法亮膽怯即奔，胡諧之亦棄城退走。燕尾洲的城壘，被王沖天毀去。

齊主賾接得敗報，再遣丹陽尹蕭順之，率軍討逆。順之為齊祖道成族弟，嘗從齊祖為軍副，所向有功（順之為梁主蕭衍父，故特別提明）。石頭一役，黃回順流直下，由順之坐據朱雀橋，從容鎮定。回夙仰威名，始不敢進攻（補二十五回所未及）。齊祖倚若左右手。賾為太子時，順之嘗至東宮問訊，豫章王嶷在側，賾指示道：「我家若非此翁，無以致今日！」及賾既嗣祚，頗相忌憚，故不使入居臺輔，但封為臨鄉縣侯，授領軍將軍，兼丹陽尹。此次奉命西行，威聲先達，叛兵望風生畏，相率散去。王沖天也無能為力了。

子響知事不濟，自乘小艦赴建康。太子長懋，素忌子響，密與順之書，謂須早為了結，勿令生還。順之乃截住子響。子響窮蹙，進見順之，乞順之代為申訴，順之不許。又請隨詣闕前，自行請死，順之又不許。子響乃索紙筆，手書絕啟，託順之代呈，隨即解帶自經，年只二十三歲。其啟文中有云：

劉寅等入齋檢校，具如前啟。臣罪既山海，分甘斧鉞，奉敕遣胡諧之、茹法亮等，俯賜重勞，胡、茹竟無宣旨，便建旗入津，對城南岸，築城相逼。臣累遣書信，招呼法亮，乞白服相見，乃卒不見從，遂致群小惶怖，釀成攻戰，此臣之罪也。臣於是月二十五日，束身投軍，希還天闕，停宅一月，臣自取盡，可使齊代無殺子之譏，臣無逆父之謗，既不遂心，今便命盡。臨啟哽咽，知復何陳！

順之竄改數語，方才進呈，廷臣又奏絕子響屬籍，乃削奪爵邑，廢為庶人，改姓為蛸。餘黨依次搜捕，分別定罪，劉寅等統皆贈官。後來齊主賾遊華林園，見一猿跳擲悲鳴，不覺奇詫起來。左右進言道：「猿子前日墜崖，竟致跌死，所以老猿如此哀鳴！」齊主賾覽物生感，禁不住悲從中來，太息淚下。先是高祖彌留，嘗戒賾道：「宋氏非骨肉相殘，他族怎得乘弊？汝宜知戒，勿忘予言！」賾涕泣受教，嗣位後待遇子弟，雖不甚苛刻，但亦未嘗相親。長沙王晃為南徐州刺史，罷職歸都，載還兵仗數百人，賾嘗禁諸王蓄養私仗，聞晃違命犯法，立欲科罪，虧得豫章王嶷頓首代請道：「晃罪原不足宥，但陛下當憶先朝，垂愛白象！」說至此，嗚咽不能成聲。賾亦泣下，乃擱置不提。白象係晃小字，最得父寵，故嶷有此言。武陵王曅，嘗入宮侍宴，醉後伏地，冠上貂抄入肉柈（音槃，義亦相通）。齊主賾笑道：「肉且汙貂，豈不可惜！」曅因醉忘情，率爾奏對道：「陛下未免愛羽毛、疏骨肉了！」齊主不禁變色，饒有怒容。既而遊宴東田，諸王皆應召趨至，獨不聞召。豫章王嶷面請道：「風景頗佳，諸弟畢集，可惜只缺一武陵！」齊主賾乃宣曅入宴，酒後命諸王賭射，連發數矢，無不中的。遂顧語四座道：「手法如何？」座間多半喝采，唯齊主有不悅狀，嶷已窺破隱情，即面白齊主道：「阿五平日，沒有這般善射，今日仰仗天威，所以發無不中。」好兄弟，我願崇拜之。齊主賾乃開顏為笑，暢飲而歸（補入此段，以表齊主賾之好猜）。至子響縊死，不得喪葬，豫章王嶷覆上疏乞請道：

臣聞將而必戮，炳自春秋，罄於甸人，著於經禮，猶懷不忍之言，尚有如倫之痛，豈不事因法往，情以恩留？故庶人蛸子響，識懷靡樹，見淪不逞，肆憤一朝，取陷凶德，遂使跡憐非孝，事近無君，身膏草野，未云塞釁。但韔矢倒戈，歸罪司戮，即理原心，亦既迷而知返，釁骨不收，辜魂莫赦，撫今追往，載傷心目。伏願一下天矜，愛詔蛸氏，使得安兆末郊，旋窆餘麓，微列葦韔之容，薄申封樹之禮，豈僅窮骸被德，實且天下歸仁。臣屬忝皇枝，偏蒙友睦，以臣繼別未安，子響言承出命，提攜鞠養，撫恩成人。雖輟胤蕃條，歸體璇萼，循執之念不移，傳訓之憐何已？敢冒宸嚴，布此悲誠，涕泣上聞！

齊主賾始尚未許，嗣經嶷入宮申請，乃命將子響營葬，賜封魚復侯。嶷身長七尺八寸，善持容範，文物衛從，禮冠百僚。每出入殿省，人皆瞻仰，他卻深自斂抑，事上甚謹，對下亦恭，始終保全同氣，曲意周旋。每見父兄盛怒，輒婉言勸解，片語迴天。乃父原是鍾愛，乃兄亦友愛日深，就是內外大臣，亦無一與忤，相率敬服。道成有此佳兒，卻是難得。

永明五年，嶷進位大司馬，至七年表求還第。有詔令嶷子子廉，代鎮東府，遇有軍國重事，常召入諮詢，或且就第與商。有時車駕出遊，必令嶷相隨。嶷妃庾氏有疾，內侍屢奉旨往省，及疾已漸瘳，齊主挈領妃嬪，統往嶷宅慶賀，且先敕外監道：「朕往大司馬第，不啻還家，汝等但當清道，不必屏除行人。」既至嶷第，趨入後堂，張樂設飲，歡宴終日。嶷執卮上壽，且語齊主道：「古來頌祝聖壽，嘗謂壽如南山，就是世俗相沿，亦必稱皇帝萬歲，愚以為言近虛浮，反欠切實，如臣所懷，願陛下壽享百年，意亦足了！」齊主笑道：「百年何可必得，但教東西一百，便足濟事。」嶷矍然道：「陛下年逾大衍，臣年亦將半百，百歲已周，怕不能再過百年麼？」齊主亦自覺失言，一笑而罷。飲至月上更催，方率宮人還宮。

偏齊主酒後率詞，竟同摽語。轉瞬間為永明十年，嶷正四十九歲，忽然抱病，病且日甚，齊主屢往問視，遍召名醫診治，無如壽數已盡，藥石難回。長子子廉，次子子恪，侍疾在側，嶷顧語道：「人生在世，本無常境，我年已老，死不為夭，但望汝兄弟共相勉勵，篤睦為先，才有優劣，位有通塞，運有富貧，這是理數使然，不必強求，若天道有靈，汝等各自修立，便足保全世祚。勤學行，守基業，治閨庭，尚閒素，如此自無憂患。聖主儲君及諸親賢，當不以我死易情，我死後喪葬從儉，祭祀毋豐，我雖才愧古人，頗不以遺財為累，所餘薄資，汝有弟未婚，有妹未嫁，可量力辦理。後事甚多，不能盡告，汝兄弟依理而行，我死亦瞑目了！」遺訓足傳後世。子廉等垂淚受教。嶷又申述己意，命子廉草遺啟道：

臣自嬰今患，亟降天臨。醫走術官，泉開藏府，慈寵優渥，備極人臣。臣生年疾迫，遽陰無幾，願陛下審賢與善，極壽蒼昊，強德納和，為億兆御。臣命違昌數，奄奪恩憐，長辭明世，伏涕嗚咽！

啟奏草就，齊主又自來省視，握手唏噓。嶷略說數語，無非是啟中大意。齊主尚囑他保重，流涕自去。傍晚又枉駕過問，嶷已口不能言，對著齊主一喘而終。齊主悲不自勝，掩面還宮。越宿即下詔道：

寵章所以表德，禮秩所以紀功，慎終追遠，前王之盛策，累行酬庸，列代之通誥。故使持節都督揚、南徐二州諸軍事大司馬、領太子太傅揚州牧豫章王嶷，體道秉哲，經仁緯義，挺清譽於弱齡，發韶風於早日，締綸霸業之初，翼贊皇基之始，孝睦著於鄉閭，忠諒彰乎邦邑。及秉德論道，總牧神甸，七教必荷，六府咸理，振風潤雨，無愆於時候，恤民拯物，有篤於矜懷。雍容廊廟之華，儀形列郡之觀，神凝自遠，具瞻允集。朕友於之深，情兼家國，方授以神圖，委諸廟勝。緝頌九弦，陪禪五嶽。天不憖遺，奄焉薨逝，哀痛傷惜，震慟乎厥心。今先遠戒期，寅謀襲吉，宜加茂典以協徽猷，可贈假黃鉞都督中外諸軍事揚州牧，具九服錫命之禮，侍中大司馬太傅王如故。給九旒鸞輅，黃屋左纛，虎賁班劍百人，輼輬車前後部羽葆鼓吹葬送，儀依漢東平獻王故事，以示朕不忘勳親之至意。

嶷歿後第庫無現錢，一切喪葬費用，皆由國庫支給，原不消說。齊主又月給現錢百萬，贍養子孫，並賜謚文獻。自夏經秋，內廷不舉樂，不設宴，好算君臣兄弟，善始善終了。原是叔世所罕聞。是年授司徒竟陵王子良為尚書令，領揚州刺史，更命西昌侯蕭鸞為尚書左僕射。鸞係齊祖道成兄子。父即始安王道生，道生早歿，鸞年尚幼，為叔父所撫養。宋泰豫元年，出為安吉令，頗有吏才，升明中累遷淮南、宣城二郡太守。齊建元二年，封西昌侯，調郢州刺史。永明元年入為侍中，領驍騎將軍，至是復擢為尚書左僕射，漸漸的位高望重，專制朝權。這且待後再表。隱伏一案。

且說魏主宏秉性孝謹，事無大小，悉稟命慈闈。宏本後宮李夫人所出，由馮太后撫養成人（見二十三回）。宏為太子，李夫人依例賜死，宏終不知為誰氏所生，但從幼隨著太后馮氏，視祖母如生母一般，所以乃父遇害，越覺孝順太后。太后馮氏，已尊為太皇太后，臨朝稱制，樂得恣行威福，任意歡娛。尚書王睿，出入闈闥，不數年便為宰輔，加封至中山王，賞賜無算，已而睿死，賜謚立廟，令文士作誄，約百餘篇。祕書令李衝，是太后第二情夫，密加賜賚，也不可勝紀。宦官王琚、張湞、符承祖等，送暖迎新，非常得寵，自微闇拔為大官，居然得拜爵崇封。

太后自知內行不謹，常令權閹偵察內外，遇有謗言醜語，立刻捕至，也不關白魏主，便即殺斃。青州刺史南郡王李惠，為魏主宏母舅，所歷各郡，頗有政聲，只不合評謗宮闈，致為馮太后所聞，竟誣他謀逆，屠戮全家。唯待遇勳舊，恩禮不衰。就使寵臣有過，亦不肯少恕，動加箠楚，多至百餘，少亦數十。不過性無宿憾，過必罰，功必賞，往往昨日受刑，明日昇官，所以人無怨言，反願效死。這是英雄手段。

中書令光祿大夫高允，歷事五朝，出入三省，居官五十餘年，資望最隆，年逾九十，因老乞歸。馮太后懷念老成，仍用安車徵至平城，拜為中書監，特命乘車入殿，朝賀不拜，且使他申定律令。允老眼無花，按律審刑，折衷至當，嘗慨然嘆道：「刑獄為人命所繫，不容輕忽。古稱至德如皋陶，明刑弼教，應無枉濫，後嗣子孫，英六先亡。況在常人，可不再三審慎麼！」馮太后代主下詔，謂允家貧養薄，飭傳樂部十人，五日一詣允第奏樂娛允，朝晡給膳，朔望致牛酒，月給衣服綿絹，入見備幾杖。垂問政事，允知無不言。魏主宏太和十一年，允病歿都城，年九十八，追贈司空，予謚曰文。

越三年馮太后病殂，年四十九。魏主宏哀毀過禮，勺飲不入口，約有五日。何不使李衝等殉葬。群臣上章固諫，始進一粥，王公表請依例塋葬，魏主宏有詔答道：「奉侍梓宮，猶希彷彿，山陵遷厝，尚未忍聞！」王公等又復固請，乃奉葬永固陵。太尉榮陽王拓跋宏，申請勉抑至情，循行舊典。魏主宏又道：「祖宗志在武略，未遑修文，朕仰稟聖訓，思習古道，論時比事，與先世不同。況聖人制禮，卒哭變服，奪情以漸，今甫及旬日，即從吉服，豈非有違古禮麼？」祕書丞李彪道：「漢明德馬後，保養章帝，後崩後葬不淹旬，旋即從吉，章帝不受譏，明德不損名，願陛下垂察！」魏主宏複道：「朕眷戀衰絰，情所未忍，並非矯飾沽名，且公卿嘗稱四海晏安，禮樂日新，可以參美唐、虞，今乃苦奪朕志，使朕不得逾魏、晉，究是何意？」群臣尚未及答，魏主宏申說道：「朕聞高宗諒闇，三年不言，若不許朕衰絰視事，理應拱默禮廬，委政塚宰，二事唯公卿所擇！」尚書遊明根對道：「淵默不言，大政將曠，仰順聖心，請從衰服！」魏主宏嗚咽道：「朕處不言地位，不應如此喋喋；但公卿欲奪朕情，遂至煩言，追念慈恩，叫朕如何釋念哩！」說至此，號哭而入。顧小失大，迂愚可笑。群臣亦流涕退出。

既而有詔頒發，決行期年衰服，近臣亦皆服衰，外臣得變服就練，七品以下，除服從吉，於是公卿以下，莫敢異議，追諡太皇太后，為文明太后，且屢次謁祭永固陵。

越年元旦，魏主宏乃臨朝聽政。看官，你道魏主宏這般孝思，究竟是大孝呢，還是小孝呢？想看官閱過上文，應知馮太后這般行為，不該出此孝孫，小子也無容評斷了。不貶之貶，尤甚於貶。

齊主蕭賾，特派散騎常侍裴昭明，侍郎謝竣，如魏弔喪，意欲朝服行事。魏命著作郎成淹，據經辯駁。昭明等無詞可答，乃改易吊服，魏亦命散騎常侍李彪，隨使報聘。既至齊廷，齊為置宴設樂，彪固辭道：「主上孝思罔極，興墜正失，朝臣雖除衰絰，尚是素服從事，使臣何敢仰叨盛貺呢！」齊主見他盡禮，頗加器重，因撤樂留飲，館待數日。及彪陛辭北還，車駕親送至琅琊城，且命群臣賦詩，作為嘉寵。彪亦申謝而去。嗣是南北又復通使，彪六次往返，均不辱命。那魏主宏卻有心復古，正祀典，作明堂，營太廟，週年祥祭，易服終哭，謁永固陵，哀瘠殊甚。

先是馮太后在日，忌宏英敏，恐於己不利，嘗在嚴寒時候，幽諸空室，絕食三日，意欲把他廢立，還幸朝右大臣，上疏切諫，因得釋出。嗣又由權閹暗中讒構，致宏無故受杖，宏竟毫不介意。

及喪已逾期，還是哭泣不休，魏臣多退有後言。可巧隆冬大旱，兼遇大風，司空穆亮，藉此進諫。謂天子父天母地，子或過哀，父母亦必不歡，今和氣不應，未始非過哀所致，願陛下襲輕裘，御常膳，庶使天人交慶云云。魏主宏卻下詔辯駁，說是孝悌至行，無所不通。今飄風旱氣，是由誠慕未深，不能格天，所言咎本過哀，殊為未解等語。

馮太后嘗欲家世貴寵，簡選馮熙二女，充入掖廷。後宮林氏，生皇子恂，魏主宏擬廢去故例，不令林氏自盡，獨馮太后不肯俯允，迫令依舊施行。恂尚未得立儲，林氏卻先勒死。到了太和十七年，魏主終喪，始知生母為李夫人，追尊為思皇后，並冊謚故妃林氏為貞皇后。唯總不忘馮氏舊恩，續立馮熙次女為皇后，長女為昭儀。昭儀係是庶出，所以妹尊姊卑。只是娥眉爭寵，狐媚工讒，免不得要搗亂宮闈了。小子有詩嘆道：

背父忘仇已不倫，哪堪更爾顧私情？
國風敝笱貽譏久，二女如何再近身！

北朝方隱構內釁，南朝又迭報大喪。欲知一切情形，待至下回申敘。

子響非真好叛者，誤在任性好殺，不明是非。戴僧靜謂其忿不思難，固也。謂天子兒殺人，無甚大罪，則其言實謬。法為天下共守之法，豈人主所得而私廢乎？茹法亮、尹略等，又激動兵戈，致子響身罹大戮，投繯自盡，不足為冤。但齊主賾縱容於先，抑勒於後，失君臣之義，傷父子之情，感猿興悲，嗟何及哉！豫章王嶷，仁恕廉謹，德望冠時，史家以嶷比周公，原為過譽。唯庸中佼佼，鐵中錚錚，叔季有此人，應當崇拜，亟表揚之以風後世，亦尚論者應有事耳。魏馮太后親弒上皇，律以不共戴天之義，嗣主宏應負深仇；況穢瀆宮闈，淫亂禁掖，拘而廢之，亦為通變達權之舉。顧乃生盡孝養，沒盡哀思，祖父不可忘，君父獨可忘乎？忘君不忠，忘父不孝，忠孝已乖，反與仇人而事之，淫後而尊之，可已不已，不可已而已，斯其所以為蠻夷之孝也夫！

第二十九回

蕭昭業喜承祖統　魏孝文計徙都城

卻說齊主賾永明十一年，太子長懋有疾，日加沉重，齊主賾親往東宮，臨視數次，未幾謝世，享年三十六歲，殮用袞冕，予謚文惠。長懋久在儲宮，得參政事，內外百司，都道是齊主已老，繼體在即。忽聞凶耗，無不驚惋。齊主賾抱痛喪明，更不消說。後經齊主履行東宮，見太子服玩逾度，室宇過華，不禁轉悲為恨，飭有司隨時毀除。

太子家令沈約正奉詔編纂宋書，至欲為袁粲立傳，未免躊躇，請旨定奪。齊主道：「袁粲自是宋室忠臣，何必多疑！」說得甚是。約又多載宋世祖（孝武帝駿）太宗（明帝彧）。諸鄙瑣事，為齊主所見，面諭約道：「孝武事蹟，未必盡然，朕曾經服事明帝，卿可為朕諱惡，幸勿盡言！」約又多半刪除，不致蕪穢。

齊主因太子已逝，乃立長孫南郡王昭業為皇太孫，所有東宮舊吏，悉起為太孫官屬。既而夏去秋來，接得魏主入寇消息。正擬調將遣兵，捍守邊境，不意龍體未適，寒熱交侵，乃徙居延昌殿，就靜養痾。乘輿方登殿階，驀聞殿屋有衰颯聲，不由的毛骨森豎，暗地驚惶。死兆已呈。但一時不便說出，只好勉入寢門，臥床靜養。偏北寇警報，日盛一日，雍州刺史王奐，正因事伏誅，乃亟遣江州刺史陳顯達，改鎮雍州及樊城。又詔發徐陽兵丁，扼守邊要。竟陵王子良，恐兵力不足，覆在東府募兵，權命中書郎王融為寧朔將軍，使掌召募事宜。會有敕書傳出，令子良甲仗入侍。子良應召馳入，日夕侍疾。太孫昭業，間日參承，齊主恐中外憂惶，尚力疾召樂部奏技，藉示從容。怎奈病實難支，遽致大漸，突然間暈厥過去，驚得宮廷內外，倉猝變服。獨王融年少不羈，竟欲推立子良，建定策功，便自草偽詔，意圖頒發。適太孫聞變馳至，融即戎服絳袍，出自中書省閣口，攔阻東宮衛仗，不准入內。太孫昭業，正進退兩難，忽由內侍馳出，報稱皇上覆蘇，即宣太孫入侍，融至此始不敢阻撓，只好讓他進去。其實子良卻並無妄想，與齊主談及後事，願與西昌侯蕭鸞，分掌國政。當有詔書發表道：

始終大期，賢聖不免，吾行年六十，亦復何恨；但皇業艱難，萬幾事重，不能無遺慮耳。太孫進德日茂，社稷有寄，子良善相毗輔，思弘治道，內外眾事，無論內外，可悉與鸞參決。尚書中是職務根本，悉委王晏、徐孝嗣，軍旅捍邊之略，委王敬則、陳顯達、王廣之、王玄邈、沈文季、張瓌、薛淵等，百闢庶僚，各奉爾職。謹事太孫，勿復懈怠，知復何言！

又有一道詔書，謂喪祭須從儉約，切勿浮靡，凡諸遊費，均應停止。自今遠近薦讞，務尚樸素，不得出界營求，相炫奢麗。金粟繒纊，弊民已多，珠玉玩好，傷工尤重，應嚴加禁絕，不得有違。後嗣不從，奈何！是夕齊主升遐，年五十四，在位十一年。

中書郎王融還想擁立子良，分遣子良兵仗，扼守宮禁，蕭鸞馳至雲龍門，為甲士所阻，即厲聲叱道：「有敕召我，汝等怎得無禮？」甲士被他一叱，站立兩旁。鸞乘機衝入，至延昌殿，見太孫尚未嗣位，諸王多交頭接耳，不知何語。時長沙王晃已經病歿，高祖諸子，要算武陵王鞍為最長，此次也在殿中。鸞趨問道：「嗣君何在？」即朗聲道：「今若立長，應該屬我，立嫡當屬太孫。」鸞應聲道：「既立太孫，應即登殿。」鞍引鸞至御寢前，正值太孫視殮，便掖令出殿，奉升御座，指麾王公，部署儀衛，片刻即定。殿中無不從命，一律拜謁，山呼萬歲。

子良出居中書省，即有虎賁中郎將潘敞，奉著嗣皇面諭，率禁軍二百人，屯居太極殿西階，防備子良。子良妃袁氏，前曾撫養昭業，頗加慈愛，昭業亦樂與親近。及聞王融謀變，因與子良有隙。成衣後諸王皆出，子良乞留居殿省，俟奉葬山陵，然後退歸私第，奉敕不許。王融恨所謀不遂，釋服還省，謁見子良，尚有恨聲道：「公誤我！公誤我！」子良愛融才學，嘗大度包容，所以融有唐突，子良皆置諸不理，一笑而罷。越宿傳出遺詔，授武陵王為衛將軍，與征南大將軍陳顯達，並開府儀同三司，西昌侯鸞為尚書令，太孫詹事沈文季為護軍，竟陵王子良為太傅。又越數日，尊諡先帝賾為武皇帝，廟號世祖。追尊文惠皇太子長懋為世宗文皇帝，文惠皇太子妃王氏為皇太后。立皇后何氏。何氏為撫軍將軍何戢女，永明二年，納為南郡王妃，此時從西州迎入，正位中宮。先是昭業為南郡王時，曾從子良居西州，文惠太子常令人監制起居，禁止浪費。

昭業佯作謙恭，陰實佻達，嘗夜開西州後閤，帶領僮僕，至諸營署中，召妓飲酒，備極淫樂。每至無錢可使，輒向富人乞貸，無償還期。富人不敢不與。師史仁祖，侍書胡天翼，年已衰老，由文惠太子撥令監督。兩人苦諫不從，私相語道：「今若將皇孫劣跡，上達二宮，恐不免觸怒皇孫。且足致二宮傷懷。若任他蕩佚，無以對二宮；倘有不測，不但罪及一身，並將盡室及禍。年各七十，還貪什麼餘生呢！」遂皆仰藥自殺。二人亦可謂愚忠。昭業反喜出望外，越加縱逸，所愛左右，嘗預加官爵，書黃紙中，令他貯囊佩身，俟得登九五，依約施行。

女巫楊氏，素善厭禱，昭業私下密囑，使咒詛二宮，替求天位。已而太子有疾，召令入侍，他見到太子時，似乎愁容滿面，不勝憂慮；一經出外，便與群小為歡。及太子病逝，臨棺哭父，擗踴號咷，彷彿一個孝子，哭罷還內，又是縱酒酣飲，歡笑如恆。世祖賾欲立太孫，嘗獨呼入內，親加撫問，每語及文惠太子，昭業不勝嗚咽，裝出一種哀慕情形。世祖還道他至性過人，呼為法身，再三勸慰，因此決計立孫，預備繼統。至世祖有疾，又令楊氏祈他速死，且因何妃尚在西州，特暗致一書，書中不及別事，但中央寫一大喜字，外環三十六個小喜字，表明大慶的意思。有時入殿問安，見世祖病日加劇，心中非常暢快，面上卻很是憂愁。世祖與談後事，有所應諾，輒帶淒聲，世祖始終被欺，臨危尚囑咐道：「我看汝含有德性，將來必能負荷大業；但我有要囑，汝宜切記！五年以內，諸事悉委宰相，五年以後，勿復委人，若自作無成，可不至怨恨了！」哪知他不能逾期。昭業流涕聽命。至世祖彌留時候，握昭業手，且喘且語道：「汝……汝若憶翁，汝……汝當好作！」說到作字，氣逆痰衝，翻目而逝。昭業送終視殮，已不似從前失怙時，擗踴哀號。到了登殿受賀，卻是滿面喜容。禮畢返宮，竟把喪事撇置腦後，所有後宮諸妓，悉數召至，侑酒作樂，聲達戶外。此時原不必瞞人了。

過了十餘日，便密飭禁軍，收捕王融，拘繫獄中。融既下獄，乃囑使中丞孔稚珪，上書劾融，說他險躁輕狡，招納不逞，誹謗朝政，應置重刑，於是下詔賜死。融母係臨川太守謝惠宣女，夙擅文藝，嘗教融書學，因得成才。可惜融恃才傲物，常懷非望，每自嘆道：「車前無八騶，何得稱丈夫！」至是欲推戴子良，致遭主忌，因即罹禍。融上疏自訟，不得解免，更向子良求救，子良已自涉嫌疑，陰懷恐懼，哪裡還敢援手，坐令二十七歲的卓举青年，從此畢命！少年恃才者，可援以為戒。融臨死自嘆道：「我若不為百歲老母，還當極言！」原來融欲指斥昭業隱惡，因恐罪及老母，所以含忍而終。

齊嗣主昭業既斬融以洩恨，遂封弟昭文為新安王，昭秀為臨海王，昭粲為永嘉王。尊女巫楊氏為楊婆，格外優待。民間為作〈楊婆兒〉歌。奉祖柩出葬景安陵，未出端門，即託疾卻還，趨入後宮，傳集胡伎二部，夾閤奏樂，這真所謂縱慾敗度，痴心病狂了。

小子前敘世祖遇疾時，曾有北寇警報，至昭業嗣位，反得淫荒自盜，不聞外侮，究竟魏主曾否南侵，待小子補筆敘明。魏主宏雅懷古道，慨慕華風，興禮樂，正風俗，把從前辮髮遺制，毅然更張，也束髮為髻，被服袞冕。且分遣牧守，祀堯舜，祭禹周公，諡孔子為文聖尼父，告諸孔廟，另在中書省懸設孔像，親行拜祭，改中書學為國子學，尊司徒尉元為三老，尚書遊明根為五更，又養國老庶老，力仿三代成制。

他尚日夕籌思，竟欲遷都洛陽，宅中居正，方足開拓宏規，因恐群臣不從，特議大舉伐齊，乘便徙都。先在明堂右個，齋戒三日，乃命太常卿王諶筮易。可巧得了一個革卦，魏主宏喜道：「湯武革命，順天應人，這是最吉的爻筮了！」尚書任城王拓跋澄趨進道：「陛下奕葉重光，帝有中土，今欲出師南伐，反得革命爻象，恐未可謂全吉哩。」魏主宏變色道：「繇云大人虎變，何為不吉？」任城王澄道：「陛下龍興已久，如何今才虎變？」魏主宏厲聲道：「社稷是我的社稷，任城乃欲沮眾麼？」澄又道：「社稷原是陛下所有，臣乃是社稷臣，怎得知危不言！」魏主宏聽了此言，卻亦覺得有理，乃徐徐申說道：「各言己志，亦屬無傷。」

說畢，啟駕還宮，復召澄入議，屏人與語道：「卿以為朕真要伐齊麼？朕思國家肇興北土，徙都平城，地勢雖固，但只便用武，不便修文，如欲移風易俗，必須遷宅中原。朕將借南征名目，就勢移居，況筮易得一革卦，正應著改革氣象，卿意以為何如？」澄乃欣然道：「陛下欲卜宅中土，經略四海，這是周漢興隆的規制，臣亦極願贊成！」魏主宏反皺眉道：「北人習常戀故，必將驚擾，如何是好？」澄又道：「非常事業，原非常人所能曉，陛下果斷自聖衷，想彼亦無能為了。」魏主笑道：「任城原不愧子房哩。」漢高定都關中，想是魏主記錯。遂命作河橋，指日濟師。一面傳檄遠近，調兵南征。部署至兩月有餘，乃出發平城，渡河南行，直達洛陽。

適天氣秋涼，霖雨不止，魏主宏飭諸軍前進，自著戎服上馬，執鞭指麾。尚書李衝等叩馬諫阻道：「今日南下，全國臣民，統皆不願，獨陛下毅然欲行，臣不知陛下獨往，如何成事！故敢冒死進諫。」衝果拚死，何不從馮太后於地下！魏主宏發怒道：「我方經營天下，有志混一，卿等儒生，不知大計，國家定有明刑，休得多瀆！」說著，復揚鞭欲進。安定王拓跋休等，又叩首馬前，殷勤泣諫，魏主宏說道：「此次大舉南來，震動遠近，若一無成功，如何示後？今不南伐，亦當遷都此地，庶不至師出無名。卿等如贊成遷都，可立左首，否則立右。」定安王休等均趨右側，獨南安王拓跋楨進言道：「天下事欲成大功，不能專徇眾議，陛下誠撤回南伐，遷都雒邑，這也是臣等所深願，人民的幸福呢！」說畢，即顧語群臣，與其南伐，寧可遷都，群臣始勉強應諾，齊呼萬歲。於是遷都議定，入城休兵。

李衝復入白道：「陛下將定鼎雒邑，宗廟宮室，非可馬上遷移，請陛下暫還平城，俟群臣經營畢功，然後備齊法駕，蒞臨新都，方不至局促哩。」魏主宏怫然道：「朕將巡行州郡，至鄴小停，明春方可北歸，今且緩議。」衝不敢再言。魏主即遣任城王澄馳還平城，曉諭留司百官，示明遷都利害，且餞行囑別道：「今日乃真所謂革呢。王其善為慰諭，毋負朕命！」澄叩辭北去，魏主宏尚慮群臣異議，更召衛尉卿征南將軍於烈入問道：「卿意何如？」烈答道：「陛下聖略淵遠，非淺見所可測度，不過平心處議，一半樂遷，一半尚戀舊呢。」魏主宏溫顏道：「卿既不倡異議，便是贊同，朕且深感卿意。今使卿還鎮平城，一切留守庶政，可與太尉丕等悉心處置，幸勿擾民！」於烈亦拜命即行。原來魏太尉東陽王丕，與廣陵王羽，曾留守平城，未嘗隨行，故魏主復有是命。

魏主宏乃出巡東墉城，徵司空穆亮，與尚書李衝，將作大匠董爵，經營洛都。自從東墉趨河南城，順道詣滑臺，設壇告廟，頒詔大赦，再啟駕赴鄴。湊巧齊雍州刺史王奐次子王肅，奔避家難（王奐伏誅，見上文），馳至鄴城，進謁魏主，泣陳伐齊數策。魏主已經解嚴，不願南伐，唯見他語言悲惋，計議詳明，不由的契合入微，與談移晷。嗣是留侍左右，器遇日隆，或且屏人與語，到了夜半，尚娓娓不倦，幾乎相見恨晚，旋即擢肅為輔國將軍。

適任城王澄自平城至鄴，報稱「留司百官，初聞遷都計畫，相率驚駭，經臣援引古今，譬諭百端，已得眾心悅服，可以無虞。」魏主宏大喜道：「今非任城，朕幾不能成事了。」隨即召入王肅，諭以「朕方遷都，未遑南伐，俟都城一定，當為卿復仇。卿為江左名士，應素習中朝掌故，所有我朝改革事宜，一以委卿，願卿勿辭！」肅唯唯遵諭，便替魏主草定禮儀，一切衣冠文物，逐條裁定，次第呈入，魏主無不嘉納，留待施行。當下在鄴西築宮，作為行在。又命安定王休，率領官屬，往平城迎接家屬，自在行宮過了殘冬。

越年為魏太和十八年，即齊主昭業隆昌元年，魏中書侍郎韓顯宗，上書陳事，共計四條：一是請魏主速還北都，節省遊幸諸費，移建洛京，二是請魏主營繕洛陽，應從儉約，但宜端廣衢路，通利溝渠；三是請魏主遷居洛城，應施警蹕，不宜徒率輕騎，涉履山河；四是請魏主節勞去煩，嗇神養性，唯期垂拱司契，坐保太平。魏主宏頗以為然，乃於仲春啟行，北還平城。

留守百官迎駕入都，魏主宏登殿受朝，面諭遷都事宜。燕州刺史穆羆出奏道：「今四方未定，不應遷都，且中原無馬，如欲征伐，多行不便。」魏主宏駁道：「廄牧在代，何患無馬，不過代郡在恆山以北，九州以外，非帝王所宜都，故朕決計南遷。」尚書於慄又接入道：「臣非謂代地形勝，得過伊洛。但自先帝以來，久居此地，吏民相安，一旦南遷，未免有咈眾情。」魏主聽了，面有慍色，正要開口詰責，東陽王丕復進議道：「遷都大事，當詢諸卜筮。」魏主宏道：「昔周召聖賢，乃能卜宅。今無賢聖，問卜何益！且卜以決疑，不疑何卜！自古帝王以四海為家，或南或北，隨地可居。朕遠祖世居北荒，平文皇帝（即拓跋鬱律）始居東木根山，昭成皇帝（即什翼犍）更營盛樂，道武皇帝（即拓跋珪）遷都平城。朕幸叨祖蔭，國運清夷，如何獨不得遷都呢！」群臣始不敢再言。魏主宏又復西巡，幸陰山，登閱武臺，遍歷懷朔、武川、撫冥、柔玄四鎮。及還至平城，已值秋季。到了初冬，聞洛陽宮闕，營繕粗竣，便即親告太廟，使高陽王拓跋雍，及鎮南將軍於烈，奉神主至洛陽，自率六宮后妃，及文武百官，由平城啟行，和鸞鏘鏘，旗旐央央，馳向洛都來了。小子有詩詠道：

霸圖造就慕皇風，走馬南來抵洛中；
用夏變夷懷遠略，北朝嗣主亦英雄。

魏主遷洛的時候，正值齊廷廢立的期間，欲知廢立原因，且看下回演敘。

冢子先亡，嫡孫承重，此係古今通例，毫不足怪。蕭昭業為文惠太子之胤，太子歿而昭業繼，祖孫相承，不背古道。議者謂昭業淫慝，難免覆亡，不若王融之推立子良，尚得保全齊高之一脈，其說是矣。然天道遠，人道邇，立孫承祖，人道也。孫無道而覆祖業，天道也。帝乙立紂，不立微子，後世不能歸咎於太史，以是相推，則於蕭鸞乎何尤！王融妄圖富貴，叛道營私，何足道哉！魏主宏南遷洛陽，本諸獨斷，後世又有譏其輕棄根本，侈襲周、漢故跡，以至再傳而微。夫國家興替，關係政治，與遷都無與，政治修明，不遷都可也；即遷都亦無不可也。否則株守故土，亦寧能不危且亡者！必謂魏主宏之遷都失策，亦屬皮相之談。本回於蕭鸞之擁立太孫，魏主宏之遷都雒邑，各無貶詞，良有以也。

第三十回

上淫下烝醜傳宮掖　內應外合刃及殿庭

卻說齊嗣主昭業，即位踰年，改元隆昌。自思從前不得任意，至此得了大位，權由己出，樂得尋歡取樂，快活逍遙，每日在後宮廝混，不論尊卑長幼，一味兒頑皮涎臉，恣為笑謔。世祖時穆妃早亡，不立皇后，後宮只有羊貴嬪、范貴妃、荀昭華等，已值中年，尚沒有什麼苟且事情。獨昭業父文惠太子宮內，尚有幾個寵姬，多半是年貌韶秀，華色未衰。不過貞淫有別，品性不同。就中有一霍家碧玉，年齡最稚，體態風騷，當文惠太子在日，也因她柔情善媚，格外見憐，此時嫠居寂寞，感物傷懷，含著無限悽楚，偏昭業知情識趣，眉去眼來，一個是不衫不履，自得風流，一個是若即若離，巧為迎合，你有情，我有意，漸漸的勾搭上手，還有什麼禮義廉恥。更有宦官徐龍駒，替兩人作撮合山，從旁慫恿，密為安排。好一個牽頭。於是雲房月窟，暗裡綢繆，海誓山盟，居然伉儷，說不盡的鸞顛鳳倒，描不完的蝶浪蜂狂。龍駒又想出一法，只說度霍氏為尼，轉向皇太后王氏前，婉言稟聞。王太后哪識姦情，便令將霍氏引去，龍駒竟導至西宮，令與昭業徹夜交歡，恣情行樂，並改霍氏姓為徐氏，省得宮廷私議，貽笑鶉奔。此外又選入許多麗姝，充為妾媵，就是兩宮中的侍女，也採擇多人。不過霍氏是文惠幸姬，格外著名，昭業更格外寵愛，所以齊宮醜史，亦格外播揚。

更可醜的是皇后何氏，也是一個淫婦班頭。她在西州時候，因昭業入宮侍奉，耐不住孤帳獨眠，便引入侍書馬澄，與他私通。及迎入為后，與昭業雖仍恩愛，但昭業是見一個，愛一個，見兩個，愛一雙，仍使何后獨宿中宮，擔受那孤眠滋味。她前時既已失節，此時何必完貞。可巧昭業左右楊珉，生得面白唇紅，豐姿楚楚，由何后窺入眼中，便暗令宮女匯入，賜宴調情。楊珉原是個篾片朋友，既承皇后這般厚待，還有什麼不依，數杯酒罷，攜手入幃，為雨為雲，不消細說。那時昭業上烝庶母，何后下私倖臣，爾為爾，我為我，兩下裡各自圖歡，倒也無嫌無疑，免得爭論。卻是公平交易。

昭業不特漁色，並好佚遊，每與左右微服出宮，馳騁市裡，或至乃父崇安隧中，擲塗賭跳，作諸鄙戲，興至時濫加賞賜，百萬不吝，嘗握錢與語道：「我從前欲用汝一枚，尚不可得，今日須任我使用了！」錢神有知，應答語道：快用快用，明年又輪不著用了！

先是世祖賾生平好儉，庫中積錢五億萬，齋庫亦積錢三億萬，金銀布帛，不可勝計。昭業更得任情揮霍，視若泥沙，祖宗為守財奴，子孫往往如此，嘗挈何后及寵姬，入主衣庫，取出各種寶器，令相投擊，砰硼砰硼的好幾聲，悉數破碎，昭業反狂笑不置。或令閹人豎子，隨意搬取，頃刻垂盡。中書舍人綦母珍之、朱隆之，直閣將軍曹道剛、周奉叔，各得寵眷。珍之內事諂媚，外恣威權，所有宮廷要職，必須先賂珍之，論定價值，然後由珍之列入薦牘。一經保奏，無不允行。珍之任事才旬月，家累鉅萬。往往不俟詔旨，擅取官物，及濫調役使，有司輒相語云：「寧拒至尊敕，難違舍人命！」

宦官徐龍駒得受命為後閤舍人，常居含章殿，戴黃綸帽，披黑貂裘，南面向案，代主畫敕，左右侍直與御坐前無異。這是做牽頭的好處。衛尉蕭諶，為世祖賾族子，世祖嘗引為宿衛，使參機密。征南諮議蕭坦之，與諶同族，曾充東宮直閤，昭業因二人同為親舊，亦加信任。諶或出宿，昭業常通宵不寐，直待諶還直宮中，方得安心。坦之出入後宮，每當昭業遊宴，必令隨侍。昭業醉後忘情，脫衣裸體，坦之扶持規諫，略見信從；但後來故態復萌，依然如故。何皇后私通楊珉，恐事發得罪，所以對著昭業，比前尤暱，曲意承歡。昭業喜不自勝，迎後親戚入宮，使居耀靈殿，齋閤洞開，徹夜不閉，內外淆雜，無復分別，好似那混沌世界，草昧乾坤。想是子業轉世來亡齊祚。

當時惱動了一位宰輔，屢次上疏，規戒主惡。怎奈言不見聽，杳無復諭，自欲入宮面奏，又常被周奉叔阻住禁門，不准放入。情急智生，由憂生憤，遂欲仿行伊、霍故事，想出那廢立的計謀。這人為誰？就是尚書令西昌侯蕭鸞（特筆提敘，喝起下文），鸞擁立昭業，得邀重任，政無大小，多歸裁決。武陵王曅，雖亦見倚賴，但政治經驗，未能及鸞，所以遇事推讓。竟陵王子良已被嫌疑，只好箝口不言，免滋他禍。

鸞專握朝綱，見嗣主縱慾怙非，不肯從諫，乃引前鎮西諮議參軍蕭衍，與謀廢立。衍勸鸞待時而動，不疾不徐。鸞悵然道：「我觀世祖諸子，多半庸弱，唯隨王子隆（世祖第八子），頗具文才，現今出鎮荊州，據住上游，今宜預先召入，免滋後患。唯他或不肯應召，卻也可憂。」衍答道：「隨王徒有美名，實是庸碌，部下並無智士，只有司馬垣歷生，太守卞白龍，作為爪牙，二人唯利是圖，若給他顯職，無有不來！隨王處但費一函，便足邀他入都了。」鸞撫掌稱善，即徵歷生為太子左衛率，白龍為游擊將軍。果然兩人聞信，喜躍前來。再召子隆為撫軍將軍，子隆亦至。鸞又恐豫州刺史崔慧景，歷事高、武二朝，未免反抗，因即遣蕭衍為寧朔將軍，往戍壽陽，慧景還道是意外得罪，白服出迎，由衍好言宣慰，偕入城中。那蕭鸞既撫定荊、豫，釋去外憂，便好下手宮廷，專除內患。

蕭坦之、蕭諶兩人本係昭業心腹，因見昭業怙惡不悛，也恐禍生不測。鸞乘間運動，把兩蕭引誘過來，曉以禍福利害，使他俯首帖耳，樂為己用，然後使坦之入奏，請誅楊珉。昭業轉告何后，何后大駭，流涕滿面道：「楊郎直呼楊郎曾否知羞？年少無罪，何可枉殺！」昭業出見坦之，也將何后所說，複述一遍，坦之請屏左右，密語昭業道：「楊珉與皇后有情，中外共知，不可不誅！」昭業愕然道：「有這般事麼？快去捕誅便了。」坦之領命，忙去拿下楊珉，牽出行刑。何皇后聞報，急至昭業前跪求，哭得似淚人兒一般。昭業也覺不忍，便命左右傳出赦詔。甘作元緒公。哪知坦之早已料到此著，一經推出楊珉，便即處決。至赦文傳到，珉已早頭顱落地了。牡丹花下死，做鬼也風流。詔使返報昭業，昭業倒也擱起，獨何后記念情郎，不肯忘懷，一行一行的淚珠兒，幾不知滴了多少。

坦之慮為所譖，向鸞問計。鸞正欲誅徐龍駒，便囑坦之賄通內侍，轉白何后，但言楊珉得罪，統是龍駒一人唆使。坦之依計而行，何后不知真假，便深恨龍駒，請昭業速誅此人，昭業尚未肯應允，再經鸞一本彈章，令坦之遞呈進去，內外夾迫，教龍駒如何逃生！刑書一下，當然畢命。

楊、徐既除，要輪到直閤將軍周奉叔了，奉叔恃勇挾勢，陵轢公卿，嘗令二十人帶著單刀，擁護出入，保全不敢訶，大臣不敢犯。嘗嘵嘵語人道：「周郎刀，不識君！」鸞亦親遭嫚侮，所以決計翦除。當下囑使二蕭，勸昭業調出奉叔，令為外鎮。昭業耳皮最軟，遂出奉叔為青州刺史。奉叔乞封千戶侯，亦邀俞允。獨蕭鸞上書諫阻，乃止封奉叔為曲江縣男，食邑三百戶。奉叔大怒，持刀出閤，與鸞評理。鸞不慌不忙，從容曉諭，反把奉叔怒氣，挫去了一大半，沒奈何受命啟行。部曲先發，自入宮面辭昭業，退整行裝，跨馬欲走。鸞與蕭諶矯敕召奉叔入尚書省，俟奉叔趨入省門，兩旁突出壯士，你一錘，我一撾，擊得奉叔腦漿迸流，死於非命。鸞始入奏，託言奉叔侮蔑朝廷，應就大戮。昭業拗不過蕭鸞，且聞奉叔已死，也只好批答下來，准如所請。只能欺祖考，不能欺蕭鸞。溧陽令杜文謙嘗為南郡王侍讀，至是語綦毋珍之道：「天下事已可知了！灰燼粉滅，便在旦夕，不早為計，將無噍類呢！」珍之道：「計將安出？」文謙道：「先帝舊人，多見擯斥，一旦號召，誰不應命？公內殺蕭諶，文謙願外誅蕭令，就是不成而死，也還有名有望，若遲疑不斷，恐偽敕復來，公賜死，父母為殉，便在眼前了！」珍之聞言，猶豫未決。不到旬日，果為鸞所捕，責他謀反，立即斬首。連杜文謙也一併拘住，駢首市曹。

武陵王曅忽爾病終，年只二十八。竟陵王子良時已憂悶成病，力疾弔喪，一場哀慟，益致困頓。既而形銷骨立，病入膏肓，便召語左右道：「我將死了！門外應有異徵。」左右出門瞭望，見淮中魚約萬數，浮出水上，齊向城門。不禁驚訝異常，慌忙回報，子良已痰喘交作，奄然而逝了，年三十有五。

子良為當時賢王，廣交名士，天下文才，萃集一門。又有劉瓛兄弟，素具清操，無心干進，子良欲延瓛為記室，瓛終不就。繼除步兵校尉，又復固辭。京師文士，多往從學，世祖且為瓛立館，撥宅營居，生徒皆賀。瓛嘆道：「室美反足為災，如此華宇，奈何作宅！幸奉詔可作講堂，尚恐不能免害呢！」子良折節往謁，瓛與談禮學，不及朝政。年四十餘，尚未婚娶，歷事祖母及母，深得歡心。母孔氏很是嚴明，嘗呼瓛小字，指語親戚道：「阿稱（劉瓛小字）便是今世曾子呢。」後奉朝命，娶王氏女。王女鑿壁掛履，土落孔氏床上，孔氏不悅，瓛即出妻。年五十六病終。子良移廚至瓛宅，囑瓛徒劉繪花縝等，代為營齋。後世為瓛立碑，追謚貞簡先生。

瓛弟璡亦甚方正，與瓛同居，瓛至夜間，隔壁呼進共語，璡下床著衣，然後應瓛。瓛問為何因？璡答道：「向尚未曾束帶，所以遲遲。」又嘗與友人孔澈同舟，澈目注岸上女子，璡即與他隔席，不復同坐。子良為他延譽，由文惠太子召入東宮，遇事必諮，璡每上書，輒焚削草稿。尋署璡為中兵兼記室參軍，病歿任所（劉瓛兄弟，係叔季名士，故特筆帶敘）。

及子良逝世，士類同聲悲悼，獨昭業素有戒心，至是很覺欣慰，不過形式上表示褒崇，賻贈加厚，算作飾終盡禮罷了。看官聽說！這武陵王鞍，與竟陵王子良，本是高武以後著名的哲嗣，位高望重，民具爾瞻，此次迭傳耗問，失去了兩個柱石，頓使齊廷闃寂，所有軍國重權，一古腦兒歸屬蕭鸞。昭業雖進廬陵王子卿（世祖第三子）為衛將軍，鄱陽王鏘（高帝第七子）為驃騎將軍，究竟兩人資望尚淺，比蕭鸞要遜一籌。鸞又得加官中書監，進號鎮軍大將軍，開府儀同三司。自是權勢益隆，陰謀益急，廢立兩字的聲浪，漸漸傳到昭業耳中。昭業嘗私問鄱陽王鏘道：「公可知鸞有異謀否？」鏘素和謹，應聲答道：「鸞在宗戚中，年齒最長，並受先帝重託，諒無他意。臣等少不更事，朝廷所賴，唯鸞一人，還請陛下推誠相待，勿啟猜疑！」昭業默然不答。過了數日，又商諸中書令何胤。胤係何后從叔，后嘗呼胤為三父，使直殿省。昭業與謀誅鸞，胤不敢承認，但勸昭業耐心待時。

昭業乃欲出鸞至西州，且由中敕用事，不復向鸞關白。鸞知昭業忌己，急謀諸左僕射王晏，及丹陽尹徐孝嗣，乞為臂助，兩人亦情願附鸞。會由尼媼入宮，傳達異聞，昭業又召問蕭坦之道：「鎮軍與王晏蕭諶，意欲廢我，傳聞藉藉，似非虛誣，卿果有所聞否？」偏偏問著此人，真是昭業快死。坦之變色道（變色二字，甚妙）：「天下寧有此事！好好一個天子，誰樂廢立？朝貴亦不應造此訛言，想是諸尼媼挑撥是非，淆惑陛下，陛下切勿輕信！況無故除此三人，何人還能自保呢？」昭業似信非信，復商諸直閤將軍曹道剛。道剛為昭業心腹，即密與朱隆之等設法除鸞。尚未舉行，鸞已有所聞，急告坦之。坦之轉白蕭諶，諶答道：「始興內史蕭季敞，南陽太守蕭穎基，已奉調東都，我正待他到來，共同舉事，較易成功。」坦之道：「曹道剛、朱隆之等，已有密謀，我不除他，他將害我，衛尉若明日不舉，恐事已無及了！弟有百歲老母，怎能坐聽禍敗？只好另作他計呢。」諶被他一嚇，不由的惶遽起來，亟向坦之問計。坦之與他附耳數語，諶連聲稱善。當即約定次日起事，連夜部署，準備出發。

一宵易過，轉瞬天明，諶令兵士早餐，食畢入宮，正與曹道剛相遇。道剛驚問來由，才說一語，刃已入胸，倒斃地上，腸已流出。諶麾眾再進，又碰著朱隆之，亂刀直上，揮作數段。直後將軍徐僧亮怒氣直衝，揚聲號召道：「我等受主厚恩，今日應該死報！」說著，即拔刀來鬥，究竟寡不敵眾，也被蕭諶殺死。蕭鸞繼入雲龍門，內著戎服，外被朱衣，踉蹌趨進，急至三次失履。王晏、徐孝嗣、蕭坦之、陳顯達、王廣之、沈文季等，一併隨入，宮中大擾。昭業在壽昌殿，聞有急變，忙使內侍閉住殿門。門甫闔就，外面已喊聲大震，蕭諶引著數百人，斬關直入。昭業駭極，奔入徐姬房，與姬訣別，徐姬也抖作一團，涕泗滂沱。這便是先笑後號咷。

兩人正無法可施，偏喊聲又復四集，昭業遽起，拔劍出鞘，吞聲飲恨道：「他……他不過要我性命，我就自了罷！」說著，用劍自刺，急得徐姬搶前來救，將昭業抱住，連呼陛下動不得動不得。何不前日作此語？昭業見徐姬滿面淚容，淒聲欲絕，禁不住心軟手顫，墜劍落地。俄而蕭諶馳入，逼昭業出殿庭，昭業自用帛纏頸，隨諶出延德殿。宿衛將士，皆隸諶麾下，作壁上觀。昭業也竟無一言，被諶引入西齋，就昭業頸上纏帛，把他勒斃，年止二十一歲。遂輿屍出殯徐龍駒故宅，一面奉蕭鸞命，收捕嬖倖，並及改姓無恥的徐姬，盡行牽出，一刀一個，了結殘生。絕妙徐娘，又好與昭業作地下鴛鴦了。鸞顧語大眾道：「廢君立君，目下應屬何人？」已有自立意。徐孝嗣應聲道：「看來只好立新安王！」鸞微笑道：「我意也是如此，但必須作太后令，卿可急速起草。」孝嗣道：「已早繕就了。」說著，即從袖中取出一紙，遞呈與鸞。鸞略閱一週，便道：「就是這樣罷。」當下將令文宣布，大略說是：

自我皇曆啟基，受終於宋，睿聖繼軌，三葉重光。太祖以神武創業，草昧區夏，武皇以英明提極，經緯天人，文帝以上哲之資，體元良之重，雖功未被物，而德已在民。三靈之眷方永，七百之基已固。嗣主特鍾沴氣，爰表弱齡，險戾著於綠車，愚固彰於崇正，狗馬是好，酒色方湎，所務唯鄙事，所嫉唯善人。世祖慈愛曲深，每加容掩，冀年志稍改，立守神器。自入纂鴻業，長惡滋甚。居喪無一日之哀，縗絰為歡宴之服，昏酣長夜，萬機斯壅，發號施令，莫知所從。閹豎徐龍駒專總樞密，奉叔珍之，互執權柄。自以為任得其人，表裡緝穆，邁蕭、曹而愈信布，倚泰山而坐平原。於是恣情肆意，罔顧天顯，二帝姬嬪，並充寵御，二宮遺服，皆納玩府，內外混漫，男女無別。丹屏之北，為酤鬻之所，青蒲之上，開桑中之肆。又微服潛行，信次忘返，端委以朝虛位，交戰而守空宮。宰輔忠賢，盡誠奉主，誅鋤群小，冀能悛革，曾無克己，更深怨憾。公卿股肱，以異己置戮，文武昭穆，以德譽見猜，放肆醜言，將行屠膾，社稷危殆，有過綴旒。昔太宗克光於漢世，簡文代興於晉氏，前事之不忘，後人之師也。鎮軍居正體道，家國是賴，伊霍之舉，實寄淵謨，便可詳依舊典，以禮廢黜。新安王體自文皇，睿哲天秀，宜入嗣鴻業，永寧四海，即當以禮奉迎，使正大位。未亡人屬此多難，投筆增慨，不盡欲言！

看官閱過前回，應知新安王就是昭文，係文惠太子第二子。當時曾任中軍將軍，領揚州刺史，年方十五。由蕭鸞等迎入登臺，授鸞為驃騎大將軍，錄尚書事，兼領揚州刺史，晉封宣城郡公。頒詔大赦，改隆昌元年為延興元年。復奉太后命令，追廢故主昭業為郁林王，何皇后為王妃。總計昭業在位，僅得一年。小子有詩嘆道：

到底歡娛只一年，兩齋斃命亦堪憐；
早知如此遭奇禍，應悔當初惡未悛！

昭文即位，朝局粗定，除蕭鸞晉爵外，還有一番封賞。欲知底細，須待下回表明。

宋有子業，齊有昭業，好似天生對偶，名相似而跡亦略同。且子業時代，有會稽公主謝貴嬪之淫亂，昭業時代，有霍寵姬何皇后之淫汙，男女宣淫，又若後先一轍；其稍有不同者，則子業好殺，昭業尚不如也。宋湘東王彧，屢瀕於危，不得已而圖一逞，死中求生，情尚可原。齊西昌侯蕭鸞，權傾中外，誅楊珉、徐龍駒，殺周奉叔、綦母珍之，一舉即成，不煩智力。假使有伊尹之志，放昭業於崇安隧中，用正人以輔導之，亦未始不可為太甲，乃必謀廢立，殺主西齋，為將來篡逆之先聲，以視湘東王彧之所為，毋乃過甚！本回演述大意，始則歸咎昭業，繼則歸罪蕭鸞，蓋與二十一回之文法，隱判異同，明眼人自能灼見也。

第三十一回

殺諸王宣城肆毒　篡宗祚海陵沉冤

卻說新安王昭文嗣位，封賞各王公大臣，進鄱陽王鏘為司徒，隨王子隆為中軍大將軍，衛尉蕭諶為中領軍，司空王敬則為太尉，車騎大將軍陳顯達為司空，尚書左僕射王晏為尚書令，西安將軍王玄邈為中護軍。此外親戚勳舊，各有遷調，不及細表。獨蕭鸞從子遙光遙欣，本沒有什麼大功，不過遙欣為始安王道生長孫，得襲封爵。此次復為鸞效力，因特授南郡太守，不令蒞鎮，仍留為參謀。遙光除兗州刺史，嗣又命遙欣弟遙昌，出為郢州刺史。鸞已有心篡立，所以將從子三人，布置內外，樹作黨援。

鄱陽王鏘，隨王子隆，年齡俱未及壯，但高武嗣子，半即凋零，要算鏘與子隆，名位最崇，資望亦最著。蕭鸞陰實忌他，外面卻佯表忠誠，每與鏘談論國事，聲隨淚下。鏘不知有詐，還道他是心口相同，本無歹意；實則朝廷內外，統已看透蕭鸞詭祕，時有戒心。

制局監謝粲，私勸鏘及子隆道：「蕭令跋扈，人人共知（蕭鸞已進錄尚書事，粲尚呼為蕭令，是沿襲舊稱），此時不除，後將無及！二位殿下，但乘油壁車入宮，奉天子御殿，夾輔號令，粲等閉城上仗，誰敢不從？東府中人，當共縛送蕭令，去大害如反掌了。」恐也未必。子隆頗欲依議，鏘獨搖首道：「現在上臺兵力，盡集東府，鸞為東府鎮守，坐擁強兵，倘或反抗，禍且不測，這恐非萬全計策呢！」我亦云然，但此外豈竟無良策麼？已而馬隊長劉巨復屏人語鏘，叩頭苦勸。鏘為所慫恿，命駕入宮。轉念吉凶難卜，有母在堂，須先稟訣為是。乃復折回私第，入白生母陸太妃。陸太妃究係女流，聽著這般大事，嚇得魂不附體，慌忙出言諭止，累得鏘遲疑莫決，只在家中繞行。盤旋了好半日，天色已晚，尚未出門。事為典籤所聞（典籤官名，即記室之類），竟馳往東府告鸞。鸞立遣精兵二千人，圍攻鏘第。鏘毫無預備，只好束手就死。謝粲、劉巨，俱為所殺。

子隆方待鏘入宮，日暮未聞啟行，黃昏又無消息。正擬就寢，忽聞有人入報，鄱陽王居第已被東府兵圍住了。子隆料知有變，但也沒法自防，不得不聽天由命。統是沒用人物。過了片刻，那東府兵已蜂擁前來，排牆直入，子隆無從逃匿，坐被亂兵殺死。兩家眷屬，並皆遇害，財產抄沒。鏘年才二十六，子隆年只二十一，一叔一姪，攜手入鬼門關去了。

江州刺史晉安王子懋，係子隆第七兄，聞二王罹禍，意甚不平，遂欲起兵赴難。自思生母阮氏，尚居建康，應先事往迎，免得受害，乃密遣人入都，迎母東行。偏阮氏臨行時，使人報知舅子於瑤之，令自為計（傳文作兄子瑤之，疑有誤）。瑤之反馳白蕭鸞。自為計則得矣，如親誼何！鸞即奏稱子懋謀反，自假黃鉞督軍，內外戒嚴，立派中護軍王玄邈，率兵往討子懋。一面遣軍將裴叔業，與於瑤之徑襲尋陽。

子懋與防閤軍將陸超之、董僧慧商議，以湓城為尋陽要岸，恐都軍泝流掩擊，即撥參軍樂賁率兵三百人往守。裴叔業等乘船西上，駛至湓城，見城上有兵守著，便不動聲色，但揚言奉朝廷命，往郢州行司馬事。當下懸帆直上，掉頭自去。城中兵見他駛過，當然放心，夜間統去熟睡。不意到了三更，竟有外兵扒城進來，一聲喧噪，殺入署中。樂賁倉皇驚醒，披衣急走，才出署門，兜頭碰著裴叔業，大呼速降免死！賁知不可脫，沒奈何伏地乞降。叔業收納樂賁，據住湓城。因聞子懋部曲，多雍州人，驍悍善戰，不易攻取，乃更使於瑤之詣尋陽城，往賺子懋。

子懋因湓城失陷，正在著忙，召集府州將吏，登城捍禦。忽見瑤之叩門，還疑是戚誼相關，前來相助，便命開城迎入。瑤之視了子懋，行過了禮，便開口說道：「殿下單靠一座孤城，如何久持！不若舍仗還朝，自明心跡，就使不能復職，也可在都下作一散官，仍得保全富貴，決無他慮！」子懋被他一說，禁不住心動起來。尋陽參軍於琳之，係瑤之親兄，此時也從旁閃出，與乃兄一唱一和，說得子懋越加移情。琳之復勸子懋重賂叔業，使他代為申請，洗刷前愆。子懋已為所迷，遂取出金帛，使琳之隨兄同往。琳之見了叔業，非但不為子懋說情，反教叔業掩取子懋。叔業即遣裨將徐玄慶，率四百人隨著琳之，馳入州城。

子懋正坐齋室中，靜待琳之歸報，驀聞門外有蹴踏聲，驚起出視，只見琳之帶著外兵，各執著亮晃晃的寶刀，踴躍而來。不由的大駭道：「汝從何處招來兵士？」琳之瞋目道：「奉朝廷命，特來誅汝！」子懋乃怒叱道：「刁詐小人，甘心賣主，天良何在！」言未已，琳之已趨至面前。子懋退入齋中，被琳之搶步追入，揿住子懋，用袖障面，外邊跟進徐玄慶，順手一刀，頭隨刀落，年只二十三。死由自取，不得為枉。

琳之取首出齋，徇示大眾，那時府中僚佐，早已逃避一空，剩得幾個僕役，怎能反抗！此外有若干兵民，統是顧命要緊，樂得隨風披靡，順從了事。可巧王玄邈大軍亦到，見城門洞開，領兵直入。琳之、玄慶等接著，報明情形，玄邈大喜，復分兵搜捕餘黨。

兵士捕到董僧慧，僧慧慨然道：「晉安舉兵，僕實預謀，今為主死義，尚復何恨！但主人屍骸暴露，僕正擬買棺收殮，一俟殮畢，即當來就鼎鑊！」玄邈嘆道：「好一個義士！由汝自便。我且當牒報蕭公，貸汝死罪！」僧慧也不言謝，自去殮葬子懋。子懋子昭基，年方九歲，被繫獄中，用寸絹為書，賄通獄卒，使達僧慧。僧慧顧視道：「這是郎君手書，我不能援救，負我主人！」遂號慟數次，嘔血而亡！

還有陸超之靜坐寓中，並不避匿。於琳之素與超之友善，特使人通訊，勸他逃亡。超之道：「人皆有死，死何足懼！我若逃亡，既負晉安王厚眷，且恐田橫客笑人（田橫齊人，事見漢史）！」玄邈擬拘住超之，囚解入都，聽候發落。偏超之有門生某，妄圖重賞，佯謁超之，覷隙閃入超之背後，拔刀奮砍，頭已墜下，身尚不僵。超之非羿，其徒恰似逄蒙。遂攜首往報玄邈。玄邈頗恨門生無禮，但一時不便詰責，仍令他攜首合屍，厚加殯殮。大殮已畢，門生助舉棺木，棺忽斜墜，巧巧壓在門生頭上。一聲脆響，頸骨已斷，待至旁人把棺扛起，急救門生，已是暈倒地上，氣絕身亡！莫謂義士無靈！玄邈聞報，也不禁嘆息，唯受了蕭鸞差遣，只好將昭基等械送入都，眼見是不能生活了。

鸞復遣平西將軍王廣之，往襲南兗州刺史安陸王子敬（係武帝第五子）。廣之命部將陳伯之為先驅，佯說是入城宣敕。子敬親自出迎，被伯之手起刀落，砍倒馬下。後面即由廣之馳到，城中吏民，頓時駭散。經廣之揭張告示，謂罪止子敬，無預他人，於是吏民復集，稍稍安堵。廣之飛使報鸞，鸞更遙飭徐玄慶，順道西上，往害荊州刺史臨海王昭秀。

玄慶輕車簡從，馳抵江陵，矯傳詔命，立召昭秀同歸。荊州長史何昌寓，料有他變，獨出見玄慶道：「僕受朝廷重寄，翼輔外藩，今殿下未有過失，君以一介使來，即促殿下同去，殊出不情！若朝廷必須殿下入朝，亦當由殿下啟聞，再聽後命。」玄慶見他理直氣壯，倒也不好發作，乃告辭而去。嗣由正式詔使，徵昭秀為車騎將軍，別命昭秀弟昭粲繼任，昭秀乃得安然還都。

蕭鸞續命吳興太守孔琇之，行郢州事，且囑使殺害晉熙王銶（高帝第十八子）。琇之不肯受命，絕粒自盡。乃改遣裴叔業西行，翦除上流諸王。叔業自尋陽至湘州，湘州刺史南平王銳，擬迎納叔業。防閤將軍周伯玉朗聲道：「這豈出自天子意？為今日計，宜收斬叔業，舉兵匡扶社稷，名正言順，何人不依！」快人快語。銳年才十九，沒甚主見，典簽在旁，呵叱伯玉，竟勒令下獄。待叔業入城，矯詔殺銳，又將伯玉殺死。叔業再趨向郢州，也是依法泡製，銶年十六，更加懦弱，服毒了命。更由叔業馳往南豫州。豫州刺史宜都王鏗（高帝第十六子），也不過十八歲，驚惶失措，也被叔業勒斃。

上游諸王，已經盡殲，叔業欣然東還，復告蕭鸞。蕭鸞遂自為太傅，領揚州牧，進爵宣城王，引用當時名士，與商大計，指日篡位。侍中謝朏不願附逆，求出為吳興太守，得請赴郡。用酒數斛，貽送吏部尚書謝瀹，且附書道：「可力飲此，勿預人事！」統做好好先生，自然亂賊接踵。原來瀹係朏弟，朏恐他好事惹禍，故有此囑。宣城王鸞，尚恐人情未服，不免加憂。驃騎諮議參軍江祏面請道：「大王兩胛上生有赤志，便是肩擎日月。何不出示眾人，俾知瑞異！」鸞點首無言。適晉壽太守王洪範，入都謁鸞，鸞便袒臂相示，且故意密語道：「人言此是日月相，願卿勿洩！」洪範道：「公有日月在軀，如何可隱？當為公極力宣揚！」鸞佯為失色，洪範退後，卻暗暗喜歡，欣慰不置。桂陽王鑠（高帝第八子），與鄱陽王鏘齊名，鏘好文章，鑠好名理，時稱鄱桂。鄱陽王遇害，鑠由前將軍遷任中軍將軍，並開府儀同三司。他本來流連詩酒，不願與聞政事。此時勉強接任，明知鸞不懷好意，也因沒法推辭，虛與周旋。一日往東府見鸞，坐談片刻，還語侍讀山悰道：「我日前往見宣城王，王對我嗚咽，即夕害死鄱陽、隨郡二王，今日宣城見我，又複流涕，且面有愧色，恐我等也要受害哩！」自知頗明，惜不能先幾遠引。是夕心驚肉跳，很覺不安。果然到了夜半，有東府兵斬關突入，把鑠殺斃，年只二十四。

鑠以下諸弟，便是始興王鑑（高帝第十子），曾為祕書監，領石頭戍事，時已去世；又次為江夏王鋒，鋒有才行，並有武力，任驍騎將軍。至是貽書責鸞，說他殘虐宗族，忍心害理，鸞引為深恨。只因他勇武過人，不敢遣兵入第，但使他出祀太廟，就廟中埋伏甲士，俟鋒登車前來，突出害鋒。鋒從車上躍下，揮拳四擊，前至數人，皆被擊倒，怎奈來兵甚眾，四面攢毆，且手中盡執刀械，繞身攢刺，任你江夏王如何驍悍，畢竟赤手空拳，寡不敵眾，身上受了數十創，大吼而亡，年只二十。

鸞又遣典簽何令孫，往殺建安王子真（武帝第九子），子真方十九歲，膽子甚小，走匿床下。令孫追入，一把抓住，嚇得子真渾身發抖，伏地叩首，哀乞為奴，冀免一死。偏令孫不肯容情，拔劍一揮，嗚呼畢命！

鸞殺死數王，意尚未足，更令中書舍人茹法亮，往殺巴陵王子倫（武帝第十三子）。子倫閱年十六，頗有英名，時正為南蘭陵太守，鎮治琅琊，聞得法亮到來，即從容不迫，整肅衣冠，出受詔命。法亮讀過偽敕，並遞過毒酒一杯，逼令速飲。子倫唏噓道：「聖人有言，鳥死鳴哀，人死言善，先朝前滅劉氏，幾無遺類，今子孫遭禍，也是理數循環，不足深怨。唯君是我家舊人，獨奉使到此，想是事不得已，此酒何勞勸酬，我拚著一死罷了！」此子頗覺明白，可惜為鸞所殺。法亮懷慚不答，但看他酒已畢飲，當即趨退。不到片時，子倫已毒發歸天。法亮又入內殯殮，也為淚下。假惺惺何為？

隨即返報蕭鸞，鸞並殺死衡陽王鈞。鈞係高帝十一子，過繼衡陽王道度為嗣，曾任祕書監，好學有文名，生年二十二歲，也為蕭鸞所害。看官！你道是冤不冤、慘不慘呢！出爾反爾，盍讀子倫遺言。

鸞逞情殺戮，無一敢違，正好趁勢做去，把高、武兩帝傳下的寶座，篡奪了來。齊主昭文，本來是個殿中傀儡，一切政事，聽命蕭鸞，就是一飲一食，也必經蕭鸞允給，方由御廚供俸。一日思食蒸魚菜，飭廚官進陳，廚官答稱無宣城命，竟不上供。似這無權無力的小皇帝，要他推位讓國，真是容易得很。況且宗親懿戚，已害死了一大半，朝上一班元老，又統是朝秦暮楚，沒甚廉恥，但得保全富貴，管什麼帝祚旁移！因此延興元年十月終旬，竟頒出一道太后敕令，廢齊主昭文為海陵王，命宣城王鸞入登大位。令云：

夫明晦迭來，屯平代有，上靈所以眷命，億兆所以歸懷。自皇家淳耀，列聖繼軌，諸侯官方，百神受職，而殷憂時啟，多難薦臻。隆昌失德，特紊人思，非徒四海解體，乃亦九鼎將移。賴天縱英輔，大匡社稷，崩基重造，墜典再興。嗣主幼衝，庶政多昧，且早嬰尪疾，弗克負荷；所以宗正內侮，戚藩外叛，覘天視地，人各有心。雖三祖之德在民，而七廟之危行及，自非樹以長君，鎮以淵器，未允天人之望，寧息奸宄之謀！太傅宣城王，胤體宣皇，鍾慈太祖，識冠生民，功高造物，符表夙著，謳頌有在。宜入承寶命，式寧宗濆。帝可降封海陵王，吾當歸老別館。昔宣帝中興漢室，簡文重延晉祀，庶我鴻基，於茲永固。言念國家，感慶載懷。

這令一下，昭文當然出宮，別居私第。還有昭文妃王氏，方冊為皇后，不到旬月，仍降為海陵王妃。就是太后王氏，本居養宣德宮，至鸞入嗣位，也只好讓出宮外，另就鄱陽王故第，略加修葺，沿襲舊號，仍稱為宣德宮。那太傅領大將軍揚州牧宣城王蕭鸞，還且三揖三讓，待至群臣三請，然後入殿登基。愈形其醜。當即改元建武，頒詔大赦。自謂入承太祖，列作第三子。要篡就篡，何必強詞附會！加授太尉王敬則為大司馬，司空陳顯達為太尉，尚書令王晏為驃騎大將軍，左僕射徐孝嗣為中軍大將軍，中領軍蕭諶為領軍將軍，兼南徐州刺史，中護軍王玄邈為南兗州刺史，平北將軍王廣之為江州刺史，晉壽太守王洪範為青、冀二州刺史。所有揚州刺史要缺，特委任長子寶義。寶義少有廢疾，不堪外鎮，乃更改命始安王遙光代任。遙光弟遙欣鎮荊州，遙昌鎮豫州，三人與鸞最親，更有佐命功勳，所以特委重任，倚若長城（為後文伏筆）。

度支尚書虞悰獨自稱病重，不肯入朝。王晏奉新主命，慰諭虞悰，令他出佐新朝，悰慨然道：「主上聖明，公卿戮力，自能安邦定國，還須老朽何用？悰實不敢聞命！」說至此，慟哭不已。惹得王晏無可再說，只得入朝復旨，朝議即欲具奏劾悰，徐孝嗣獨進言道：「這也是古來遺直呢！」想亦自覺靦顏。朝臣聞孝嗣言，方才罷議。

過了數日，追尊生父始安王道生為景皇帝，生母江氏為景皇后，贈故兄鳳為侍中驃騎將軍，封始安王弟緬為侍中司徒，封安陸王。鳳仕宋為郎官，宋季已經病故，嗣子就是遙光兄弟。緬在齊太祖時，受爵安陸侯，世祖永明九年病歿，嗣子寶晊襲爵，出為湘州刺史。寶晊弟寶覽封江陵公，寶宏封汝南公。冊故妃劉氏為皇后，追謚曰敬。劉后去世，差不多有六七年，遺下四子，長寶卷，次寶玄，次寶夤，又次為寶融。尚有庶出諸子，最長的就是寶義，次寶源，次寶攸，次寶嵩，最幼為寶貞。鸞既為帝，欲立儲貳，因寶義雖為長子，究是庶出，且有廢疾，因特立寶卷為太子，封寶義為晉安王，寶玄為江夏王，寶源為廬陵王，寶夤為建安王，寶融為隨王，寶攸為南平王，寶嵩為晉熙王，寶貞為桂陽王。

又對著廢主昭文，佯加優待，命依漢東海王彊（漢光武子）故事，給虎賁旄頭畫輪車，設鍾虡宮懸，一切供養，俱從隆厚。到了十一月間，忽稱海陵王有疾，屢遣御醫診視，哪知進藥數劑，反把他斷送性命。形式上卻下了一道哀詔，命大鴻臚監護喪事，殮用袞冕，葬給轀輬車，儀仗用黃屋左纛，前後羽葆鼓吹，輓歌二部，予謚為恭。可憐十五歲的廢主，徒博得一副葬儀，還算比高武文惠諸男，外觀較美呢。小子有詩嘆道：

鬱林廢去海陵來，半載蹉跎受劫灰。
幼主未曾聞失德，徒遭篡弒令人哀！

齊主鸞正心滿意足，如願以償，偏外人仗義執言，竟爾聲罪致討，興動干戈。欲知何人討鸞，且看下回再詳。

高武文惠諸男，不可謂少，乃蕭鸞圖逆，恣意殺戮，未敢有違；唯鄱陽王鏘，隨王子隆，晉安王子懋本欲先發制鸞，顧皆為鸞所害。三王之死，皆一疑字誤之；當斷不斷，反受其亂，古語誠不虛也。夫以諸王之內居外守，竟不能監束一鸞，毋乃所謂景升之子，皆豚犬耶！昭文嗣位，未及一年，飲食起居，皆待鸞命，捽而去之，猶反手耳。然昭文不足亡國，而亡國者實為昭業，鸞之篡位，昭業使之也。但前有郁林，後有東昏，悖入悖出，兩兩相稱，鸞猶殘戮諸王，為後嗣計，毒若蛇蠍，愚若犬彘，讀此回而不嘆恨者，未之有也。

第三十二回

假仁襲義兵達江淮　易后廢儲釁傳河洛

卻說魏主宏遷都洛陽，經營粗定（應二十九回），聞得南齊廢立，蕭鸞為帝，意欲乘機出兵，託詞問罪。可巧邊將奏報，謂齊雍州刺史曹虎，有乞降意。魏主大喜，即遣鎮南將軍薛真度出攻襄陽，大將軍劉昶、平南將軍王肅出攻義陽，徐州刺史拓跋衍出攻鍾離，平南將軍劉藻出攻南鄭，四路並進。又特派尚書僕射盧淵，督襄陽前鋒諸軍，淵不願受命，託言未習軍事。魏主不許，淵嘆息道：「我非不願盡力，但恐曹虎有詐，將為周魴（周魴三國時人），奈何！」相州刺史高閭上表，略稱洛陽草創，曹虎並未遣質，必非誠心，不應輕舉。魏主仍然不從，再召公卿會議，欲自往督師。鎮南將軍李衝，及任城王澄，同聲勸阻，獨司空穆亮，主張親征。公卿等多半模稜，澄瞋目語亮道：「公等平居議論，俱未嘗贊成南征，何得面對大廷，即行變議！事涉欺佞，豈是純臣所為？萬一傾危，試問咎歸何人？」李衝從旁插入道：「任城王所言，確是效忠社稷！」魏主宏怫然道：「任城以從朕為佞，不從朕為忠，朕聞小忠為大忠之賊，任城可也曉得否？」澄複道：「澄質愚闇，雖似小忠，要是竭忠報國，但不知陛下所謂大忠，究有何據？」魏主宏無詞可答，但氣得目瞪口呆，坐了半晌，拂袖還宮。越日竟傳出敕命，令季弟北海王詳為尚書僕射，留掌國事，李衝為副，同守洛都，又命皇弟趙郡王幹，始平王勰，分統禁軍宿衛左右，自率大軍南下。

行至懸瓠，連促曹虎會兵，虎終不至。魏主宏仍不肯罷兵，警報傳達齊廷，齊遣鎮南將軍王廣之、右衛將軍蕭坦之、尚書右僕射沈文季，分督司、徐、豫三州兵馬，抵禦魏軍。魏將拓跋衍攻鍾離，由齊徐州刺史蕭惠休乘城拒守，且用奇兵出襲魏營，擊敗拓跋衍。劉昶、王肅攻義陽，由齊司州刺史蕭誕抗禦，誕出戰不利，閉城自守，城外居民，多半降魏，統計約萬餘人。

魏主宏渡淮東行，直抵壽陽，眾號三十萬，鐵騎滿野。適春雨連宵，魏主自登八公山，覽勝賦詩，並命撤去麾蓋，冒雨巡行，示與士卒共同甘苦。見有軍士抱病，輒親加撫慰。一面呼城中人答話，豫州刺史蕭遙昌，使參軍崔慶遠出見魏主，且問何故興師？魏主宏道：「卿問我何故興師，我且問汝主何故廢立？」慶遠道：「廢昏立明，古今通例，何勞疑問！」魏主又道：「齊武子孫，今皆何在？」慶遠道：「周公大聖，尚誅管蔡，今七王同惡，不得不誅。此外二十餘王，或內列清要，或外典方牧，並沒有意外禍變。」魏主複道：「汝主若不忘忠義，何故不立近親，與周公輔成王相類，為什麼自行篡取呢？」慶遠道：「成王有守成美德，所以周公可輔，今近親皆不若成王，故不可立。漢霍光嘗舍武帝近親，迎立宣帝，便是擇賢為主的意思。」魏主笑道：「霍光何以不自立？」慶遠道：「霍光異姓，故不自立，主上同宗，正與漢宣帝相似。且從前武王伐紂，不立微子，難道也是貪圖天下麼？」虧他善辯，好似宋張暢之答魏尚書。魏主被他駁倒，幾乎理屈詞窮，便強作大笑道：「朕本前來問罪，如卿所言，卻似有理，朕也未便顯斥了。」慶遠便接口道：「見可而進，知難而退，便不愧為王師！」前駁後諛，正好口才。魏主道：「據卿意見，欲朕與汝國和親麼？」慶遠道：「南北和親，兩國交歡，便是生民大幸。否則彼此交惡，生靈塗炭，這在聖衷自擇，不必外臣多言！」

魏主不禁點首，便賞慶遠宴飲，並賞給衣服，遣令還城。自移軍轉趨鍾離。齊復遣左衛將軍崔慧景，寧朔將軍裴叔業，至鍾離援蕭惠休。平北將軍王廣之與黃門侍郎蕭衍，太子右衛率蕭誄等，至義陽援蕭誕。誕為蕭諶兄，誄為蕭誕弟，此次救兄情急，從廣之往救義陽，恨不得即日馳到。偏廣之行至中途，距義陽城百餘里，探得魏兵甚盛，未敢遽進。誄急白蕭衍，請催廣之進兵，衍乃轉告廣之。廣之尚在遲疑，經衍自請先驅，願與誄間道赴援。廣之乃分兵撥給，令他二人前去。

二人領兵夜發，啣枚疾走，直達賢首山，去魏軍僅隔數里，滿山上插起旗幟，鼓角齊鳴。魏劉昶、王肅等，正塹柵三重，併力攻義陽城，驀聞鼓角聲從後傳至，不禁驚異，回首探望，隱約見有無數旌旗，飄揚山上，幾不辨齊軍多少，未敢派兵往攻。轉眼天明，城中亦望見援軍，由長史王伯瑜帶領守兵，出攻魏柵，因風縱火，煙焰薰天。蕭衍等從高瞧著，急驅軍下山，從外夾擊，一番混戰，魏軍支持不住，解圍遁去。蕭誕復會師追擊，俘獲至數千人。

魏主時在鍾離城下，尚未接義陽敗耗，擬乘銳渡江，掩齊不備，乃自督輕騎南行。司徒馮誕病不能從，魏主與他訣別，忍淚出發。約行五十里，即接得鍾離急報，報稱誕已逝世，不由的涕淚俱下。又聞齊將崔慧景等來援鍾離，相去不遠，乃只好夤夜趨還。到了鍾離城下，撫馮誕屍，哭泣不休，達旦猶聞哭聲。誕與魏主宏同年，幼同硯席，並尚魏主妹樂安公主，平素雖無甚才名，但資性卻是淳厚，所以魏主格外含哀，賻殮儀制，特別加厚。待誕櫬發回安葬，魏主尚無歸志，又遣使臨江，傳達檄文，歷數齊主鸞罪狀，應該有此，自督兵圍攻鍾離。

鍾離城守蕭惠休，本來有些智勇，那崔慧景、裴叔業等，又復馳至，紮營城外，與城中相應。內守外攻，與魏兵相持旬日，魏兵不得便宜，反戰死了許多士卒。魏主宏乃至邵陽，就洲上築起三城，柵斷水路，為久駐計，被裴叔業率兵攻破，計不得逞。更欲置戍淮南，招撫新附，會魏相州刺史高閭，及尚書令陸叡，先後上書，勸魏主退歸洛陽，魏主乃渡淮北去。兵未渡完，忽有齊兵飛艦前來，據住中渚，截擊魏人。魏主宏亟懸賞購募，謂能擊破中渚兵，當立擢為直閤將軍。軍弁奚康生應募奮出，縛筏積薪，引著壯士數百名，駛至中渚，因風縱火，毀齊戰艦，趁著煙霧迷濛的時候，持刀直進，亂斫亂砍，逼得齊兵倉皇失措，四散逃去。魏主大喜，即命康生為直閤將軍，各軍依次畢濟。

唯將軍楊播，領著步卒三千，騎兵五百，作為殿軍，尚未涉淮。偏齊兵又復大至，戰艦塞川，截住楊播歸路。播結陣自固，齊兵上岸圍攻，由播猛力搏戰，相拒至兩晝夜，兀自守住。只苦軍中食盡，不能枵腹從戎。魏主宏在北岸遙望，屢思越淮救播，可奈春水方漲，船隻未備，急切不便徒涉，無從施救。唯有相對欷歔。幸而淮水漸退，播自陣中殺出，引得精騎三百名，至齊艦旁大呼道：「我等便要渡江，有人能戰，快來接仗，休得誤過！」一面說，一面躍馬入水，向北徑渡。齊兵見他勇悍，也不敢追逼，由他游泳自去。越不怕死，越不會死。

魏主宏見播到來，很是喜慰，便引兵回洛去了。唯邵陽洲上，尚留魏兵萬人，也欲北歸，因被崔慧景等阻住，無法退還，不得已遣使求和，願輸良馬五百匹，借一歸路。慧景未許，副將張欣泰道：「歸寇勿遏，不如縱使北去。否則困獸猶鬥，彼若拚死來爭，就使我得幸勝，亦不為武，不勝反隳棄前功，豈不可惜！」慧景乃縱令北還。嗣被蕭坦之劾奏，二人皆不得賞，未免怏怏，後文另有交代。

唯魏兵出發，本由四路進兵。鍾離、義陽兩路，已經退歸。還有襄陽一路，是魏將薛真度為帥，到了南陽為齊太守房伯玉殺敗，無功而還。南鄭一路，軍帥乃是劉藻，行至中途，適梁州刺史拓跋英，也引兵來會，便合軍進擊漢中。齊梁州刺史蕭懿，遣部將尹紹祖、梁季群等，率兵二萬，據險扼守，設立五柵，防禦敵兵。拓跋英偵得消息，便囂然道：「齊帥皆賤，不能統一，我但挑選精卒，攻他一營，彼必不肯相救；一營得破，四營不戰自潰了。」說著，便自統精騎數千人，急攻一營。營中守將正是梁季群，驀聞魏兵到來，便開柵逆戰。拓跋英持槊當先，與季群大戰數合。

季群力怯，戰不過拓跋英，正思勒馬退走，不防拓跋英乘隙刺來，慌忙閃避，被英橫槊一掠，跌了一個倒栽蔥，即由魏兵擒去。齊兵失了主將，當然棄柵逃散。尹紹祖聞季群遭擒，嚇得魂膽飛揚，把四柵一併棄去，狼狽奔回。拓跋英乘勝長驅，進逼南鄭。蕭懿又遣他將姜修擊英，途次遇著伏兵，俱為所俘，竟至片甲不回，遂直達南鄭城下，四面圍住。懿登陴固守，約歷數十日，城中糧食將盡，兵中恟懼異常。參軍庾域，卻想了一計，封題空倉數十，指示將士道：「倉中粟米皆滿，足支二年，但能努力堅守，怕什麼強虜呢！」大眾聽了此語，方得少安。懿復遣人煽誘仇池諸氐，使起兵斷英運道，英乃不能久持。適魏主有敕頒到，召還劉藻，並令英還鎮，英乃撤圍西返，使老弱先行，自率精兵斷後，且仰呼城中，與懿告別。懿恐有詐謀，不敢遽追，過了兩日，方遣將倍道追去。英見有追兵，下馬待戰，故示從容，懿兵又不敢進逼，重複折回。英始取道斜谷，返入仇池，沿途遇著叛氐，且戰且前，流矢射中英頰，英督戰如故，終得將叛氐殺平，安抵仇池(敘清兩路，繳足上文)。

又有魏城陽王拓跋鸞，攻齊赭陽，也不能拔，齊遣右衛率垣歷生赴援，鸞恐眾寡不敵，下令退兵，偏部將李佐，留兵逆戰，吃了一個大敗仗，方匆匆走還。督軍盧淵，本是勉強受命，至此歸心愈急，早已棄師還洛。魏主轉趨魯城，親祀孔子，拜孔氏二人、顏氏二人為官，且選孔氏宗子一人，封崇聖侯。奉孔子祀，重修園墓，更建碑銘，饒有尊聖明經的意思。既而還都，特立國子太學，四門小學，選了幾個耆年碩彥，充做國老庶老，賜宴華林園，各給鳩杖衣裳，求遺書，正度量，制禮作樂，黼黻太平。

越年，又下詔易姓，稱為元氏。魏人嘗自稱為黃帝子昌意後裔，昌意少子，受封北國，有大鮮卑山，遂以為號。黃帝以土德王。北俗謂土為拓，後為跋，所以叫做拓跋氏，魏主宏謂土屬黃色，是萬物原始，此次變禮從華，不宜仍襲北語，因特改姓為元，凡諸功臣舊族，姓或重複，悉令改更，就是內外文牘，及普通語言，均不得再仍舊俗。又仿南朝制度，一切選調，推重門族。尚書僕射李衝進言道：「陛下選用官吏，如何專取門品，不拔才能？」魏主道：「世家子弟，就使才具平常，德性要自純篤，朕故就此錄用。」衝又道：「傅說版築，呂望釣叟，何嘗出自世家？」魏主道：「非常人物，古今只有一、二人，怎得拘為成例？」中尉李彪亦插嘴道：「魯有三卿，如何孔門四科？」魏主道：「如有高明特達，出類拔萃，朕亦自當重用，不拘一格呢。」兩李方才無言，相繼告退。南朝雅重門望，實是敝制，如何魏亦仿此？看官！你道魏主宏變夷從夏，好似一個有道明君，哪知他釣名沽譽，諸多粉飾，連宮闈裡面，尚是偏聽不明。對著六七個嗣子，亦未聞有義方教訓，是不能齊家，焉能治國！名為尊崇孔聖，實與孔子遺言，簡直是大不相符呢。

從前魏主終喪，曾納太師馮熙二女，長為昭儀，次為皇后，當時因長女庶出，所以妹尊姊卑，小子於前文二十八回中，曾已略敘，但皇后頗有德操，昭儀獨工姿媚，魏主宏初尚重后，後來覺得中宮坦率，總不及愛妾多情，而且玉貌花容，妹不及姊，好德不如好色，魏主宏正犯此病，遷都以後，姊妹花同入洛陽，馮昭儀尤邀寵幸。魏主除視朝聽政外，日夕在昭儀宮內，同餐同宿，形影不離。昭儀更獻出百般殷勤，籠絡魏主，直把那魏主愛情，盡移到一人身上，不但後宮無從望幸，就是中宮皇后，也幾同寂寂長門。馮皇后雖非妒婦，也不免自嗟命薄，私怨鴒原。昭儀本自恃年長，不肯遵循妾禮，又況寵極專房，更視阿妹如眼中釘。每當枕蓆私談，無非說皇后壞處，惹得魏主怒上加怒，竟把皇后廢去，貶入冷宮。無以妾為妻，魏主曾聞古語否？后乞出居瑤光寺，情願為尼，總算得魏主允許，遂以練行尼終身。看到後文，乃姊應自愧弗如。朝臣進諫不從，唯暫將立后問題，擱起了三五月。

冤冤相湊，又惹出廢儲一案，遂致夫婦不終，父子亦不終。魏主長子名恂，係故妃林氏所出（見第二十八回）。太和十七年，恂年十一，立為皇太子。既而行加冠禮，魏主為他取字，叫做元道。且召令入見，誡以冠義，並面囑道：「字汝元道，所寄不輕，汝當顧名思義，勉從吾旨。」及改姓元氏，又改字宣道。適太師馮熙，病死平城，魏主遣恂弔喪，臨行囑咐道：「朕位居皇極，不便輕行，欲使汝展哀舅氏，並順便拜謁山陵及汝母墓前。在途往返，當溫讀經籍，勿違朕言。」（馮熙之死，就此帶過。）恂雖允諾而去，但素性懶惰，不甚好學，體又肥壯，每苦河洛暑熱，不願南居，此時奉命北去，樂得假公濟私，偷圖安逸。偏是乃父性急，相離不過兩三月，竟下了數道詔旨，促使南歸。恂無法推諉，只好硬著頭皮，還洛覆命。魏主訓責數語，又令在東宮勤學，不得佚居。恂陽奉陰違，且有怨詞，中庶子高道悅，屢次苦諫，恂不唯不從，反引為深恨。

會魏主巡幸嵩嶽，留恂居守金墉城，恂欲輕騎北去，為道悅所阻，頓時觸動恂怒，拔劍一揮，殺死道悅。幸領軍元徽，勒兵守門，不使恂得擅越；一面遣報魏主。魏主駭惋，亟自汴口折還，召恂責問，親加笞杖。皇弟咸陽王禧等入內勸解，魏主反令禧代杖百下。禧雖未下重手，究竟是金枝玉葉，從未經過這般捶楚，宛轉呻吟，不能起立。魏主叱令左右，把恂扶曳出外，幽錮城西別館。恂臥床不起，竟至月餘。魏主怒尚未息，至清徽堂召見群臣，議即廢恂，司空兼太子太傅穆亮，僕射太子少保李衝，並免冠頓首，代為哀請。魏主勃然道：「古人有言：大義滅親，此兒今日不除，必為國家大禍。南朝永嘉亂事，可為借鑑，奈何好姑息養奸哩！」遂即下詔，廢恂為庶人，移置河陽無鬬城，所供服食，僅免飢寒。

適恆州刺史穆泰，定州刺史陸叡，不樂移徙，共謀作亂。魏主聞報，急使任城王澄，掩捕二人，拘繫平城獄中。魏主又親往審鞫，誅穆泰，賜陸叡自盡。還至長安，接得中尉李彪密報，謂廢太子恂，將與左右謀逆，恐是蜚言，乃使咸陽王禧，與中書侍郎邢巒，奉詔齎鴆，迫令取飲。恂飲畢即死，年才十五。用粗棺常服為殮，槀葬河陽城。另立次子恪為太子。恪母高氏，為將軍高肇妹，幼時夢為日所逐，避匿床下，日化為龍，繞身數匝，大驚而寤。時已目為奇徵，年十三歲入掖庭，婉豔動人，由魏主召幸數次，得孕生恪。嗣又生子名懷，恪為太子，懷亦受封廣平王，至馮昭儀得寵，高氏亦為魏主所疏。昭儀無出，聞高氏幼有異夢，料將來應在恪身，乃欲養恪為子，竟將高氏毒斃。恪年尚幼，遂歸馮昭儀撫養，每日必親視櫛沐，慈愛有加。魏主還嘉她撫恪有恩，不啻己出，其實她是慕效姑母，想做第二個文明太后，蓄志正不小呢！計策固佳，可惜無文明太后福命！

東陽王拓跋丕，前曾勸阻遷都，及魏主詔改衣冠，丕仍著舊服，諸多忤旨，降封為新興公。丕子隆及弟超，又與穆泰密謀為亂，經魏主宏窮治泰黨，隆超皆連坐伏誅。丕本不預謀，亦被斥為民。當時北魏宗室，丕年最高，資望亦為最隆，歷事六朝，垂七十年，驟然奪職，還為庶人，朝野皆為嘆惜（魏有兩拓跋丕，一為太武之弟，封樂平王，已經早歿，此拓跋丕為代王翳槐玄孫，非道武嫡裔，閱者幸勿混視）。魏主宏還特別加恩，免丕死罪。未幾，即立馮昭儀為繼后，疏斥老成，專寵豔妃，一位守文中主，損德實不少呢。小子有詩嘆道：

無辜棄婦先傷義，有意誅兒又害慈；

盡說孝文（魏主宏歿後諡法）能復古，如何恩義兩乖離！

魏主遠賢近色，好大喜功，聞得南朝屢殺大臣，眾心不服，復乘隙起兵，進攻南陽。欲知勝負如何，下回再行詳敘。

本回所敘，專指魏事，齊事第連類帶敘而已。當魏主之決計南伐也，名非不正，乃屈於崔慶遠之數言，即致氣沮，已見其用志之不專。蕭鸞橫逆，敢弒二君，據事駁斥，彼將何辭？乃以蕭衍之戰勝，馮誕之病死，即引軍還洛，僅遣使臨江，數罪而去，言不顧行，多辭奚益？要之一味意氣用事，徒假虛名以欺人世耳。至若皇后無過，乃以寵妾之讒構，遽黜為尼，太子恂少年寡識，未始不可教之為善，乃始則廢徙，繼則賜死。觀夫李彪之密表，及次子恪之歸養昭儀，竟得奪嫡，其暗中之讒間播弄，不問可知。魏主宏甘為所蔽，以致夫婦失道，父子賊恩，家不齊則國不治，是而謂為守文令主也，誰其信之！

第三十三回

兩國交兵齊師屢挫　十王駢戮蕭氏相殘

卻說齊主鸞篡位時，第一個佐命功臣，要算中領軍蕭諶，鸞曾許他遷鎮揚州，及事後食言，但命他兼刺南徐，別授蕭遙光為揚州刺史。諶怏怏失望，嘗語友人道：「炊飯已熟，便給別人。」尚書令王晏，得聞諶言，卻暗中冷笑道：「何人再為諶作甌等！大家得過且過罷了。」鸞性本好猜，即位後更密遣親倖，隨處偵察。應是賊膽心虛。凡諶平時言動，多經偵役報明，遂致疑忌。可巧魏主侵齊，諶兄誕力守司州，與魏相拒，誕弟誄更從軍援誕，昆季二人，為國效勞，鸞只好暫從含忍，遷延未發。諶不管死活，尚且恃功干政，遇有選用，竊援引私黨，囑使尚書錄奏，因此益遭主忌，釀禍尤深。會魏兵已退，鸞召大臣入宴華林園，諶亦與坐，暢飲盡歡，至夜才撤席散去。諶亦退居尚書省。忽由御前親吏莫智明，齎敕到來，向諶宣讀道：「隆昌時事，非卿原不得今日，今一門二州，兄弟三封，朝廷相報，不為不優，卿乃屢生怨望，乃云炊飯已熟，合甑與人，究是何意？今特賜卿死！」諶聽畢敕語，當然惶駭，轉思事已至此，無法求免，遂顧語智明道：「天人相去不遠，我與至尊殺高、武諸王，都由君傳達往來，今令我死，君未嘗出言相救，我將申訴天廷，冤冤相報，莫謂地下無靈呢！」郁林、海陵幹卿甚事，何故助桀為虐？此次賜死，難道不是天道麼？語至此，即服毒自殺。

智明入內報鸞，鸞更遣使至司州，誅誕及誄，復將西陽王子明（世祖第十子），南海王子罕（世祖第十一子），邵陵王子貞（世祖第十四子），亦一併牽連進去，概賜自盡。子明、子罕，年僅十七，子貞年僅十五，少不更事，有何謀慮？此次為蕭諶一案，緣同連坐，顯見得是冤誣致死哩。揭破鸞謀，不肯滑過。尚書令王晏，因蕭諶已死，乘勢專權，又為嗣主鸞所忌。始安王蕭遙光，前已勸鸞誅晏，鸞曾遲疑道：「晏與我有功，且未得罪，如何就誅？」遙光道：「晏嘗蒙武帝寵任，手敕至三百餘紙，與商國事，彼尚不肯為武帝盡忠，怎肯為陛下效力呢！」一語足死王晏。鸞不禁變色。已而親吏陳世範，報稱晏嘗屏人私語，恐有異謀。鸞愈加戒備，更命世範悉心偵伺。好容易至建武四年，世範又復告密，謂晏將俟主上南郊，糾集世祖親舊，竊發道中。鸞聞言益懼，竟召晏入華林省，敕令誅死，並殺晏弟廣州刺史詡及晏子德元、德和。

鸞兩次廢立，晏皆與謀，從弟思遠諫晏道：「兄荷世祖厚恩，今一旦叛德助逆，後來將如何自立！若及此引決，還可保全門戶，不失後名。」晏微笑道：「我方啖粥，未暇此事。」及超拜驃騎將軍，顧語子弟道：「隆昌末年，阿戎（思遠小字）嘗勸保自裁，我若依他，何有今日！」思遠遽應聲道：「如阿戎所見，今尚為未晚哩。」晏仍然未悟，瀕死前十日，思遠又語晏道：「時事可慮，兄亦自覺不凡，但當局易昧，旁觀乃清，請兄早自為計！」晏默然不答，思遠乃出。晏且嘆且笑道：「世上有勸人覓死，真是出人意外！」哪知過了旬日，便即遭誅。

晏外弟阮孝緒，亦知晏必罹禍，輒避不見面。晏贈醬甚美，孝緒未覺，食醬時亦稱為異味。嗣聞由晏家送來，立即吐出，傾覆水中。至晏既受誅，孝緒親友，恐他連坐，代為加憂，孝緒怡然道：「親而不黨，何畏何疑！」果然王晏獄起，孝緒不聞連累，就是思遠亦得免罪。趨炎附勢者其聽之！不過蕭諶死後，莫智明果遇祟暴亡。王晏為陳世範所害，世範卻安然如故，幽明路隔，無從查悉原因。小子但依事演述罷了（補出莫智明死狀，回應蕭諶遺言）。

齊主鸞授蕭坦之為領軍將軍，徐孝嗣為尚書令，宣撫中外，粗定人心。那魏主宏謂有隙可乘，大發冀、定、瀛、相、濟五州丁壯，得二十萬，親自督領，出發洛陽。留吏部尚書任城王澄居守，中尉李彪，僕射李衝為輔。授彭城王勰為中軍大將軍，都督行營事宜，勰面辭道：「親疏並用，方合古道，臣叨附懿親，不應屢邀寵授。」魏主不從，命勰調軍後隨，自引兵徑詣襄陽。

先是鎮南將軍薛真度，勸魏主先取樊鄧，魏主命他往攻南陽，竟被齊太守房伯玉擊退。至是為報復計，先向南陽出發。眾號百萬，各用齒吹唇，作鷹隼聲，響徹遠近。

既至南陽城下，一鼓作氣，攻克外郛，房伯玉入守內城，誓眾抵禦。魏主遣中書舍人孫延景，傳語伯玉道：「我今欲蕩平六合，不似前次南征，冬來春去，如或未克，終不還北。卿此城當我首衝，不容不取，遠期一載，近止一月，封侯梟首，就在此舉！且卿有三罪，今特一一曉示：卿先事武帝，不能效忠，反靦顏助逆，這就是第一大罪。近年薛真度來，卿乃傷我偏師，這就是第二大罪。今鑾輅親臨，尚不聞面縛出降，這就是第三大罪。若再怙惡不悛，恐死在目前，我雖好生，不能輕貸！」三大罪中，只有第一條還算中肯。伯玉亦遣副將樂稚柔答語道：「大駕南侵，期在必克，外臣職守卑微，得抗君威，與城存亡，死且得所！從前蒙武帝採拔，怎敢妄思？只因嗣主失德，今上光紹大宗，不特遠近愜望，就是武皇遺靈，亦所深慰，所以區區盡節，不敢貳心！即如前次北師深入，寇擾邊民，外臣職守所關，唯力是視；難道北朝政府，反導人不忠麼？」語頗近理，可惜不能堅持！延景返白魏主，魏主自逼城外吊橋，躍馬徑上。不意橋下卻突出壯士，戴虎頭帽，身服斑衣，來擊魏主，魏主人馬皆驚，幸有魏將原靈度隨著，拈弓搭箭，發無不中，連斃南陽壯士數人，方將魏主救脫。魏主乃留咸陽王禧攻南陽，自引軍趨新野。

新野太守劉思忌憑城守禦，魏主屢攻不克，四築長圍，並遣人呼守卒道：「房伯玉已降，汝何為獨取糜碎？」思忌亦遣人應聲道：「城中兵食尚多，未暇從汝小虜命令；彼此各努力便了！」魏主倒也沒法，但命將圍攻，連日不休。

齊主鸞聞魏兵壓境，曾遣直閤將軍胡松，助北襄城太守成公期，保守赭陽，義陽太守黃瑤起保守舞陰。又因雍州關係重要，遣豫州刺史裴叔業往援，叔業謂北人不樂遠行，專喜抄掠，若侵入虜境，虜主自然回顧，司、雍便可無虞。齊主鸞以為奇計，許他便宜行事，叔業遂引兵攻魏虹城，俘得男女四千餘人。一面令別將魯康祚、趙公政等，率兵萬人，往攻太倉口。

魏豫州刺史王肅，使長史傅永，率甲士三千人，堵塞太倉，與齊軍夾淮列陣。永語左右道：「南人專喜斫營，夜間必來劫我寨，近日乃是下弦，夜色蒼茫，我料他越淮前來，當在淮中置火，記明淺處，以便還涉。我正可將計就計，殲敵立功，就在今日了！」遂分部兵為二隊，埋伏營外，又使人用瓠貯火，密渡南岸，至水深處置火，囑待夜間火起，悉數燃著，不得有誤。各士卒依言去訖，永設著空營，厲兵以待。到了夜靜更深，果有齊兵殺到。魯康祚、趙公政，並馬入營，見營中虛設燈火，不留一人，料知中計，急忙麾兵退還。驀聞一聲胡哨，伏兵從左右殺出，夾擊齊軍。魯、趙兩將，拚命衝突，也顧不得行列步伐，霎時間人馬散亂，弄得七零八落。趙公政策馬飛奔，兜頭遇著一將，正是傅永，一時不及措手，被永伸手過來，活活擒去。魯康祚見公政就擒，慌忙脫去甲冑，從斜刺裡奔至水濱，躍馬急渡，偏偏南岸信火，散作數處，辯不出什麼淺深，那時情急亂涉，失足滅頂，竟致溺死。部下兵士，一半為魏人所殺，還有一半渡淮南奔，也因深淺難辨，溺斃無數。只有幾個壽命延長的，奔報叔業。

永械住趙公政，復撈得魯康祚屍首，奏凱而歸。王肅大喜，遣使向魏主處報述永功。嗣聞叔業進薄楚王戍，仍令永率三千人赴援。永先遣心腹將弁，倍道馳告戍軍，令急填塞外塹，就城外埋伏千人，俟援軍馳至，鳴炮為號，兩路夾攻，戍軍當然遵行。既而叔業進兵戍所，正擬部分將士，下令猛攻，不防號炮一響，前有伏兵殺出，後有永兵掩至，害得叔業心慌意亂，奪路奔逃，連一切傘扇鼓幕，一併棄去，兵士甲仗，喪失無算。也是魯趙一流人物。永也不躡擊，但收拾所得兵械，整軍欲歸。左右尚勸永急進，永喟然道：「吾弱卒不過三千人，彼精甲猶盛，並非力屈，不過墮我計中，倉猝遁去。我但俘獲此數，已足使彼喪膽，還要追他做什麼？」乃馳還報捷。

肅更為奏聞，魏主即拜永為安遠將軍，兼汝南太守，封貝邱縣男。永有勇力，好學能文，魏主嘗嘆道：「上馬擊賊，下馬作露布，唯傅修期一人。」修期便是永字。魏主呼字不呼名，正是器重傅永的意思。原是能手。一面命統軍李佐，急攻新野，劉思忌堵守不住，竟被攻入，且因巷戰力竭，為佐所縛。獻至魏主駕前，魏主笑問道：「今可降否？」思忌朗聲道：「寧作南朝鬼，不為北虜臣！」可為硬漢。乃推出斬首。魏主遂南循沘水，沘北大震。赭陽戍將成公期，舞陽戍將黃瑤起，相繼南遁。瑤起曾害死王奐，魏主欲為王肅報仇，飭兵追捕，竟得擒住。當下縛送與肅，肅見是殺父仇人，便擺起香案，破瑤起心，哭祭父靈。再將瑤起臠割烹食，聊洩舊恨（王奐被殺，王肅投魏事，見前文二十九回中）。魏主又移攻南陽，房伯玉勢孤援絕，不得已面縛出降。有愧劉思忌。伯玉見從弟思安，曾仕魏為中統軍，屢為伯玉泣請，魏主乃特命貸死，留居營中。

齊主鸞聞新野南陽，相繼陷沒，復遣太子中庶子蕭衍，度支尚書崔慧業，帶領軍將劉山陽、傅法憲等，共將士五千餘人，出救襄陽。進詣彭城，忽見魏兵數萬騎，蹀躞前來，氣勢甚盛，慧景忙斂眾入城，為守禦計。蕭衍檢閱城中，無糧無械，禁不住一把冷汗，便顧語慧景道：「我軍遠來，蓐食輕行，已有飢色；若見城中糧備空虛，勢必潰變，如何保守得住！不若仗著銳氣，衝擊一陣，倘能殺退虜兵，士氣尚可振作，不致為變呢。」慧景支吾道：「我看虜眾多是遊騎，日暮自當退去，儘可無慮。」既而天色將晚，魏兵越來越多，勢且憑城。慧景竟潛開南門，帶著自己部曲，向南遁去，餘眾當然大譁，相繼皆遁。蕭衍亦不能禁遏，只好令山陽、法憲二將，率兵斷後，且戰且行。

魏兵自北門殺入，見齊軍已經盡遁，便長驅追趕。齊軍聞有追兵，都想急奔，適前面有一闊溝，上架木橋，被崔慧景前隊過去，急不暇擇，已將橋梁踏斷。那後隊無橋可渡，擠做一堆，驚惶的了不得。魏兵煞是厲害，用著強弓硬箭，夾道射來，傅法憲中箭落馬，一呼而亡。士卒拚死逾溝，多半墜沒。虧得劉山陽遇急生智，忙令軍士捨去甲仗，填塞溝中，逃兵始得半沉半浮，褰裳過去。山陽亦越溝南還，趨至淝城，已值黃昏，後面鼓聲大震，魏主自率大兵馳至，山陽急入城閉門。幸城中備有矢石，陸續運至城上，或射或擲，傷斃魏兵前隊數十人，魏主乃退。轉趨樊城，城上守禦頗嚴，雍州刺史曹虎，正在此堵截魏軍。魏主料知難下，轉向懸瓠城去了。魏又一勝，齊又一挫。獨鎮南將軍王肅，進攻義陽。

齊豫州刺史裴叔業，自楚王戍敗歸，搜卒補乘，得五萬人，聞義陽被攻，又用了一條圍魏救趙的計策，不救義陽，直攻渦陽。仍然是老法兒。魏南兗州刺史孟表，為渦陽城守，無糧可因，但食草木皮葉，飛使至懸瓠乞援。魏主使安遠將軍傅永，徵虜將軍劉藻，輔國將軍高聰等，並救渦陽，統歸王肅節制。高聰為前鋒，劉藻繼進，被裴叔業迎頭痛擊，殺得人仰馬翻，東逃西散。傅永從後接應，也為前軍所衝，不能成列，沒奈何收軍徐退。傅將軍也沒法了。叔業驅軍再進，聰與藻都棄師逃竄。單剩傅永一軍，抵當叔業。部下都無鬥志，勉強戰了幾合，便即潰走。永亦只得奔還，這次算是齊軍大捷，斬首萬級，活捉三千餘人，所得器械雜畜財物，不可勝計。

魏主聞敗，命鎖三將至懸瓠，聰與藻流戍平州，永亦奪官，連王肅亦坐降為平南將軍。肅請再遣軍救渦陽，魏主復諭道：「卿何不自救渦陽，乃徒向朕絮聒，更乞派兵？朕慮若分兵太少，不足制敵，太多轉不足扈蹕，卿當為朕熟籌！義陽可取乃取，不可取即舍，若失去渦陽，卿不得為無罪哩！」肅得了此諭，乃撤義陽圍，轉救渦陽，步騎共十餘萬，叔業見魏兵勢盛，不敢抵敵，夤夜退兵。翌晨被魏兵追及，殺傷甚眾，匆匆的走保義陽。王肅亦收軍而回。齊兵又敗。

齊主鸞連得敗耗，頗懷憂懼，漸漸的積憂成疾，不能視朝。宗室諸王，都入內問安。鸞嘆道：「我及司徒諸兒，多未長成（司徒指安陸王緬，見三十一回）。獨高、武子孫，日見壯盛，將來終恐為我患呢！」既而太尉陳顯達進謁，鸞述及己意，顯達道：「這等小王，何足介意！」鸞閉目不答。及顯達退出，遙光入見，鸞復與議及，正中遙光下懷，便竭力攛掇，勸鸞盡殲高、武子孫。原來遙光素有躄疾，每乘肩輿入殿，輒與鸞屏人密談，鸞即向左右索取香火，供爇案上，自己嗚咽流涕。到了次日，必殺戮同宗，遙光非常快意。他的存心，並非為蕭鸞子孫計，實欲借鸞逞凶，滅盡高、武後裔。等到鸞死，卻好把鸞子鸞孫，再加翦滅，將來的齊室江山，容易占住，也得安然為帝。鸞未曾察覺，還道是遙光愛己，唯言是從，遙光遂乘鸞有疾，矯制收捕高、武子孫，共得十王，一律殺死。

欲知十王為誰，由小子表明如下：

河東王鉉（高帝第十九子，時年十九）。臨賀王子嶽（武帝第十六子，時年十四）。西陽王子文（武帝第十七子，年亦十四）。衡陽王子峻（武帝第十八子，年亦十四）。南康王子琳（武帝第十九子，年亦十四）。永陽王子岷（武帝第二十子，出繼衡陽王道度為孫，時年亦十四）。湘東王子建（武帝第二十一子，時年十三）。南郡王子夏（武帝第二十三子，年僅七歲）。巴陵王昭秀（由臨海王改封，係文惠太子第三子，時年十六）。桂陽王昭粲（文惠太子第四子，年才八歲）。

自這十王被殺後，高、武子孫，得封王爵諸人，無一留遺，煞是可嘆！從前齊世祖武帝在日，嘗夢見一金翅鳥，突下殿廷，搏食小龍無數，始飛上天空。文惠太子長懋，亦嘗語竟陵王子良道：「我每見鸞，輒懷嘔心，若非彼福德太薄，必與我子孫不利！」至是皆驗。遙光既殺死諸王，乃使公卿誣構十王罪狀，請正典刑。鸞尚有詔不許，俟再奏後，方才允議，且進遙光為大將軍，並改建武五年為永泰元年。

大司馬王敬則，出任會稽太守，因見蕭諶、王晏，依次受誅，未免動了兔死狐悲的觀感。至此復聞高、武子孫，悉數盡殲，又加了一層疑懼。自思為高、武舊將，終且被嫌，日夜籌畫，尚苦無自全計策。齊主鸞卻也相疑，不過因他年已七十，並居內地，所以稍稍放心，未曾誅夷。敬則長子仲雄，留侍殿廷，雅善彈琴，宮中留有蔡邕（漢人）焦尾琴一具，由鸞給仲雄鼓彈，仲雄操懊儂曲，曲中有歌詞云：「常嘆負情儂，郎今果行許。」又有語云：「君行不淨心，哪得惡人題！」鸞聞琴聲，愈加猜愧。及寢疾日篤，特命張瓌為平東將軍兼吳郡太守，防備敬則。敬則大驚道：「東無寇患，用什麼平東將軍？大約是欲平我呢。我豈甘心受鴆麼？」

徐州行事謝朓，係敬則女婿，敬則第五子幼隆，曾為太子洗馬，與朓密書往來，約同舉事。朓竟執住來使徐嶽，奏報朝廷，於是鸞決計加討，指日遣兵。消息傳到會稽，敬則從子公林，曾為五官掾，勸敬則急速上表，請誅幼隆，自乘單舸還都謝罪。敬則不應，竟舉兵造反，揚言奉南康侯子恪為主，將入都廢鸞。子恪係豫章王嶷次子。為這一番傳聞，遂令大將軍始安王遙光，馳入白鸞，請將高、武餘裔，無論長幼，悉召入宮，一體就誅。鸞已病劇，模糊答應，遙光遂召集高、武諸孫，置諸西省，所有襁褓嬰兒，亦令與乳母併入，令太醫速煮椒二斛，都水監辦棺材數十具，俟至三更天氣，好將高、武諸孫，盡行毒斃。小子有詩嘆道：

忍心竟欲滅同宗，狼子咆哮亦太凶；
待到東城匍伏日，問他曾否得乘龍！（事見下文。）

畢竟高、武諸孫，是否同盡？容至下回說明。

魏主宏二次出師，再攻襄鄧，實是忿兵，忿兵必敗。其所以幸勝者，由齊君臣之互相猜忌，所遣將吏，未肯為主盡力耳。蕭諶誅矣，王晏死矣，兩人有佐命大功，結果如此，彼如裴叔業、崔慧景、蕭衍諸人，能不寒心！心一寒而氣即餒，欲其殺敵致果，談何容易！然魏兵且有渦陽之敗，以屢勝之傅永，亦致狼狽奔還，忿兵必敗之言，非其明證歟？齊主鸞不能外攘，專事內殘，遙光得乘間而入，屠戮十王。前用鸞者為蕭道成，後用遙光者為蕭鸞，卒之皆授人以柄，自取覆亡。遙光後雖誅死，而東昏已成孤立，齊祚之不永也有以夫！

第三十四回

齊嗣主臨喪笑禿鶖　魏淫后流涕陳巫蠱

卻說南康侯子恪，本不與敬則通謀。他曾為吳郡太守，因朝廷改任張瓌，卸職還都。驀聞都下有此謠傳，不禁大駭。起初是避匿郊外，嗣得宮中消息，謂將盡殺高、武諸孫，乃拚死還闕，徒跣自陳。到了建陽門，時已二更三點了，中書舍人沈徽孚，與內廷直閤單景俊，正密談遙光殘忍，無法救解。適蕭鸞睡熟，擬將三更時刻，暫從緩報。可巧子恪叩門，遞入訴狀，景俊大喜，忙至寢殿中白鸞。鸞亦醒寤，令景俊照讀狀詞，待至讀畢，不禁撫床長嘆道：「遙光幾誤人事！」乃命景俊傳諭，不准妄殺一人，並賜高、武子孫供饌，詰旦悉遣還第，授子恪為太子中庶子。

嗣聞敬則出發浙江，張瓌遁去，叛眾多至十萬人，已達武進陵口，高、武諸陵，俱在武進。乃亟詔前軍司馬左興盛，後軍將軍崔恭祖，輔國將軍劉山陽，龍驤將軍胡松等，共赴曲阿，築壘長岡。又命右僕射沈文季都督各軍，出屯湖頭，備京口路。敬則驅眾直進，猛撲興盛、山陽二壘。興盛、山陽，竭力抵禦，尚不能敵，意欲棄壘退師，又苦四面被圍，無隙可鑽，不得已督兵死戰。胡松引著騎兵，來救二壘，從敬則後面殺入。敬則部眾雖多，大都烏合，頓時駭散。興盛、山陽趁勢殺出，與胡松併力合攻，敬則大敗。崔恭祖又傾寨前來，正值敬則返奔，便挺槍亂刺，適中敬則馬首，敬則忙躍落馬下，大呼左右易馬，怎奈左右俱已潰亂，倉猝不及改乘，那崔恭祖的槍尖，又刺入敬則左脅。敬則忍痛不住，竟致僕地，興盛部將袁文曠剛剛殺到，順手一刀結果性命。餘眾或死或逃，一個不留。當下傳首建康，報稱叛黨掃平。

時齊主鸞已經病篤，太子寶卷，急裝欲走，都下人士，惶急異常。至捷報傳到，方得安定。所有敬則諸子，悉數捕誅，家產籍沒，宅舍為墟。敬則母嘗為女巫，生敬則時，胞衣色紫，母語人道：「此兒有鼓角相。」及年齡稍長，兩腋下生乳，各長數寸，又夢騎五色獅子，侈然自負。善騎射，習拳術，蕭氏得國，實出彼力，因此官居極品，父子顯榮。只是天道昭彰，善惡有報，似敬則的逼死蒼梧，助成篡逆，若令他富貴終身，子孫長守，豈不是惠迪反凶，從逆反吉嗎！至理名言。

左興盛、崔恭祖、劉山陽、胡松四人，平敬則有功，並得封男。謝朓先期告變，亦得擢遷吏部郎，朓三讓不許。唯朓妻王氏，常懷刃衣中，欲刺朓謝父，朓不敢相見。同僚沈昭略嘗嘲朓道：「君為主滅親，應該超擢，但恨今日刑於寡妻！」朓無言可答，唯赧顏相對罷了。為當日計，卻亦難乎為朓！

是年七月，齊主鸞病歿正福殿，年四十七。遺詔命徐孝嗣為尚書令，沈文季、江祏為僕射，江祀為侍中，劉暄為衛尉；軍事委陳太尉顯達，內外庶務，委徐孝嗣、蕭遙光、蕭坦之、江祏；遇有要議，使江祀、劉暄協商；至若腹心重任，委劉悛、蕭惠休、崔惠景三人。此外無甚要言，但面囑太子寶卷道：「作事不可落人後，汝宜謹記勿忘！」看官聽著！為了這句遺囑，遂令寶卷委任群小，任情誅戮，攪亂的了不得，終弄得身亡國滅呢。是謂天道。

寶卷即位，謚鸞為明皇帝，廟號高宗。鸞在位只五年，改元二次，殘刻寡恩，事多過慮，平時深居簡出，連郊天大典，都屢次延約，始終不行。又嘗迷信巫覡，每出必先占利害，東出雲西，西出雲北，及疾已大漸，尚不許左右傳聞。無非推己及人，防他變亂，但如此為帝，有何趣味！且因巫覡進言，謂後湖水經過宮內，不利主上，乃欲堵塞後湖，作為厭勝。其實宮中取飲，全仗此湖，鸞為療疾起見，至欲因噎廢食，虧得早死數日，事乃得寢。史家稱他起居儉約，宮禁肅清，罷新林苑，廢鍾山樓館，斥賣東田園囿，輿輦舟乘，剔去金銀，後宮服飾，概尚樸素，御食時有裹蒸一大枚，嘗令剖作四塊，食半留半，充作晚餐，從前高、武儉德，亦不過如是。哪知聖帝明王，德量寬廣，不在區區小節；若徒從儉省一事，傳作美談，豈非是不虞之譽，未足憑信麼？評論精嚴。

這且不必絮談，且說太子寶卷，素性好弄，不喜書學，乃父亦未嘗斥責，但命盡家人禮。寶卷求每日入朝，有詔不許，但使三日一朝。夜間無事，輒捕鼠達旦，恣情笑樂。至入承大統，不願諮詢國事，但與宦官宮妾等，終日嬉戲，徹夜流連。梓宮殯太極殿中，才經數日，即欲速葬。徐孝嗣入內固爭，始延宕了一月，出葬興安陵。寶卷臨喪不哀，每哭輒託云喉痛。大中大夫羊闡入臨，號慟俯仰，脫幘墜地，露首無髮，好似禿頭一般。寶卷瞧著，忍不住狂笑起來，且笑且語道：「禿鶖啼來了！」左右聞言，亦笑不可抑，統做了掩口葫蘆。到了奉靈安葬，寶卷越無哀思，從此歡天喜地，縱樂不休。左右嬖倖，捉刀隨侍，俱得希旨下敕，時人遂有刀敕的稱呼。揚州刺史始安王蕭遙光，尚書令徐孝嗣，右僕射江湏，右將軍蕭坦之，侍中江祀，衛尉劉暄，更番入直，分日帖敕，朝三暮四，無所適從。眼見是紀綱日紊，為禍不遠了(暫作一結)。

魏主宏聞齊主病殂，卻下了一道詔敕，證經引禮，不伐鄰喪，說得有條有脊，居然似仁至義盡，效法前賢。哪知他卻有三種隱情，不得不歸，樂得賣個好名，引兵北去。極寫魏主心術。看官聽我敘來，便可知曉。魏主南下，留任城王澄，及李彪、李衝居守。(見上次)。彪家世孤微，賴衝汲引，超拜太尉，此次共掌留務，偏與衝兩不相容，事多專恣。衝氣憤填胸，歷舉彪過，請置重闢。魏主但令除名。衝餘恨未平，竟病肝裂，旬日畢命。好去重會文明太后了。洛陽留守，三人中少了二人，魏主不免擔憂，遂動歸志。這是第一層。還有高車國在魏北方，服魏多年，此次魏主南侵，調發高車兵從行，高車兵不願遠役，推奉袁紇樹者為主，抗拒魏命。魏主遣將軍宇文福往討，大敗奔還。更命將軍江陽王元繼，再出北征，繼主張招撫，一時不能平亂。魏主未免心焦，擬自往北伐，所以不能不歸。這是第二層。最可恨的是宮闈失德，貽醜中冓，累得魏主躁忿異常，不得不馳還洛都，詳訊一切。魏主好名，偏遇豔妻出醜，哪得不恨！

原來馮昭儀讒謀得逞，正位中宮，本來是魚水諧歡，無夕不共，偏偏魏主連歲南下，害得這位馮皇后淒涼寂寞，悶守孤幃。適有中官高菩薩，名為閹宦，實是頂替進來，仍與常人無二，而且容貌頎皙，資性聰明，每日入侍宮幃，善解人意。馮皇后很加愛寵。他竟巧為挑逗，引起馮后慾火，把他侍寢，權充一對假鴛鴦。誰知他陽道依然，發硎一試，久戰不疲，馮后是久旱逢甘，得此奇緣，喜出望外。真是一個救苦救難的大菩薩。嗣是朝歡暮樂，我我卿卿，又得閹豎雙蒙等，作為腹心，內外瞞蔽，真個是洞天花月，暗地春宵。但天下事若要不知，除非莫為，馮皇后雖買通侍役，代為掩飾，終不免漏洩出去，使人聞知。會魏主女彭城公主，曾為劉昶子婦，年少嫠居，馮后欲令她改嫁，即為親弟北平公馮夙求婚，請命魏主，魏主卻也允許。偏是公主不願，將近婚期，竟潛挈婢僕十數人，乘輕車，冒霖雨，直達懸瓠，進謁魏主，跪陳本意，且言后與高菩薩私亂情形。魏主將信將疑，又驚又愕，只好暫守祕密，還鞫實情。這是第三層。途次憂憤交併，竟致成疾。

彭城王勰築壇汝濱，禱告天地祖宗，自乞身代，果然神祖有靈，勰仍無恙，魏主卻漸漸告痊。行至鄴城，接得江陽王繼來表，招撫高車，已有成效，樹者雖亡入柔然，但也有出降意，儘可無憂。魏主稍稍放心，休養旬月，就在鄴城過冬。越年為魏主太和二十三年，就是齊主寶卷永元元年，年序不便常混，故本編屢次點清。正月初旬，魏主即自鄴還洛，一入宮廷，便拿下高菩薩、雙蒙，當面審問。二人初尚狡賴，一經刑訊，才覺熬受不住，據實招供，並說出馮后厭禳情事。

先是彭城公主南赴懸瓠，馮后恐公主訐發陰私，漸生憂慮，召母常氏入宮，求託女巫禳厭，使魏主速死，自得援文明太后故例，另立少主，臨朝稱制。又嘗取三牲入宮，託詞祈福，陰實為厭禳計。常氏或自詣宮中，或遣婢入宮，與相報答。偏迅雷不及掩耳，那高菩薩、雙蒙等，已被魏主訊得確供，水落石出。馮皇后原是驚惶，魏主亦氣得發昏，舊疾復作，入臥含溫室中。

到了夜間，令菩薩等械繫室外，召后問狀，后不敢不來，入室有遽色。魏主令宮女搜檢后身，得一小匕首，長三寸許，便喝令斬后。后慌忙跪伏，叩頭無數，涕泣謝罪。魏主乃命她起來，賜坐東楹，隔御寢約二丈餘，先令菩薩等陳狀，菩薩等不敢翻供，仍照前言陳明。魏主瞋目視后道：「汝聽見否？汝有妖術，可一一道來。」后欲言不言，經魏主一再催迫，方乞屏去左右，自願密陳。魏主使中宮侍女，一概出室，唯留長秋卿白整在側，且起取佩刀，指示后面，令她速言。后尚不肯語，但含著一雙淚眼，注視白整。魏主會意，用棉塞整兩耳，再呼整名，整已無所聞，寂然不應，乃叱后從實供來。后無可抵賴，只得嗚嗚咽咽，略述大概。虧她老臉自陳。魏主大憤，直唾后面。且召彭城王勰，北海王祥入室，囑令旁坐。二人請過了安，見后亦在座，未免局促不安。魏主指語道：「前是汝嫂，今是他人，汝等儘管坐下。」二人方才謝坐。魏主又語道：「這老嫗欲挾刃刺我，可惡已極，汝等可窮問本末，不必畏難！」二人見魏主盛怒，只好略略勸解，魏主道：「汝等謂馮家女不應再廢麼？彼既如此不法，且令寂處中宮，總有就死的一日，汝等勿謂我尚有餘情呢！」二王趨退，魏主即命中官等送后入宮，后再拜而出。

過了數日，魏主有事問后，令中官轉詢，后又擺起架子，向中官叱罵道：「我是天子婦，應該面對，怎得令汝傳述呢？」中官轉白魏主，魏主大怒，即召后母常氏入宮，詳述后罪，並責常氏教女不嚴，縱使淫妒。常氏未免心虛，恐為厭禳事連坐致刑，不得已撻後百下，佯示無私。魏主尚顧念文明太后舊恩，不忍將后廢死，但敕誅高菩薩、雙蒙二人，並囑內侍等不得縱后，略加管束，就是廢后敕書，亦遲久不下。所有六宮嬪妾，仍令照常敬奉，唯太子恪不得朝謁，示與后絕，這真算是特別加恩了。未免有情。

會聞齊太尉陳顯達，督領將軍崔慧景，規復雍州諸郡，魏將軍元英迎戰，屢為所敗，被齊軍奪去馬圈、南鄉兩城，魏主病已少痊，力疾赴敵，並命廣陽王拓跋嘉，從間道繞出均口，邀截齊軍歸路。齊軍前後受敵，殺得大敗虧輸，顯達南走，慧景亦還。魏主雖然欣慰，但跋涉奔波，終不免有一番勞頓，病骨支離，禁受不起，又復病上加病，奄臥行轅。彭城王勰，旁侍醫藥，晝夜不離，飲食必先嘗後進，甚至蓬首垢面，衣不解帶。好兄弟，好君臣。魏主命勰都督中外諸軍事，勰面辭道：「臣侍疾無暇，怎可治軍？願另派一王，使總軍務。」魏主道：「我正恐不起，所以命汝主持，安六軍，保社稷，除汝外尚有何人？幸勿再辭！」勰乃勉強受命。

既而魏主疾亟，乘臥輿北歸，行次谷塘原，病勢益甚，顧語彭城王勰道：「我已不濟事了，天下未平，嗣子幼弱，倚托親賢，所望唯汝！」勰泣答道：「布衣下士，尚為知己盡力，況臣託靈先皇，理應效命股肱，竭力將事。但臣出入喉膂，久參機要，若進任首輔，益足震主，聖如周旦，尚且遁逃，賢如成王，尚且疑惑，臣非矯情乞免，實恐將來取罪，上累陛下聖明，下令愚臣辱戮呢！」勰非不知遠慮！後來仍難免禍，功高震主之嫌，非上智其能免乎！魏主沉吟半晌，方徐答道：「汝言亦頗有理，可取過紙筆來。」勰依言取奉紙筆，由魏主強起倚案，握筆疾書，但見上面寫著：

汝第六叔父勰，清規懋賞，與白雲俱潔，厭榮舍紱，以松竹為心。吾少與綢繆，提攜道趣，每請朝纓，恬真邱壑。吾以長兄之重，未忍離遠，何容仍屈素業，長嬰世網？吾百年之後，其聽勰辭蟬舍冕，遂其衝挹之性也！

書至此，手已連顫，不能再寫，乃擲筆語勰道：「汝可將此諭付與太子，愜汝素懷。」勰見魏主困憊，扶令安臥。魏主喘吁多時，又命勰草詔，進授侍中北海王詳為司空，平南將軍王肅為尚書令，鎮南大將軍廣陽王嘉，為尚書左僕射，尚書宋弁為吏部尚書，令與太尉咸陽王禧，尚書右僕射任城王澄，並受遺命，協同輔政，隨即口述己意，命勰另書道：

諭爾太尉、司空、尚書令、左右僕射、吏部尚書：唯我太祖丕丕之業，與四象齊茂，累聖重明，屬鳴歷於寡昧，兢兢業業，思纂乃聖之遺蹤，遷都嵩極，定鼎河瀍，庶南蕩甌吳，復禮萬國，以仰光七廟，俯濟蒼生，天未假年，不永乃志。公卿其善毗繼子，隆我魏室，不亦善歟！可不勉之！

勰俱書就，呈與魏主閱過，魏主始點首無言。是時唯任城王澄，廣陽王嘉從軍，嘉為太武帝燾孫，澄為景穆太子晃孫，年序最長，齒爵並崇，當由魏主召入，略述數語。二王奉命退出，勰仍留侍。越二日，魏主彌留，復語彭城王勰道：「後宮久乖陰德，自尋死路，我死後可賜她自盡，葬用后禮，庶足掩馮門大過，卿可為我書敕罷！」勰復依言書敕，書畢呈閱，魏主已不省人事，頃刻告終。年三十有三。

魏主宏雅好讀書，手不釋卷，所有經史百家，無不賅覽，善談莊老，尤精釋義，才藻富贍，好為文章詩賦銘頌，自太和十年以後詔冊，俱親加口授，不勞屬草，平居愛奇好士，禮賢任能，嘗謂人君能推誠接物，胡越亦可相親，如同兄弟。又嘗誡史官道：「直書時事，無諱國惡，人主威福自擅，若史復不書，尚復何懼！」至若郊廟祭祀，未有不親，宮室必待敝始修，衣冠迭經浣濯，猶然被服。在位二十三年，稱為一時令主。唯寵幸馮昭儀，以致廢后易儲，有乖倫紀，漸且釀成宮闈醜事，飲恨而終，這可見色為禍原，常人且不宜好色，況係一國的主子呢。大聲疾呼。

彭城王勰，與任城王澄等計議，因齊兵尚未去遠，且恐麾下有變，只得祕不發喪，仍用安車載著魏主，趲程前進。沿途視疾問安，仍如常時，一面飛使齎敕，徵太子恪至魯陽，及兩下會晤，才將魏主棺殮，發喪成衣，奉恪即位。咸陽王禧，是魏主宏長弟，自洛陽奔喪，疑勰為變，至魯陽城外，先探消息，良久乃入。與勰相語道：「汝非但辛勤，亦危險至極！」勰答道：「兄識高年長，故防危險，弟握蛇騎虎，不覺艱難。」禧微笑道：「想汝恨我後至哩。」此外東宮官屬，亦多疑勰有異志，密加戒備。勰推誠盡禮，無纖芥嫌。俟恪即位，即跪奉遺敕數紙。恪起座接受，一一遵行。當下令北海王詳，及長秋卿白整等，齎著遺敕，並持藥入宮，賜馮后死。馮后尚不肯引決，駭走悲號，整指揮內侍，把后牽住，強令灌下。小子有詩嘆道：

尤物從來是禍苗，一經專寵便成驕；
別宮賜死猶嫌晚，穢史留貽恫北朝！

欲知馮后曾否服毒，且俟下回再表。

蕭鸞一生凶詐，而獨有狂愚之嗣子，拓跋宏一生英敏，而獨有淫惡之豔妻。先賢有言，身不行道，不行於妻子，鸞之不德，宜有是兒。魏主好文稽古，兼長武事，顧乃不能制一婦人，菩薩為祟，厭禳繼興，巫蠱不足，甚且挾刃圖逞天下。好妒之婦人，未有不淫，好淫之婦人，未有不悍。魏主宏為色所迷，已乖倫紀，身為元緒公，險作刀頭鬼，猶沾沾於文明太后之私恩，不聲罪以誅之。夫文明太后，有殺父之大仇，尚不知報，何怪淫后之膽大妄為，效尤益甚！其得安殂谷塘原，保全首領以歿，亦幸矣哉！然後知凶詐者固不足詒謀，英敏者亦非真能制治也。

第三十五回

洩密謀二江授首　遭主忌六貴洊誅

卻說魏馮后見了毒藥，尚不肯飲，且走且呼道：「官家哪有此事，無非由諸王恨我，乃欲殺我呢！」嗣經內侍把她扯住，無法脫身，沒奈何飲毒自盡。白整等馳報嗣主，咸陽王禧等，歡顏相語道：「若無遺詔，我兄弟亦當設法除去，怎得令失行婦人，宰制天下，擅殺我輩呢！」魏主恪遵照遺言，尚用后禮喪葬，諡為幽皇后。仍命彭城王勰為司徒，攝行塚宰，委任國事，一面奉梓宮還洛陽。守制月餘，乃出葬長陵，追諡皇考為孝文皇帝，廟號高祖，並尊皇妣高氏為文昭皇后，配饗高廟（高氏見三十二回）。封后兄肇為平原公，顯為澄城公。從前馮氏盛時，馮熙為文明太后兄，尚公主，官太師，生有三女，二女相繼為后，還有一女亦納入掖廷，得封昭儀。子誕為司徒，修為侍中，聿為黃門郎。侍中崔光嘗語聿道：「君家富貴太盛，終必衰敗。」聿變色道：「君何為無故詛我？」光答道：「物盛必衰，天地常理，我非敢詛咒君家，實欲君家預先戒慎，方保無虞。」聿轉白父熙，熙不能從。過了年餘，修獲罪黜，熙與誕先後謝世，幽后廢死，聿亦摒棄，馮氏遽衰。述此以諷豪門。高氏遂得繼起，一門二公，富貴赫奕，幾與馮氏顯盛時，相去不遠了。這且待後再表。

且說齊主蕭寶卷，嗣位以前，曾簡蕭懿為益州刺史，蕭衍為雍州刺史。衍聞寶捲入嗣，蕭遙光等六人輔政，遂語從舅參軍張弘策道：「一國三公，尚且不可，今六貴同朝，勢必相圖。亂將作了。避禍圖福，無如此州，所慮諸弟在都，未免遭禍，只好與益州共圖良策呢！」弘策亦以為然。懿為衍兄，衍所說益州二字，便是指懿。嗣是密修武備，多伐竹木，招聚驍勇，數約萬計。中兵參軍呂僧珍，陰承衍旨，亦私具櫓數千張。

已而懿罷刺益州，改行郢州事，衍即使弘策說懿道：「今六貴比肩，人自畫敕，爭權奪勢，必致相殘。嗣主素無令譽，狎比群小，慓輕忍虐，怎肯委政諸公，虛坐主諾！嫌疑久積，必且大行誅戮。始安欲為趙王倫

（晉八王之一），形跡已露，但性褊量狹，徒作禍階，蕭坦之忌克陵人，徐孝嗣聽人穿鼻，江祏無斷，劉暄闇弱，一朝禍發，中外土崩。吾兄弟幸守外藩，宜為身計。及今猜嫌未啟，當悉召諸弟西來，過了此時，恐即拔足無路了。況郢州控帶荊湘，雍州士馬精強，世治乃竭忠本朝，世亂可自行匡濟，因時制宜，方保萬全；若不早圖，後悔將無及呢！」懿默然不應，唯搖首示意。弘策又自勸懿道：「如君兄弟，英武無敵，今據郢、雍二州，為百姓請命，廢昏立明，易如反掌，願勿為豎子所欺，貽笑身後！雍州揣摩已熟，所以特來陳請，君奈何不亟為身計！」懿勃然道：「我只知忠君，不知有他！」語非不是，但未免迂愚。弘策返報，衍很為嘆息。自遣屬吏入都，迎驃騎外兵參軍蕭偉及西中郎外兵蕭憺，並至襄陽，靜待朝廷消息。

果然永元改元，甫閱半年，即有二江被誅事。江祏、江祀，是同胞兄弟，係景皇后從子，與齊主鸞為中表親（景皇后係鸞生母，見三十一回）。鸞篡帝祚，祏與祀並皆佐命。所以格外信任，顧命時亦特別注意。衛尉劉暄，乃是敬皇后弟（敬皇后係鸞故妃，亦見三十一回），與二江同受遺敕，夾輔嗣君。當時寶卷不道，屢欲妄行，徐孝嗣不敢諫阻，蕭坦之依違兩可，獨祏常有諫諍，堅持到底，致為寶卷所恨。寶卷平日，最寵任茹法珍、梅蟲兒二人，祏又屢加裁抑，法珍等亦視若仇讎。徐孝嗣常語祏道：「主上稍有異同，可依則依，不宜一律反對。」祏答道：「但教事事見委，定可無憂。」專欲難成。

寶卷失德益甚，祏欲廢去寶卷，改立江夏王寶玄，獨劉暄與他異議，擬推戴建安王寶夤（寶玄寶夤並係鸞子，見三十一回）。原來暄前為郢州行事，佐助寶玄，有人獻馬，寶玄意欲取觀，暄答道：「馬是常物，看他什麼？」寶玄妃徐氏，命廚下燔炙豚肉，暄又不許，且語廚人道：「朝已煮鵝，奈何再欲燔豚？」為此二事，寶玄嘗恚恨道：「舅太無渭陽情。」暄聞言亦滋不悅。至是入秉政權，當然不願立寶玄。祏因暄異議，乃轉商諸蕭遙光。看官閱過上文，應知遙光本意，早圖自取。此時正想下手，怎肯贊同祏意，推立寶玄！唯又不便與祏明言，只好旁敲側擊，託言為社稷計，應立長君。祏知他言中寓意，出白弟祀，祀亦謂少主難保，不如竟立遙光，累得祏惶惑不定，大費躊躇。如此大事，怎得胸無主宰！

蕭坦之正丁母憂，起復為領軍將軍，祏乘便與商，謂將擁立遙光。坦之怫然道：「明帝起自旁支，入正帝位，天下至今不服，若復為此舉，恐四方瓦解，我卻不敢與聞呢！」祏乃趨退。坦之恐為祏所累，仍還宅守喪。

吏部郎謝朓，素有才望，祏與祀引為臂助。召朓入語道：「嗣主不德，我等擬改立江夏王，但江夏年少，倘再不堪負荷，難道再廢立不成！始安王年長資深，乘時推立，當不致大乖物望。我等為國家計，因有此意，並非欲要求富貴呢！」朓未以為然，不過支吾對答。說了數語，便即辭歸。可巧丹陽丞劉渢，奉遙光密遣，致意與朓，囑使為助。朓又隨口敷衍，似允非允。渢返報遙光，遙光竟命朓兼知衛尉事。朓驟得顯要，反有懼心，即轉將渢祀密謀，轉告太子右衛率左興盛。興盛卻不敢多言。朓又說劉暄道：「始安王一旦南面，恐劉渢等將入參重要，公將無從托足呢！」暄佯作驚惶，俟朓去後，即馳報遙光及祏。遙光道：「他既不願相從，便可令他出外，現在東陽郡守，正當出缺，令他繼任便了！」祏獨入阻道：「朓若外出，適足煽惑眾人，必於我輩不利，請早日翦除為是！」比遙光更凶。遙光乃矯制召朓，收付廷尉，然後與徐孝嗣、江祏、劉暄三人，聯名具奏，誣朓妄貶乘輿，竊論宮禁，私謗親賢，輕議朝宰，種種不法，宜與臣等參議，肅正刑書等語。寶卷遊狎不遑，無心查究，便令他數人定讞，當即論死，勒令獄中自盡。朓入獄後，還想告訐遙光等陰謀，意圖自脫，偏獄吏不容傳書，無從訐發，乃流涕嘆息道：「我雖不殺王公，王公由我而死（指前回王敬則事）！今日罹禍，不足為冤，我死罷了！」遂解帶自經。

遙光即欲發難，不料劉暄又複變計。看官道是何因？他想遙光得位，自己把元舅資望，憑空失去，轉致求榮反辱，所以變易初心。蕭衍謂劉暄闇弱，尚非定評，暄實一反覆小人，不止闇弱而已。祏與祀見暄有異，也不敢從速舉事。遙光察悉情狀，恨暄切齒，潛遣家將黃曇慶刺暄。暄正出過青溪橋，護隊頗多，曇慶憚不敢出，留匿橋下。偏暄馬驚躍而過，惹動暄疑，仔細偵察，方知由遙光暗算，幸得免刺。由驚生懼，由懼生怒，竟想出一條釜底抽薪的計策，密呈一本，報稱江祏兄弟罪狀。寶卷仰承遺訓，不肯落後，即傳敕召祏，並即收祀。祀正入值內殿，略得風聲，忙遣使報祏道：「劉暄似有異謀，應如何防備？」祏尚不以為意，但說出鎮靜二字。有頃由敕使馳至，召祏入見，暫憩中書省候宣。忽有一人持刀入省，用刀環擊祏心胸，張目叱祏道：「汝尚能奪我封賞麼？」祏倉皇辨認，乃是直閤袁文曠，不由的顫動起來。文曠前斬王敬則，論功當封，祏堅執不與。文曠因此挾嫌，乘勢報復，先將祏擊傷，然後用械鎖祏。俄而又來敕使，傳敕處斬，文曠即將祏牽出，交與刑官。祏至市曹，祀亦被人牽至，兩人相對下淚，喉噎難言。只聽得一聲號令，魂靈兒已馳入重泉，連殺頭的痛苦，也無從知覺了。兄弟同死，卻免鴒原遺恨。

寶卷既除江祏，無人強諫，好似拔去眼中釘，樂得逍遙自在，日夜與左右嬖倖，鼓吹戲馬。每至五更始寢，日晡乃起，臺閣案奏，閱數十日乃得報聞，或且被宦官包裹魚肉，持還家中，連奏牘都不見到落。一日乘馬出遊，顧語左右道：「江祏常禁我乘馬，此奴尚在，我怎得有此快活呢！」左右統是面諛，盛稱陛下英明，乃得除害，寶卷又問江祏親屬，有無留存，左右答道：「尚有族人江祥，拘繫東冶，未曾處決。」寶卷道：「快取紙筆來。」左右奉呈紙筆，就從馬上書敕，賜祥自盡，令人傳往東冶。東冶乃是獄名，祥本以疏親論免，至此被誅。此外江祏家屬，不問可知，小子也毋庸細述了。

蕭遙光雖未連坐，心下很是不安，季弟遙昌，領豫州刺史，已病終任所，只有次弟遙欣，尚鎮荊州，他遂與遙欣通書，密謀起事，據住東府，使遙欣自江陵東下，作為外援。事尚未發，遙欣偏又病亡，弟兄三人，死了一雙，弄得遙光孤立無助，懊悵異常，寶卷亦陰加防備，嘗召遙光入議，提及江祏兄弟罪案，遙光益懼，佯狂稱疾，不問朝事。

會遙欣喪還，停留東府前渚，荊州士卒，送葬甚多，寶卷恐他為變，擬撤他揚州刺史職銜，還任司徒，令他就第。當下召令入朝，面諭意旨，遙光恐蹈祏覆轍，不敢應召。一面收集二弟舊部，用了丹陽丞劉渢，及參軍劉晏計議，託詞討劉暄罪，夜遣數百人，破東冶出囚，入尚方取仗，並召驍騎將軍垣歷生，統領兵馬，往劫蕭坦之、沈文季二人。坦之、文季已聞變入臺，免被劫去。歷生遂勸遙光夜攻臺城，遙光狐疑不決，待至黎明，始戎服出廳，令部曲登城自衛。歷生復勸他出兵，遙光道：「臺中自將內潰，不必勞我兵役。」歷生出嘆道：「先聲乃能奪人；今遲疑若此，怎能成事呢！」蕭坦之、沈文季兩人入臺告變，眾情恟懼。俟至天曉，方有詔敕傳出，召徐孝嗣入衛，人心少定。左將軍沈約，也馳入西掖門，於是宮廷內外，稍得部署。遙光若從歷生計議，早可入臺，然如遙光所為，若使成事，是無天理了。徐孝嗣屯衛宮城，蕭坦之率臺軍討遙光，出屯湘宮寺，右衛率左興盛屯東籬門，鎮軍司馬曹虎屯青溪橋，三路兵馬，進圍東府。遙光遣垣歷生出戰，屢敗臺軍，陣斬軍將桑天受。坦之等未免心慌。忽由東府參軍蕭暢，及長史沈昭略，自拔來歸，報稱東府空虛，力攻必克。坦之大喜，便督諸軍猛攻。東府中失去蕭、沈兩人，當然氣沮，蕭暢係豫州刺史蕭衍弟，沈昭略係僕射沈文季從子，兩人俱係貴閥，所以有關人望。垣歷生見兩人已去，益起貳心，遙光命他出擊曹虎，他一出南門，便棄槊奔降虎軍。虎責他臨危求免，心術不忠，竟喝令梟首。遙光聞歷生叛命，從床上躍起，使人殺歷生二子，父子三人，統死得無名無望，恰也不必細說。

垣之等攻城至暮，用火箭射上，毀去東北角城樓，城中大譁，守兵盡潰。遙光走還小齋，秉燭危坐，令左右閉住齋閤，在內拒守。左右皆逾垣遁去，外軍殺入城中，收捕遙光。破齋閤門，遙光吹滅燭焰，匍伏床下。外軍暗地索尋，就床下用槊刺入。遙光受傷，禁不住有呼痛聲，當被軍人一把拖出，牽至閤外，稟明蕭坦之等，便即飲刀。死有餘辜。軍人復縱火燒屋，齋閤俱盡，遙光眷屬，多死火中。劉渢、劉晏，亦遭駢戮。一場亂事，化作煙消。

坦之等還朝覆命，有詔擢徐孝嗣為司空，加沈文季為鎮南將軍，進蕭坦之為尚書右僕射，劉暄為領將軍，曹虎為散騎常侍右衛將軍。坦之恃功驕恣，又為茹法珍等所嫌，日夕進讒。寶卷亟遣衛帥黃文濟，率兵圍坦之宅，逼令自殺。

坦之有從兄翼宗，方簡授海陵太守，未曾出都，坦之呼語文濟道：「我奉君命，不妨就死，只從兄素來廉靜，家無餘資，還望代為奏聞，乞恩加宥！」文濟問翼宗宅在何處，坦之以告，經文濟允諾，乃仰藥畢命。文濟返報寶卷，並述及翼宗事，寶卷仍遣文濟往捕，查抄翼宗家資，一貧如洗，只有質帖錢數百。想即錢券之類。持還覆命，寶卷乃貸他死罪，仍係繫尚方。坦之子祕書郎蕭賞，坐罪遭誅。茹法珍等尚未滿意，復入譖劉暄。寶卷道：「暄是我舅，怎有異心！」彼也有一隙之明耶？直閤徐世標道：「明帝為武帝猶子，備受恩遇，尚滅武帝子孫，元舅豈即可恃麼？」讒口可畏。寶卷被他一激，便命將暄拿下，殺死了事。嗣後因曹虎多財，積錢五千萬，他物值錢，亦與相等，一道密敕，把虎收斬，所有家產，悉數搬入內庫。蕭翼宗因貧免死，曹虎因富遭誅，世人何苦要錢，自速其死！統計三人處死，距遙光死期，不到一月。就是新除官爵，俱未及拜，已落得身家誅滅，門閥為墟！富貴如浮雲。

唯徐孝嗣以文士起家，與人無忤，所以名位雖重，尚得久存。中郎將許准，為孝嗣陳說事機，勸行廢立。孝嗣謂以亂止亂，決無是理，必不得已行廢立事，亦須俟少主出遊，閉城集議，方可取決。准慮非良策，再加苦勸，無如孝嗣不從。沈文季自託老疾，不預朝權，從子昭略，已升任侍中，嘗語文季道：「叔父行年六十，官居僕射，欲以老疾求免，恐不可必得呢！」文季但付諸微笑，不答一詞。

過了月餘，有敕召文季叔姪，入華林省議事。文季登車，顧語家人道：「我此行恐不復返了！」及趨入華林省，見孝嗣亦奉召到來，兩人相見，正在疑議，未知所召何因。忽由茹法珍趨至，手持藥酒，宣敕賜三人死。昭略憤起，痛詈孝嗣道：「廢昏立明，古今令典，宰相無才，致有今日！」說至此，取酒飲訖，用甌擲孝嗣面道：「使作破面鬼！」言訖便僵臥地上，奄然就斃。文季亦飲藥而盡。孝嗣善飲，服至斗餘，方得絕命。子演尚武康公主，況尚山陰公主，統皆坐誅。女為江夏王寶玄妃，亦勒令離婚。昭略弟昭光，聞難欲逃，因不忍別母，持母悲號，被收見殺。昭光兄子曇亮，已經逃脫，聞昭光死，且慟且嘆道：「家門屠滅，留我何為！」也絕吭自盡。未免太迂。

嗣是同朝六貴，只剩太尉陳顯達一人，顯達為高、武舊將，當明帝鸞在位時，已恐得罪，深自貶抑，每出必乘敝車，隨從只十數人，非老即弱，嘗蒙明帝賜宴，酒酣起奏道：「臣年衰老，富貴已足，唯欠一枕，還乞陛下賜臣，令臣得安枕而死！」明帝失色道：「公已醉了，奈何出此語！」既而顯達又上書告老，仍不見許，及預受遺敕，出師攻魏，為魏所敗，狼狽奔還（見前回）。御史中丞范岫，劾他喪師失律，應即免官，顯達亦請解職，寶卷獨優詔慰答，不肯罷免。尋且命顯達都督江州軍事，領江州刺史，仍守本官。顯達得了此詔，好似跳出陷坑，非常快慰。至朝中屢誅權貴，且有謠言傳出，謂將遣兵襲江州，顯達遂與長史庾弘遠，司馬徐虎龍計議，擬奉建安王寶夤為主，即日起兵。小子有詩嘆道：

尋陽一鼓起三軍，主德昏時亂自紛，
我有紫陽書法在，半歸臣子半歸君。

師期已定，又令庾弘遠等出名，致書朝貴，頗寫得淋漓痛快，可泣可歌。欲知書中詳情，容待下回錄敘。

六貴同朝，人自畫敕，此最足以致亂，蕭衍之說韙矣。但平心論之，六人優劣，亦有不同。蕭遙光慫恿蕭鸞，殘害骨肉，其心最毒，其策最狡。江祏、江祀，密圖廢立，乃欲奉戴遙光，黨惡助虐，繩以國法，遙光固為罪首，二江其次焉者也。劉暄反覆靡常，亦不得為無罪。蕭坦之、徐孝嗣、沈文季三人，討平遙光，非特無辜，抑且有功。就令坦之恃功驕恣，而罪狀未明，烏得妄殺！孝嗣、文季，更無罪之可言。故遙光可誅，江祏、江祀可誅，劉暄亦可誅，坦之、孝嗣、文季，實無可誅之罪，誅之適見其誣枉耳！人徒謂寶卷濫殺大臣，因致亡亂，不知無罪者固不應誅，有罪者亦非真可誅也。彼寶卷之亡國，猶在彼不在此焉。

第三十五回　洩密謀二江授首　遭主忌六貴洊誅

第三十六回

江夏王通叛亡身　潘貴妃入宮專寵

卻說陳顯達決計起兵，將攻建康，先令長史庾弘遠、司馬徐虎龍，致書朝貴，大略說是：

諸公足下：我太祖高皇帝，睿哲自天，超人作聖，屬彼宋季，綱紀自紊，應禪從民，構此基業。世祖武皇帝，昭略通遠，克纂洪嗣，四關罷險，三河靜塵。郁林、海陵，頓孤負荷。明帝英聖，紹建中興。至乎後主，行悖三才，琴橫由席，繡積麻筵，淫犯先宮，穢興閨闥，皇陛為市廛之所，雕房起戰爭之門，任非華尚，寵必寒廝。江僕射兄弟，忠言屢進，正諫繁興，覆族之誅，於斯而至。故乃犴噬之刑，四剽於海路，家門之釁，一起於中都。蕭、劉二領軍，擁升御座，共秉遺詔，宗戚之苦，諒不足談，渭陽之悲，何辜至此！徐司空累葉忠榮，清簡流世，匡翼之功未著，傾宗之罰已彰。沈僕射年在懸車，將念幾杖，歡歌園藪，絕影朝門，忽招陵上之罰，何萬古之傷哉！遂使紫臺之路，絕縉紳之儔，纓組之閣，罷金張之胤。悲起蟬冕，為賤寵之服；嗚呼皇陛，列劫豎之坐。且天人同怨，乾象變錯，往者三州流血，今者五地自動，咎徵迭著，昏德未悛，此而未廢，孰不可興！諸公多先朝遺舊，志在名節，並列丹書，要同義舉。建安殿下，秀德衝遠，實允神器。昏明之舉，往聖留言，今忝役戎驅，亟請乞路，須京塵一靜，西迎大駕，歌舞太平，不亦佳哉！我太尉體道合聖，仗德修文，神武橫於七伐，雄略震於九綱，是乃仗義興師，還抗社稷。本欲鳴笳振鐸，無勞戈刃，但忠讜有心，節義難遣，信次之間，森然十萬，飛旍咽於九派，列艦迷於三川，此蓋捧海澆螢，列火消凍耳。吾子其擇善而從之！毋令竹帛無名，空為後人笑也！

朝臣得了此書，當即報知寶卷。寶卷令護軍崔慧景為平南將軍，督兵往擊顯達，後軍將軍胡松，驍軍將軍李叔獻，率水軍屯梁山，左衛將軍左興盛，督前鋒屯杜姥宅。陳顯達出發尋陽，沿流東下，道出採石，適遇胡松截住，兩下交鋒，約歷半日有餘，胡松敗走。再進兵至新林，左興盛麾軍堵御，彼此未經大戰，顯達卻虛設屯火，絆住興盛，自率輕舸夜渡，潛襲都城。偏偏遇著逆風，至曉方達，舍舟登落星岡。守衛諸軍，不意顯達猝至，急忙閉城設守。顯達手橫長槊，匹馬當先，隨後有勇士數百人，鼓譟攻城。城中出兵與戰，擋不住顯達長槊。顯達年已七十三，尚是精神矍鑠，奮勇無前。戰至數十回合，十蕩十決，刺死守衛軍百餘人。俄而槊竟折斷，一時掉不出順手兵器，只好仗劍督戰。會左興盛各軍，回救都門，顯達寡不敵眾，沒奈何退至西州。後騎官趙潭注，率兵力追，搶步至顯達馬後，用槊猛刺。顯達不及預防，竟被刺落馬下，再加一槊，已是血流滿地，不能動彈了。諸子皆被執伏誅。庾弘遠亦為所獲。臨刑索帽，顧語刑官道：「子路結纓，吾不可以不冠。」及帽既取戴，復慨然道：「我非亂賊，乃是義兵，來此為諸君請命。陳公太覺輕事，我曾諫他持重，若用我言，人民當免致塗炭呢。」也恐未必。弘遠有子子曜，年才十四，抱父乞代，併為所殺。父愚子亦愚。各軍將入城報功，當又有一番封賞，不消瑣述。

豫州刺史裴叔業聞朝廷屢誅大臣，很是危懼，朝廷亦防他有變，調鎮南兗州，令他內徙。叔業愈覺不願，未肯啟行，他有兄子裴植，曾為殿中直閤，至是亦懼奔壽陽，謂朝廷必相掩襲，宜早為計。叔業遣親人馬文範，潛赴襄陽，問蕭衍道：「天下大勢，已是可知；但我輩不能自存，現擬回面向北，尚不失為河南公，公意以為何如？」衍使文範返報道：「群小用事，怎能慮遠？若果疑公，暫宜送家還都，作為質信，萬一意外相迫，可勒馬步軍，直出橫江，斷他後路，天下事一舉可定。今欲北向，恐彼必遣人相代，別以河北一州處公，河南公尚可復得麼？」智慮卻是過人。

叔業乃遣子芬之入質建康。芬之已去，又欲北向投魏，特向魏豫州刺史薛真度處，致書探問，略表己意。真度勸令早降，覆書有云：若至事迫始來，反致功微賞薄，事貴從速，不必多疑。叔業意終未決，不過與真度屢通書信，往來不絕。都中人士，已漸有風聞，咸傳叔業外叛，芬之恐被收捕，溜出都門，竟返壽陽。叔業竟遣芬之奉表降魏，魏主宏令彭城王勰出鎮壽陽，封叔業為蘭陵郡公，仍領豫州刺史。齊廷聞報，不得不發兵加討，特遣平西將軍崔慧景，帶領水軍，出討叔業。寶卷親出送行，戎服坐琅琊城上，召慧景單騎入城，略問數語，慧景即拜辭而去。寶卷還宮，復下詔命蕭懿為豫州刺史，助慧景西討壽陽。

慧景此次出行，已蓄異圖，曾與子覺密約，令他隔宿出都，馳赴軍前。覺曾為直閤將軍，得了父命，即於次日單騎出走，行抵廣陵，始與慧景相會。慧景過廣陵十餘里，召會各軍將弁，涕泣曉諭道：「我受三帝厚恩，愧無以報，今幼主昏狂，朝廷濁亂，持危扶傾，莫如今日，願與諸君還立大功，共立社稷，未知眾意若何？」眾皆應聲聽令。慧景遂還向廣陵，司馬崔恭祖守廣陵城，開門迎入。慧景停廣陵二日，將集眾渡江，因遣人馳見江夏王寶玄，願奉他為主。寶玄喝斬來使，發兵守城，並飛報都中。寶卷亟派馬軍將戚平，外監黃林夫，出助寶玄，鎮守京口。總道他是長城可靠，不生變端，哪知寶玄是陽絕慧景，陰實勾通。他與妃子徐氏，本來伉儷情深，只因孝嗣被殺，迫令離婚，心中好生不樂。此次斬使請命，實欲引誘臺軍，自增勢力。

戚平、黃林夫，到了京口，寶玄即引與密商，探他意見。二人語多未合，惱動寶玄，呼令左右，劚二人首。司馬孔矜，典簽呂承緒，不禁大呼道：「殿下造反了！」寶玄更怒不可遏，殺死二人。好殺不祥。更派長史沈佚之，諮議柳澄，分統部眾，專待慧景到來。

慧景自廣陵東返，順抵京口，由寶玄開城納入，即令慧景為先驅，自乘翠輿，手執絳麾幡，督軍繼進。都中大震，亟遣驍騎將軍張佛護，直閤將軍徐元稱等，出屯竹裡，堵截叛軍。慧景前鋒將崔恭祖，帶著百戰不疲的壯士，與佛護等一場鏖鬥，佛護等敗入城中。恭祖乘勝攻入，斬佛護，降元稱，進迫查硎。中領軍王瑩，奉寶卷命，都督水陸各軍，據住湖頭，築壘蔣山西巖，屯甲數萬，恭祖不能前進。及慧景繼至，亦無法可施，懸賞求計。

竹塘人萬副兒獻議道：「今平路皆有重兵堵住，不可議進，最好從蔣山背後，躡登山頂，從上臨下，出其不意，方可得志。」慧景依計而行，遂分遣壯士千名，繞出山後，魚貫而上。俟至夜半，突起鼓角，由西巖馳下，各戍壘聞聲大駭，不知所為，一齊棄壘遁去。慧景得追至都下，攻撲各門，右衛將軍左興盛，率臺軍三萬人，就北籬門扼守，軍中望風潰散，興盛亦遁。東府、石頭、白下、新亭諸城，統皆駭走，興盛無路可奔，逃匿淮渚荻舫中，被慧景部兵搜獲，立即殺斃。慧景突入外城，駐樂遊苑，崔恭祖率騎兵千餘，攻北掖門，將要陷入，為宮中衛兵所拒，仍復折回，宮門皆閉。慧景引眾圍攻，又毀去蘭陵府署，作為戰場。宮中危急萬分，幸得衛尉蕭暢，屯守南掖門，處分城內，多方應拒，眾心稍定。慧景揑傳宣德太后命令（宣德太后見三十一回），廢齊主寶卷為吳王，卻把推立寶玄的問題，反擱置起來，未曾提及。又生變計。原來竟陵王子良子昭胄，曾封巴陵王，永泰元年，十王被戮，昭胄與弟昭穎，避難出奔，至江西溷跡為道人。慧景舉兵入都，昭胄兄弟，又奔投慧景，慧景與談甚歡，更欲擁立昭胄，心如轆轤，未能遽定。子覺又與恭祖爭功，竹裡一捷，功出恭祖，覺但主糧運，偏說是功與相侔。慧景舐犢情深，不免袒覺，遂致恭祖失望。恭祖又進獻一計，請用火箭攻北掖樓，慧景道：「大事垂定，何必多毀，免得將來更造，多費財力。」恭祖怏怏而退。慧景素好佛學，善談釋義，自樂遊苑移居法輪寺，整日閒坐，對客高談。恭祖竊嘆道：「今日何日，難道是參禪時麼！」想是要求往西方去了。

驀聞豫州刺史蕭懿，自採石渡江，來援都城，恭祖忙至法輪寺中，自請擊懿。慧景道：「汝且留此，不如叫我子前去罷。」恭祖趨出，大為怫意，還顧寺門道：「看汝父子能成事麼？蕭豫州豈是好惹的人！」慧景全然未悟，竟遣覺率精兵數千，往拒蕭懿去了。

懿本奉命西討，出屯小峴，聞得裴叔業病死，正擬乘虛往擊，忽由都中遣到密使，促令勤王。懿方就食，投箸起座，即率軍將胡松、李居士等數千人，從採石渡江東行，舉火示城中。臺城居人，歡呼稱慶。懿軍已達南岸，崔覺才領軍趨至，與懿接仗。懿下令軍中，前進有賞，後退即斬；於是人人致死，個個拚生。

崔覺本非戰將，驟遇勁敵，教他如何抵當！戰不多時，即大敗奔還，部下傷斃至二千餘人。覺率敗眾逃還都中，正值恭祖抄掠東宮，取得女使數人，饒有姿色。覺不禁垂涎，竟把他攔住，將女妓劫為己有。強盜碰著強盜。恭祖已怨恨慧景，又經此一激，不由的忿火中燒，竟與驍將劉靈運，夜降臺軍。慧景部下，見崔覺敗還，恭祖引去，料知不能成事，多半離散。慧景亦立足不住，潛引心腹數人，自往北渡。餘眾尚未曾聞知，留住城下。那蕭暢卻麾兵殺出，擊斃數百人，眾始散走。

慧景留都歷十二日，一敗塗地，匆匆奔至江濱，被蕭懿麾下的巡兵，驅逐一程，隨從都不知去向。只有慧景一人一騎，逃至蟹浦，浦口有漁人會集，見他形跡可疑，仔細盤問，知是崔慧景。漁人已聞他是叛首，樂得殺叛徼賞，呼眾奮斫，立將慧景砍死，梟了首級，納入魚簏，擔送建康。覺亡命為道人，嗣被捕誅。崔恭祖雖然投順，朝議以他窮蹙始降，不能貸罪，仍拘繫尚方，未幾亦處斬如律。寶玄逃匿數日，因都中大索，無人容納，沒奈何自出投首。寶卷召入後堂，四面用幛圍裹，令群小數十人，鳴鼓而攻。且使人傳語道：「汝近日圍我，與此相類，我亦令汝一嘗此味呢！」彷彿兒戲。已而牽出，賜藥勒斃。

軍將搜得叛人黨冊，內列姓氏甚多，朝士亦或參入，寶卷並不察閱，但令左右取毀，且慨然道：「江夏尚且如此，還問別人做甚？」尋又頒詔大赦，所有叛徒餘孽，悉令自新，不復窮治。這卻是寶卷即位以後，絕無僅有的美政！卻是難得。偏一班僉壬宵小，不依詔書，查有家道殷實的人民，概誣為賊黨，屠門籍資，充入私囊。若本係貧窮，就使前時從賊，也置諸不問。或語中書舍人王晅之道：「赦書無信，物議沸騰。」晅之道：「會當復有赦書。」已而赦書又下，群小橫行如故。寶卷日事嬉遊，無心顧問，但任他所為罷了。統計宮中嬖倖左右侍從，凡三十一人，黃門十人。

直閤驍騎將軍徐世檦，得委重權，一切刑戮，都由他一人主持。世檦亦知寶卷昏縱，密語同黨茹法珍、梅蟲兒道：「何世天子無要人，可惜我主太惡，恐未能長保呢！」法珍等本陰忌世檦，得此一言，便轉告寶卷。寶卷怒起，即令法珍督領禁兵，往殺世檦。世檦拒戰不勝，終遭殺斃。法珍、蟲兒，得併為外監，口稱詔敕。王檦之專掌文翰，朋比為奸。及慧景亂平，法珍且受封餘干縣男，蟲兒亦得封竟陵縣男。寶卷以權貴悉除，益加驕縱，或間日一出，或一日一出，既無定時，亦無定所，東西南北，無處不遊，朝夕旦暮，在所不計，所經道路，必先屏逐居民，有人犯禁，格殺勿論。自萬春門至郊外，周圍數十百里，皆空家盡室，巷陌懸幔為高幛，置使人防守，號為屏除，亦稱長圍。嘗遊至沈公城，有一婦臨產不去，即命剖腹驗胎，辨視男女。商紂遺風。又嘗至定林寺，有僧老病不能行，藏匿草間，偏為寶卷所見，命左右射僧，百箭俱發，集身如蝟。寶卷亦自發數矢，貫入僧腦，自誇絕技。置射雉場二百九十六處，每出射雉，必先令尉司擊鼓，鼓聲一傳，當役諸人，立命奔走，甚至不暇衣履。嘗在夜中三四更間，駕出蹕圍，鼓聲四起，火光燭天，幡戟橫路，士民喧走，相隨老小，無不震驚，啼號遍道，寶卷反自鳴得意。他本膂力過人，能挽三斛五斗的重弓，又能在齒上駕運白虎幢，高可七丈五尺，甚至折齒不倦。

他在東宮時，納妃褚氏，即位後冊為皇后。妾黃氏生子名誦，立為太子，黃氏得封淑媛。褚氏本故相褚淵姪女，姿貌平庸，寶卷不甚垂愛。黃淑媛略有姿色，不幸早亡。茹法珍、梅蟲兒等格外效勞，代主採豔，選了美女數十名，充入後宮。就中翹楚，要算余、吳兩姬為最美，寶卷封余氏為妃，吳氏為淑媛，後來得了一個潘家女，是王敬則營妓，流落都中，真乃天生尤物，妖冶絕倫。體態風流，如春後梨雲冉冉，腰肢柔媚，似風前柳帶纖纖；一雙眼秋水低橫，兩道眉春山長畫，膚成白雪，異樣鮮妍，髮等烏雲，倍增光澤，更有一種銷魂妙處，便是裙下雙鉤，不盈一握。銷魂處，恐尚不止此。寶卷得了此女，好似天女下凡，見所未見。一宵歡會，五體酥麻，越日即冊封為妃，又越月餘，復冊為貴妃。所有潘氏服御，極選珍寶，無論如何價值，但得潘氏歡心，千萬亦所不惜。相傳一琥珀釧，值價百七十萬。就是潘氏宮中的器皿，亦純用金銀。內庫所貯，不夠取用，更向民間收買，金銀寶物，價昂數倍，並令京邑酒租，折錢輸金。那潘氏既邀特寵，也任情揮霍，一些兒不知節省，今日索某寶，明日採某珍，供使絡繹，不絕道中。每當寶卷出遊，必窮極華裝，與駕同出。寶卷卻令她乘輿先驅，自跨駿馬後隨。天子為隨奴，潘妃亦大出風頭。急裝縛袴，不避寒暑，馳騁至渴，輒下馬解取腰邊蠡器，酌茗為飲，或且親至潘妃輿前，持茗給妃，然後還登馬上，仍然馳去。日暮尚未言歸，輒往親倖家留宴。

潘父寶慶，因妃得寵，賜第都中，寶卷呼他為阿丈。就是對著茹法珍，亦以丈相呼。茹家無女，何亦呼他為丈！呼梅蟲兒為阿兄。營兵俞靈韻，素善騎馬，寶卷向他學馳，故亦呼他為兄。一淘兒遊戲，即一淘兒至寶慶家，妃為調羹，躬自汲水。安排既就，便與潘妃並坐取飲，法珍、蟲兒等依次列席，不分男女上下，恣為歡謔。還有閹人王寶孫，年僅十餘，生得眉目清揚，不啻處女，寶卷號為倀子，非常寵愛。就是潘妃亦青眼相看，寶孫巧小玲瓏，常坐潘妃膝上，一同飲酒。倀子何幸，得親薌澤，可惜少一東西。至夜深還宮，得在御榻旁留寢，因此恃寵生驕，漸得干政。甚且移易詔敕，控制大臣，如梅蟲兒、王咺之等，尚有懼意。有時騎馬入殿，詆訶天子，寶卷不以為意，日夕留侍，備極寵憐。

從前世祖賾築興光樓，上施青漆，寶卷謂武帝未巧，何不純用瑠璃！誰意永光二年八月間，寶卷挈潘妃等夜遊，尚未還宮，祝融氏忽入臨宮禁，大肆威焰，毀去房屋三千餘間。宮門夜閉，外人非奉敕令，不敢擅開，至寶卷聞火馳歸，傳諭開門，宮內已付諸一燼。侍女小豎，燒死無數，寶卷也不禁嘆息。

當時宮中嬖倖，皆號為鬼，有趙鬼能讀西京賦，向寶卷進言道：「柏梁既災，建章是營。」寶卷乃大起芳樂玉壽等殿，用麝塗壁，刻為裝飾，窮工極巧。此番想可純用瑠璃了。工匠徹夜動作，尚苦不及，因搜剔佛寺剎殿，見有玉石獅象，便運入新屋，充作點綴。且鑿金為蓮花，遍貼地面，命潘妃徐行而過，花隨步動，步逐花嬌。寶卷從旁稱羨道：「這真是步步生蓮花呢！」小子有詩嘆道：

纖足風開自六朝，蓮花生步不勝嬌；
美人未必能傾國，禍水都從暗主招。

古人有言，樂不可極，極樂必亡，似寶卷這種淫樂，怎得不自速危亡！欲知後事，試看下回。

陳顯達一舉即敗。崔慧景已入外都，殆將成事，乃以多疑而亦敗。此由寶卷之惡貫未盈，故陳、崔皆無所成耳。綱目於二人起事，未嘗書叛，及其死也，又不書誅，非為二人恕，嫉寶卷不得不恕二人。江夏王寶玄，無拳無勇，徒欲依慧景以覬天位，多見其不知量耳。裴叔業之叛齊降魏，其居心之卑鄙，更出陳、崔二人下，宜其為蕭衍所齒冷也。寶卷不道，惡不勝紀，而獨歸咎於潘貴妃，非一婦人即足亡國；蓋蠱惑主聽，亂必及之。桀紂之亡，史家必兼咎妹妲，蓋亦此物此志也夫。

第三十七回

殺山陽據城傳檄　立寶融廢主進兵

卻說蕭懿入援，得平崔慧景，寶卷留懿在都，超拜尚書令。懿弟暢為衛尉，職掌管籥，雍州刺史蕭衍，係懿次弟，即遣親吏虞安福，入都語懿道：「兄一舉平賊，功高震主，就使遭際清時，尚或難免，況在亂世，怎能自全！計不如勒兵入宮，行伊、霍故事，卻是萬世一時的機會。否則仍表請還鎮，託名拒虜，內畏外懷，誰敢不從！若放棄兵權，徒縻厚爵，高而無民，必生後悔！」懿搖首不答，長史徐曜甫從旁苦勸，又不見從。茹法珍、王咺之等，憚懿威權，密語寶卷道：「懿將行隆昌故事，恐陛下命在旦夕。」寶卷矍然起座，即命法珍等設法除懿。

徐曜甫得知消息，慌忙具舟江渚，勸懿出奔襄陽。懿慨然道：「自古皆有死，豈有叛走尚書令麼？」懿有弟九人，除衍、暢外，長為蕭敷，餘為融、宏、偉、秀、咺、恢。偉與憺已入襄陽（見三十五回）。敷、融等統尚在都，預備逃匿。法珍等恐懿為變，伺懿在尚書省，即持敕賜藥。懿毫不流連，唯向中使慨語道：「家弟在雍，很為朝廷擔憂哩。」既有衍將為變，不如先立賢君，尚得保全齊祚。說畢，即飲藥自盡。懿弟姪統皆亡去，唯融為所捕，亦被處死。一面遣直後將軍鄭植，往刺蕭衍。

植弟紹叔曾為衍寧蠻長史，法珍等遣植往刺，囑令聯繫紹叔，乘間行事。紹叔既與植會談，即將乃兄來意，據實告衍。衍特備辦酒宴，令擔至紹叔家，為植接風。自己亦備駕前往。賓主會席，飲至半酣，衍笑語道：「朝廷遣卿圖我，今日閒宴，我特戴頭前來，何勿急取！」植亦大笑道：「且待明日取公，今且飲酒罷。」及酒闌席散，衍又令植遍閱城隍府庫，與士馬器械舟艦。植既閱畢，退語紹叔道：「雍州實力，確是堅強，未易規取。」紹叔道：「兄還都後，不妨實告天子，若欲取雍州，紹叔願率眾力戰，一決雌雄。」植住了兩日，便告辭而行。紹叔送至南峴，握手流涕，欷歔別去。

植出都時，懿尚未死，所以植未提及。至是耗問已至，衍東向慟哭，到了夜間，便召參軍張弘策、呂僧珍，長史王茂，別駕劉慶遠，功曹吉士瞻等，入宅定議。翌晨出廳視事，召集僚佐與語道：「昏主暴虐，惡逾桀紂，當與卿等入都，廢昏立明，共扶社稷！」眾皆許諾。當下建牙集眾，得甲士萬餘人，馬千餘匹，船三千艘，出從前所貯竹木，補葺船隻，事皆立辦。諸將又復索櫓，呂僧珍有櫓數百張，搬將出來，每船付與二櫓，適足敷用。

正擬整軍出發，聞朝廷遣輔國將軍劉山陽，到了荊州，會合荊州長史蕭穎胄，將襲襄陽。衍遂遣參軍王天虎馳赴江陵，沿途與州府書，聲言山陽西上，並襲荊、雍。又與穎胄兄弟各一函，約他同時起義，共入建康。穎胄是齊祖蕭道成族姪，父名赤斧，曾為太子詹事（見二十七回子良疏中），歿後由穎胄襲蔭，累佐諸王出鎮。此時南康王寶融（明帝第八子），都督荊州，命穎胄為冠軍將軍西中郎長史，行荊州府州事。既得衍書，懷疑未決。穎胄弟穎達，亦在南康王幕中，覽書後與兄密議，也一時不能定謀。

山陽行至巴陵，逗留十餘日，徘徊不進。穎胄已遣還天虎，天虎復奉蕭衍命，傳書穎胄，指示方略。穎胄乃呼參軍席闡文，及諮議柳忱，閉齋密議。闡文道：「蕭雍州蓄養士馬，非復一日，江陵人素畏襄陽，又眾寡不敵，萬難相制。就使幸能制服，朝廷反多疑忌，不肯包容。今若誘殺山陽，與雍州共事，改立天子，號令諸侯，未始非一時霸業呢！」忱亦接入道：「朝廷狂悖已甚，京師貴人，莫不重足屏息。君等幸在遠鎮，尚能自安。今乃命山陽前來，假我圖雍，這明明是卞莊刺虎的計策。君獨不聞蕭令君麼？率精兵數千，破崔氏十萬眾，尚為群邪所陷，竟至殺身。況蕭雍州雄略蓋世，必非山陽所能敵。山陽被破，朝廷轉歸罪荊州，謂我不能相助，進退兩難，何不早從席參軍言，別籌良計。」蕭穎達聞二人言，亦奮然道：「二君言是，阿兄不可不依！」穎胄道：「席參軍勸我誘殺山陽，計將安出？」闡文道：「山陽遲疑不進，明是疑我；我只好斬天虎首，送與山陽，山陽必歡然前來，我得乘便下手了。」穎胄道：「如殺天虎，蕭雍州能不疑我麼？」闡文道：「這也不難！可先覆書與他，說明誘殺山陽，不得不爾。以一天虎易山陽，想蕭雍州亦必諒我呢！」計固甚善，可惜太毒！

穎胄依議，遂遣使報達蕭衍，自召天虎入室，愀然與語道：「卿與劉輔國相識，今只得權借卿頭。」頭可借得麼？天虎駭極，方欲答言，已由穎達趨入，從背後拔出佩劍，劈死天虎。當即梟首送與山陽，一面徵發車牛，揚言將起兵討雍。山陽得天虎首，即單車白服，只帶左右數十人，來見穎胄。穎胄使前汶陽太守劉孝慶等，伏兵城內，自率數人出迎。待山陽入城，一聲暗號，伏兵齊出，就使山陽三頭六臂，至此也不能抵敵，立即斃命。山陽副將李元履，聞山陽被殺，不得已挈眾請降。

穎胄恐司馬夏侯詳，未肯從議，商諸柳忱。忱答道：「這也容易，近日詳子求婚，尚未允諾，今欲舉大事，何惜一女呢！」遂以女字詳子夔，約同起事。詳當然允洽。乃即奉南康王寶融為主，下教戒嚴。寶融年只十三，有何大略，凡事俱由穎胄主張，不過假他為名。令蕭衍都督前鋒諸軍事，自為都督行留諸軍事，加夏侯詳為徵虜將軍，遣寧朔將軍王法度，出徇巴陵。一面使人送山陽首至雍州，約期來年二月，進兵建康。

衍遣王天虎齎書時，曾語張弘策道：「兵法以攻心為上，天虎往荊州，人皆有書，獨於南康部下，只有兩函與行事兄弟，外人必謂行事另有隱謀，行事無以自明，不得不姿心就我，是兩空函足定一州了。」蕭衍隱謀，借他口中自述。及穎胄計誘山陽，馳書說明殺天虎事，衍不加可否，無詞答覆。便是默許。至山陽首傳到，謂須延期進兵，衍問何因？來使言年月未利，所以延期。衍勃然道：「行軍全仗銳氣，事事趕先，尚恐疑怠，若頓兵十旬，必生悔吝。且太白星已現西方，仗義興師，有何不利！從前周武伐紂，行逆太歲，並未聞展年待月，終得成功。今處分已定，事難中止，還要遷延做甚！」言之有理。遂遣還來使，自上南康王箋，請稱尊號，即日舉義進兵。

南康王寶融，一時未敢稱尊，但使蕭穎胄、夏侯詳二人出名，檄告京邑百官，及諸州郡牧守。檄云：

夫運不嘗夷，有時而陂，數無恆剝，否極則亨。昔我太祖高皇帝德範生民，功極天地，仰緯彤雲，俯臨紫極。世祖嗣興，增光前業，雲雨之所沾被，日月之所出入，莫不舉踵來王，交臂納貢。郁林昏迷，顛覆厥序，俾我大齊之祚，翦焉將墜。高宗明皇帝建道德之盛軌，垂仁義之至蹤，紹二祖之鴻基，繼三五之絕業。昧旦丕顯，不明求衣，故奇士盈朝，異人輻輳。嗣主不綱，窮肆陵暴，十愆畢行，三風咸襲，喪初而無哀貌，在戚而有喜容，酣酒嗜音，罔懲其侮，讒賊狂邪，是與比周，遂令親賢嬰荼毒之謀，宰輔受葅醢之戮。江僕射、蕭劉領軍、徐司空、沈僕射、曹右衛，或外戚懿親，或皇室令德，或時宗民望，或國之虎臣，並勳彰中興，功比周召，秉鈞贊契，受遺先朝。咸以名重見疑，正直貽斃。害加黨族，虐及嬰孺。曾無渭陽追遠之情，不顧本支殲落之痛，信必見疑，忠而獲罪，百姓業業，罔知攸暨。崔慧景內逼淫刑，外不堪命，驅土崩之民，為免死之計，倒戈回刃，還指宮闕，城無完守，人有異圖。賴蕭令君勳濟宗祏，業拯蒼氓，四海蒙一匡之德，億兆憑再造之功。江夏王拘迫威強，牽制巨力，跡屈當時，心猶可亮，竟不能內恕探情，顯加鴆毒。蕭令君自以親唯族長，任實宗臣，至誠苦言，朝夕獻入，讒醜交構，漸見疏疑，浸潤成災，奄罹冤酷。用人之功以寧社稷，刈人之身以騁淫濫，臺輔既誅，奸小兢用。梅蟲兒、茹法珍妖忍愚戾，窮縱醜惡，販鬻主威，以為家勢，熒惑嗣主，恣其妖虐。宮女千餘，裸服宣淫，孽臣數十，袒裼相逐。帳飲闤肆之間，宵遊街陌之上。劉山陽潛受凶旨，規肆狂逆，天誘其衷，既就梟翦。

夫天生蒸民，樹之以君，使司牧之，勿使失性。豈有尊臨寓縣，毒遍黔首，絕親戚之恩，無君臣之義，功重者先誅，勳高者速斃！九族內離，四夷外叛，封境日蹙，戎馬交馳，帑藏已空，百姓已竭，不恤不憂，慢遊是好。民怨於下，天懲於上，故熒惑襲月，孽火燒宮，妖水錶災，震蝕告沴。七廟阽危，三才莫紀，大懼我四海之命，永淪於地。南康殿下，體自高宗，天挺英懿，食葉之徵，著於弱年，當璧之祥，兆乎綺歲，億兆顒顒，咸思戴奉。且勢居上游，任總連帥，憂深責重，誓清時艱。今特命冠軍將軍楊公則等，振旅三萬，徑造秣陵，冠軍將軍蔡道恭等，被甲二萬，直指建業（即建康）。輔國將軍鄧元起等，鐵騎一萬，分趨白下，寧朔將軍柳忱等，組甲五萬，絡繹繼發。雄劍高揮，則五星從流，長戟遠指，則雲虹變色。天地為之矞皇，山淵以之崩沸。幕府親貫甲冑，授律中權，董率熊羆之士十有五萬，徵鼓紛沓，雷動荊南。寧朔將軍南康王友蕭穎達，領虎旅三萬，抗威後拒。蕭雍州勛業蓋世，謀猷淵肅，既痛家禍，兼憤國難，泣血枕戈，誓雪冤酷。精卒十萬，已出漢川。張郢州（見上文）節義慷慨，悉力齊奮。江州邵陵王（即寶攸）湘州張行事、王司州（並見下文）遠近懸契，不謀而同，並勒驍猛，指景風驅，舟艦魚麗，車騎雲屯，平原霧塞。以同心之士，伐倒戈之眾，盛德之師，救危亡之國，何徵而不服，何誅而不克哉！今兵之所指，唯在梅蟲兒、茹法珍二人而已。諸君德載累世，勳著先朝，屬無妄之時，居道消之運，受迫群豎，念有危懼。大軍近次，當各思拔跡，來赴軍門。檄到之日，有能斬送蟲兒、法珍首者封二千戶，開國縣侯！若迷惑凶黨，敢拒軍鋒，刑茲無赦，戮及宗族！賞罰之信，有如皦日！江水在此，誓不食言！

是時寧朔將軍王法度，延宕不進，勒令免官。改遣冠軍將軍楊公則進拔巴陵，直向湘州，又定輔國將軍鄧元起，進兵夏口，適夏侯詳子驍騎將軍亶，自建康逃至江陵，穎胄遂授以密計，教他託稱宣德太后敕令，謂南康王宜纂承皇祚，方俟清宮，未即大號，可封十郡為宣城王，相國荊州牧，加黃鉞，選百官，領西中郎府南康國如故。凡遇軍次，近路軍主，宜詳依舊典，備駕奉迎等語。時將年暮，寶融擬俟新歲受命，但將太后敕頒示四方。

蕭衍部署軍馬，即擬啟行。竟陵太守曹景宗，勸衍迎寶融至襄陽，建都正位，然後進軍。衍置諸不答。已有帝制自為之意。長史王茂語張弘策道：「今使南康王置人手中，彼挾天子令諸侯，節下前進，受人指使，這豈他日的長計麼？」弘策依言白衍，衍微笑道：「若前途大事不捷，勢且蘭芝同焚；幸而得克，方且威震四海，怎敢不從！豈長是碌碌因人，聽他處分麼？」志意畢露。

先是陳、崔發難，人心不安，上庸太守韋睿道：「陳雖舊將，非命世才，崔頗歷練，庸懦不武，怎能成事？欲平天下，必在我州將呢！」乃遣二子結識蕭衍。衍既起兵，睿率精兵二千，倍道詣襄陽，華山太守康絢，亦率三千人往會，汋均口戍弁馮道根，方居母喪，亦率鄉人子弟依衍。梁南、秦二州刺史柳惔（即柳忱兄），亦起兵相應衍在淝南立新野郡，安置新附，候令調遣。都中已備聞消息，下詔討荊、雍二州。命冠軍長史劉澮為雍州刺史，遣驍騎將軍薛元嗣，制局監暨榮伯，帶領兵士，並運糧百四十餘艘，送交郢州刺史張沖，使拒西師。元嗣等得江陵檄文，有張郢州悉力齊奮一語，未免生疑，且懲劉山陽覆轍，益有懼心。乃停住夏口浦，不敢入郢。嗣聞西師將至，張沖亦未通江陵，乃輸糧入郢城。前竟陵太守房僧寄，卸職還都，途次接得朝敕，令留守魯山，除拜驍騎將軍。張沖與他結盟，更遣軍將孫樂祖，率數千人助守。蕭穎冑與鄧元起，寄書張沖，勸令歸附，沖竟不從。楊公則兵至湘州，湘州行事張寶積迎降，公則馳入長沙，揭示安民。湘州遂定。

越年為永光三年，南康王寶融，始稱相國，頒令大赦，唯梅蟲兒、茹法珍不在赦例。命蕭穎冑為左長史，號鎮軍將軍，蕭衍為征東將軍，楊公則為湘州刺史。衍自襄陽出兵，積雪開霽，眾皆歡躍，留弟偉總府州事，憺守壘城。魏興太守裴師仁，齊興太守顏僧都，不受衍命，反舉兵襲襄陽，幸偉憺發兵邀擊，大破二軍。裴、顏等遁去，雍州乃安，衍得無後顧憂。

行次竟陵，命長史王茂，太守曹景宗為前軍，留中兵參軍張法安守城。諸將共白蕭衍，請用正軍圍郢，偏軍襲西陽武昌，衍搖首道：「房僧寄固守魯山，與郢城為犄角，我若悉眾前進，僧寄必來絕我後，悔無可及！今遣王曹諸軍渡江，與荊州軍合，共逼郢城，我自圍魯山，通道溮漢，使郢城、竟陵濟粟，江陵、湘中濟兵，兵多食足，何憂兩城不拔！天下事正可坐定呢。」成算在胸。乃使王茂等率眾濟江。

進次九里，正值郢州參軍陳光靜，前來搦戰。由茂等一鼓殺退，光靜身受重傷，還城即死。張沖閉城自守，茂與景宗，遂進拔石橋浦。荊州將鄧元起、王世興、田安之，率數千人來會雍州兵，湘州刺史楊公則，亦悉眾至夏口，蕭穎冑命荊州諸軍，皆受公則節度，另派參軍劉坦為長沙太守，行湘州事。坦先嘗任職湘州，素得民心，至是下車，民多歡迎。坦遂發民運糧，得三十餘萬斛，助荊雍軍，兵食才免匱乏。衍築漢口城阻住魯山，且命水軍將張惠紹遊弋江中，斷絕郢魯二城往來。張沖恚憤成疾，便即逝世。驍騎將軍薛元嗣，與沖子孜，及徵虜長史程茂共守郢城。

兩軍尚相持未下，南康王寶融，已由蕭穎胄等勸進，即位江陵，改元中興。就南北郊設立宗廟，宮府悉依建康舊制。立皇后王氏，授蕭穎胄為尚書令，兼守本官，蕭衍為左僕射，都督征討諸軍，夏侯詳為中領軍，晉安王寶義（明帝長子）為司空，廬陵王寶源（明帝第五子）為車騎將軍，開府儀同三司，建安王寶夤（明帝第六子）為徐州刺史，將軍蕭偉為雍州刺史，廢主寶卷為涪陵王，大赦天下。梅蟲兒、茹法珍仍不准赦。且遣御史中丞宗夬至夏口，慰勞衍軍。寧朔將軍庾域，隸衍部下，為衍語夬道：「黃鉞未加，不便總率侯伯，君何不代為請命？」夬應諾而還。未幾即由冠軍將軍蕭穎達，來助衍軍，乘便傳敕，假衍黃鉞。衍欣然領命。小子有詩嘆道：

未經建績已懷奸，黃鉞秉承始上壇；
千古梟雄同一例，果然名器假人難！

衍既受黃鉞，即道出沔江，命王茂、蕭穎達進逼郢城。欲知郢城攻守如何，容待下回再敘。

蕭穎胄之起事江陵，實由蕭衍誘成之，是穎胄之才智，已非衍敵。寶融固一傀儡耳，穎胄亦一蕭衍之傀儡也。曹景宗反勸衍奉迎寶融，安知衍之本意？衍豈甘居人下者！彼為衍效力諸軍將，皆傀儡中之傀儡耳。觀其初出夏口，即欲假黃鉞，其居心已可概見。宋齊開國之主，何一不自假鉞始耶！檄文一篇，卻寫得聲容並壯，是南朝時代一篇好文字，故特錄之。

第三十七回　殺山陽據城傳檄　立寶融廢主進兵

第三十八回

張欣泰敗謀罷重關　王珍國懼禍弒昏君

卻說蕭衍出漅，命王茂、蕭穎達等進逼郢城，薛元嗣不敢出戰，但閉城嚴守，並遣使至建康乞援。寶卷已命豫州刺史陳伯之，移鎮江州，西擊荊、雍，至是復令軍將吳子陽、陳虎牙等，率十三軍往救郢州，進屯巴口。

蕭穎胄令席闡文至軍前語蕭衍道：「今頓兵兩岸，不併軍圍郢，定西陽、武昌，轉取江州，似已失計，不如向魏通好，乞師為助，尚是上策。」衍笑語道：「漢口路通荊、雍，控引秦、梁，糧運資儲，四面可達，所以兵壓漢口，連結數州。今若並軍圍郢，又分兵前進，魯山必截我後路，糧道不通，如何持久？西陽、武昌，非不可取，但取得二城，應該分兵把守，最少須有萬人，糧餉相等，倘使東軍西來，用萬人攻兩城，我若再分軍應援，首尾俱弱，否則孤城必陷，一城失守，全域性土崩，天下事從此去了！今若得拔郢城，西陽、武昌，自然風靡，何必先分兵散眾，自取禍患呢！大丈夫舉事，欲清天步，擁數州兵入誅群小，譬如懸河注火，一撲即滅，怎得北面事虜，求援戎狄？彼未信我，我已足羞，這是下計，何謂上策？卿為我還白鎮軍（即指穎胄），前途攻取，不妨悉委，事在目中，無慮不捷，但仗鎮軍靜鎮便了！」料得著，說得透。闡文唯唯而去。衍命軍將梁天惠等屯漁湖城，唐修期等屯白陽壘，夾岸相對，專待東軍到來。

吳子陽進至加湖，距郢城約三十里，見西師沿路設屯，不敢前敵，但倚山帶水，築寨自固。會值春水暴漲，衍使王茂等率領自師，夜襲加湖，子陽未曾預備，驟聞西軍大至，戰鼓喧天，急得心慌意亂，不遑部署。那王茂等已登岸攻寨，殺進帳中，子陽上馬急奔，倉皇走脫，將士溺死殺死，不可勝計。茂等俘得餘眾，回營報功。郢、魯二城，聞子陽敗去，相率奪氣。魯山守將房僧寄，又遭病死，眾推助防將孫樂祖為主，仍復拒守。無如糧食已罄，所有軍士，只在磯頭捕魚供食。

衍探悉情形，恐他出走，特遣偏軍截住去路，一面致書勸降。孫樂祖窘迫無計，只好依了衍書，舉城歸順。

郢城被圍已經數月，士卒十死七八，守將薛元嗣、鄧茂，日坐圍城，惶急萬狀。衍令孫樂祖作書招降，元嗣等以魯山失守，孤城萬難保全，不得已令張孜覆書，情願投誠。張沖故吏房長瑜語孜道：「前使君忠貫昊天，郎君亦當坐守畫一，負荷析薪；若天命已去，唯有幅巾待命，下從使君，奈何靦顏出降呢！」孜不能從，與薛、鄧等迎納衍軍。衍即令韋睿為江夏太守，行郢府事，恤死撫生，郢人大安。

諸將欲休兵夏口，緩日進行，衍叱道：「此時不乘勝長驅，直搗建康，尚待何時！」張弘策、庾域等亦以為然，乃整軍出發，陸續東行。

可笑那齊主寶卷，尚在都中撤閱武堂，改造芳樂苑，恣意奢淫。苑中山石，概塗五采，聞民家有好樹美石，概毀牆撤屋，徙置苑間。傍池築榭，疊石成樓，複壁邃房，俱繪著裸體男女，作猥褻狀。又就苑中設立店肆，使宦官宮妾，共為稗販，命潘妃為市令，自為市吏錄事。遇有爭鬥等情，概就潘妃判斷，應罰應笞，一由妃意。寶卷自有小過，妃輒上座審訊，或罰寶卷長跪，甚且加杖，寶卷樂受如飴。後世之跪踏板者，想是受教東昏。復開渠立埭，躬自引船，埭上設店，入坐屠肉。都下有歌謠云：「閱武堂，種楊柳，至尊屠肉，潘妃酤酒。」寶卷聞歌，愈覺得意，待遇潘妃，不啻孝子。潘妃生女，百日夭殤，他卻自服衰絰，內衣亦悉著粗布，積旬不聽音樂。群小來吊，盤旋坐地，舉手受執蔬膳。後經倀子王寶孫等，並營餚饈，云為天子解菜，方食葷腥。潘妃無福，不能早死，若此時病歿，倒有一個大孝子，應比潘妃女哀毀十倍。

潘妃父寶慶，與諸小共逞奸毒，富人悉誣為罪犯，籍資歸己，又輾轉牽連，一家被陷，禍及親鄰，寶卷概不過問。唯素性好淫，雖然畏憚潘妃，尚引諸姊妹遊苑，覷隙交歡。或為潘妃所聞，輒召入杖責，乃敕侍臣不得進荊荻，期免凌辱。古今無此愚主。又偏信蔣侯神（即蔣子文），迎入宮中，尊為靈帝，晝夜祈禱。嬖臣朱光尚，自言能見鬼神，日引巫覡，哄誘寶卷。寶卷迷信益深，博士范雲語光尚道：「君是天子要人，當思為萬全計。」光尚道：「至尊不可諫正，當託鬼神達意便了。」既而寶卷出遊，人馬忽驚，便顧問光尚，光尚詭詞道：「向見先帝大瞋，不許屢出。」寶卷大怒道：「鬼在何處？汝快導我前去，殺死了他！」遂拔刀促行。光尚無法，只得領他尋鬼，盤旋了好幾次，方言鬼已遁去，因縛菰為明帝形，北向梟首，懸諸苑門。可恨可笑。

先是昭胄兄弟，奔投崔慧景，慧景敗死，昭胄等倖免株連，仍得以王侯還第，唯心中總不自安。前為竟陵王防閤將軍桑偃，至是入宮，為梅蟲兒軍副，因感子良舊恩，謀立昭胄（子良即昭胄父，見三十六回）。故巴西太守蕭寅，與桑偃友善，亦與同謀。昭胄預許寅為尚書左僕射護軍，復遣人誘說新亭戍將胡松，約言寶卷出遊，即閉城行廢立事。若寶卷奔至新亭，幸勿納入，松亦許諾。適寶卷新造芳樂苑，經月不出，偃等擬募健兒百餘人，從萬春門入刺寶卷，昭胄謂非良策，偃黨山沙慮事久無成，轉告御刀徐僧重，謀遂被洩。昭胄兄弟，與桑偃等皆為所捕，同時伏誅。

胡松聞昭胄事敗，隱懷危懼。會新除雍州刺史張欣泰，與弟欣時，遞給密書，將與前南譙太守王靈秀，直閤將軍鴻選等，奉立建安王寶夤，廢去寶卷，誅諸嬖倖，乞松為助。松當然覆書贊成。寶卷方遣中書舍人馮元嗣，往援郢州，茹法珍、梅蟲兒，及太子右衛率李居士，制局監楊明泰，送元嗣至新亭。欣泰使人懷刃，隨著元嗣，俟法珍等入座餞別，突起斫元嗣頭，墜入盤中。明泰慌忙救護，也被刺倒，剖腹流腸，蟲兒亦受傷數處，手指皆墮，忍痛逃出。法珍、居士，搶先急走，馳還臺城，王靈秀趨至石頭，迎入建安王寶夤，百姓數千人，皆空手相隨，欣泰亦馳馬入宮。

說時遲，那時快，法珍等知有變禍，飛馬奔還，先至禁中，閉門上仗，禁止出入。欣泰不得進去，鴻選亦不敢發，寶夤入憩杜姥宅，待至日暮，並沒有喜信傳到，從人漸漸潰散。寶夤再欲出城，城門已閉，城上有人守著，用箭射下，自知不能脫走，仍然折回，向隱僻處躲避三日。城中大索罪人，欣泰等次第見收，統遭死罪，連胡松亦俱收誅。寶夤索性出來，戎服詣草市尉，自請處分。還是此著。尉報寶卷，寶卷召寶夤入宮，問明原委，寶夤泣答道：「臣在石頭，不知內情，偏有人逼使上車，令入臺城，左右皆有人監制，不許自由。今左右皆去，臣始得出詣廷尉，自行請罪。」虧他善誑，暫得保全性命。寶卷不禁冷笑，再經寶夤哀請，始令仍復爵位。寶卷還能顧全兄弟，不似乃父殘忍。

嗣又命寶夤為荊州刺史，冠軍將軍王珍國為雍州刺史，輔國將軍申胄監郢州事，龍驤將軍馬仙琕監豫州事，驍騎將軍徐元稱監徐州事，特簡太子右衛率李居士，總督西討諸軍事，屯新亭城。旋聞江州刺史陳伯之降附衍軍，乃更令居士兼領江州刺史。

伯之初鎮江州，為吳子揚等聲援，子揚敗去，郢、魯二城，俱為衍有。衍語諸將道：「用兵非必需實力，但教威聲奪人，已足使遠近喪膽。尋陽不必勞兵，一經傳檄，自可立定了。」乃命查檢俘囚，得伯之舊部蘇隆之，厚加賞賜，令招伯之，且仍許伯之為江州刺史。過了數日，隆之返報，果得伯之降書，但云大軍不應遽下。衍笑道：「伯之雖云歸附，還是首鼠兩端，我軍今宜往逼，使他計無所出，方肯誠心來降。」乃命鄧元起引兵先驅，自率楊公則等從後繼進。伯之退保湖口，留陳虎牙守湓城，虎牙即伯之子，至衍軍進薄尋陽，伯之只好迎降。

新蔡太守席謙，從伯之鎮尋陽，乃父恭祖，曾為鎮西司馬，被魚復侯子響殺死（子響事見二十八回）。謙聞衍東下，語伯之道：「我家世忠貞，有死無二。」伯之遂拔刀殺謙，出城迎衍，束甲待罪。衍託寶融命令，授伯之為江州刺史。虎牙為徐州刺史。汝南民胡文超，亦起兵遙應。司州刺史王僧景，遣子貞孫請降。衍遂留驍騎將軍鄭紹叔守尋陽，與伯之引兵東下。臨行語紹叔道：「卿是我蕭何、寇恂呢！隱以漢高、光武自居，怎肯受制寶融。事若不捷，我應任咎，糧運不繼，責專在卿。」紹叔流涕應命，衍得無後顧憂，專向建康。

忽由江陵馳到急使，報稱巴西太守魯休烈，巴東太守蕭惠子瓚，出兵峽口，東擊江陵，將軍劉孝慶敗走，任漾之戰死，江陵危急，請即遣還楊公則，顧救根本。衍復答道：「公則已經東向，若令他折回江陵，就使兼程趨至，亦恐不及。休烈等係是烏合，不能久持，但教鎮軍少須持重，便足退敵。必欲急需兵力，兩弟在雍，儘可調遣，較易入援，請鎮軍酌奪！」來使還報穎胄，穎胄自遣軍將蔡道恭，出屯上明，抵禦巴軍。衍驅兵東進，直指江寧，寶卷以前次亂事，不久即平，此次亦視若尋常，僅備百日芻糧，且顧語茹法珍道：「待叛眾來至白門，當與一決！」嗣聞衍軍已抵近郊，乃聚兵議守，特赦二尚方二冶囚徒，充配軍役，唯已經論死，不得再活，即牽至朱雀門外，斬決了案。總督軍士李居士，自新亭出屯江寧，西軍先鋒曹景宗，率兵至江寧城下，未曾列營，居士即出兵邀擊，鼓譟而前，景宗麾軍迎戰，勁氣直進，大破居士。居士遁還新亭，景宗乘勝進逼，王茂、鄧元起、呂僧珍，依次繼進。新亭城主江道林，引兵出戰，被各軍左右夾攻，悉數擒歸。於是景宗據皁橋，王茂據越城，鄧元起據道士墩，陳伯之據籬門。李居士偵得僧珍兵少，復率銳卒萬人，薄僧珍壘。僧珍道：「我兵不多，未可逆戰，須俟他入塹，併力向前，方可獲勝。」俄而居士兵皆越塹拔柵，僧珍分兵上城，矢石俱發，自率馬、步三百人，繞出居士後面，城上人復下城出擊，號炮一聲，內外齊奮，殺得居士膽顫心寒，撥馬奔回，又喪失了許多甲械。寶卷再遣徵虜將軍王珍國，及軍將胡虎牙，率精兵十餘萬，列陣朱雀航南。宦官王寶孫，持白虎幡督戰，開航背水，自絕歸路，示與西軍拚命。兩軍初交，東軍卻是厲害，併力衝擊，西軍稍稍卻退。王茂奮然下馬，單刀直前，茂甥韋欣慶，手執鐵纏矟，翼茂繼進，曹景宗復麾兵直上，專向東軍中堅，冒死突入，東軍也抵死招架。鼓聲鼕鼕，殺氣騰騰，幾乎天昏地暗，寒日無光。適遇西風驟起，飛石揚沙，呂僧珍乘風縱火，焚撲東營，珍國等不禁駭亂，紛紛退走。王寶孫持幡大罵，斥辱諸將。直閤將軍席豪，發憤西向，突入西軍陣內，西軍已經得勢，就使生龍活虎，也要食肉寢皮，何況是區區一個席豪，當下將豪圍住，你刀我槊，把豪槊成幾個窟窿，眼見是不能活了。豪繫著名驍將，一經戰歿，全軍瓦解，赴淮溺死，數不勝計，積屍與航等。寶孫亦棄幡逃回。只有這般膽力，何必信口罵人！

衍軍追至宣陽門，都中恟懼，寧朔將軍徐元瑜，舉東府城出降。青、冀二州刺史恆和，奉召入援，見衍軍勢盛，也率眾請降。光祿大夫張瓌，棄去石頭，奔還宮中。李居士孤守新亭，也窮蹙乞降。衍入石頭城，令諸軍圍攻六門。寶卷命燒門內營署，驅兵民盡入宮城，閉門自守。外軍築起長圍，把他困住，都人謂寶卷出遊，隨處障幔，叫做長圍（見三十六回），便是預讖。衍家弟姪，前遭懿難，逃匿各處，至此俱出赴軍前，衍令他曉諭各戍，勸令從順。於是京口屯將左僧慶，廣陵屯將常僧景，瓜步屯將李叔獻，破墩屯將申胄，相繼奉書，願歸麾下。衍遣弟秀鎮京口，恢鎮破墩，各權授輔國將軍，從弟景鎮廣陵，權授寧朔將軍。

嗣接中領軍夏侯詳密函，報稱穎胄病歿，因恐巴東西兩軍，乘隙進逼，所以祕不發喪。衍作書答詳，令亟向雍州徵兵，自在軍中，亦絕口不談穎胄死事。詳遂向雍徵兵，留守蕭偉，遣弟憺赴援。巴東西軍，聞建康已危，且有援軍來攻，相率駭散。蕭璝、魯休烈，不得已投降寶融。江陵乃為穎胄發喪，追贈丞相，封巴東公，予謚獻武。速死為幸，否則和帝廢死，穎胄亦恐難倖免了。

自穎胄死後，眾望盡屬蕭衍。衍已得寶融詔敕，便宜從事，此時中外歸心，更覺大權在握，可以任所欲為了。

寶卷為衍所困，城中軍事，悉委王珍國，兗州刺史張稷入衛，受命為珍國副手，兵甲尚有七萬人。寶卷與黃門刀敕，及後宮健婦，習鬥華光殿，佯作敗狀，僕地僵臥，令宮人用板舁去，號為厭勝。又嘗跨馬出入，用金銀為鎧胄，飾以孔翠，晝眠夜起，仍如平時。倒也虧他鎮定。或聞外面鼓譟聲，便自被大紅袍，登景樓屋上，遙望外兵，流矢幾及足脛，卻也不甚畏懼，從容下樓，但遣朱光尚禱蔣侯神，求福禳災。茹法珍發兵出戰，一再敗還，乃請諸寶卷，乞發庫銀犒軍，振作士心。寶卷道：「賊來豈獨取我麼？何故向我求物！」愚鄙可笑。後堂貯數百具大木，法珍等欲移作城防，寶卷謂留此造殿，不得妄移，並飭工匠雕鏤雜物，務求速成。豈已自知要死，速成玩物，以圖一快耶？抑恃有蔣侯神默禱耶？眾情無不怨怠，唯待早亡，但無人敢為首難。

梅蟲兒又邀同法珍，入白寶卷道：「大臣不忠，使長圍不解，陛下宜誅罪伸威，方得軍人效命！」寶卷遲疑未決，那消息已傳達軍中。王珍國、張稷，當然憂懼，即密遣親吏出城，齎一明鏡，獻與蕭衍，衍亦斷金為報。各寓隱情。珍國遂與稷定謀，令兗州參軍馮翌、張齊，入弒寶卷，並約後閤舍人錢強，御刀豐勇之為內應。

時已殘冬，寶卷在含德殿中，與潘妃等夜飲，仍然是笙歌雜奏，環珮成圍。只此半夕了。錢強潛開雲龍門，放入張齊、馮翌等人，自為前導，直趨含德殿，寶卷已經撤宴，潘妃等均返後宮。只寶卷饒有醉意，暫就殿中寢榻，為休息計。突聞兵入，即趨出北戶，欲還後宮，宮門已閉，宦官黃泰平用刀刺寶卷膝，痛極僕地，外兵已經馳入，張齊執刀先驅，見寶卷僕地呼號，便手起刀落，劈作兩段。寶卷年才十九，在位三年。

珍國與稷，也引兵入殿，召尚書右僕射王亮等，列坐殿前，令百僚署箋，並用黃紬裹寶卷首，遣博士范雲等，送詣石頭。右衛將軍王志嘆道：「冠雖敝不能加足，奈何倒行逆施呢！」遂佯作痴呆，不肯署名。雲等既至石頭城，蕭衍大喜。且因與雲有舊，留參帷幄，使張弘策等先入清宮，封府庫及圖籍。城中珍寶委積，由弘策禁勒部曲，秋毫無犯。楊公則率兵入東掖門，衛送公卿士民出城，俱使安歸，毫不侵掠。唯拿下茹法珍、梅蟲兒、王寶孫、王咺之等四十一人，及妖豔淫靡的潘貴妃，拘繫獄中，聽候蕭衍發落。衍乃入屯閱武堂，用宣德太后令，追廢涪陵王寶卷為東昏侯，褚後及太子誦為庶人。小子因有詩嘆道：

到底淫荒足殺身，為君在位僅三春。
孽妃受戮原同罪，但累妻孥作庶人！

欲知太后令中，如何措詞，請看官續閱下回。

寶卷即位三年，變亂四起，至於荊、雍舉事，已失上游，非陳顯達之僅恃江州，崔慧景之專依京口，所得而比。乃猶撤閱武堂，築芳樂苑，窮奢極欲，恣意荒淫，其致亡也必矣。蕭昭胄意圖自立，無兵可恃，張欣泰欲擁立寶夤，其失與昭胄等。假使外應荊、雍，伏甲以待，則他日成事，亦不失王侯之賞；乃自便私圖，僥倖求逞，故寶卷可亡，而二人不能亡寶卷，反致速死。及西軍長驅入都，宮廷被圍，王珍國等謀貳於內，不煩兵戈，而昏主授首。蕭衍無弒主之名，坐收討亂之實，雖其智力過人，亦未始非乘勢待時之利也。然舉兵之始，即以天子自居，彼心目中固已無寶融矣。蕭鸞殘害骨肉，卒不能保全子嗣，終為疏族所篡奪，猜忍者果何益哉！

第三十九回

諫遠色王茂得嬌娃　竊大寶蕭衍行弒逆

卻說蕭衍入屯閱武堂，即稱奉宣德太后命令，曉示官民。大略說是：

皇室受終，祖宗齊聖，太祖高皇帝肇基駿命，膺籙受圖；世祖武皇帝係明下武，高宗明皇帝重隆景業，咸降年不永，宮車早晏。皇祚之重，允屬儲元，而稟質凶愚，發於稚齒。爰自保母，迄至成童，忍戾昏頑，觸途必著。高宗留心正嫡，立嫡唯長，輔以群才，間以賢戚，內外扶持，冀免多難。未及期稔，便逞屠戮，密戚近親，元勛良輔，覆族殲門，旬月相系。凡所任杖，盡慝窮奸，皆營伍屠販，容狀險醜，身秉朝權，手斷國命，誅戮無辜，納其財產，睚眥之間，屠覆比屋。身居元首，好是賤事，危冠短服，坐臥以之。晨出夜返，無復已極，驅斥氓庶，巷無居人，老幼奔皇，置身無所。東邁西屏，北出南驅，負疾輿屍，填街塞陌。興築繕造，日夜不窮，晨構夕毀，朝穿暮塞，絡以隨珠，方斯已陋，飾以璧璫，曾何足道。時暑赫曦，流金鑠石，移竹蓺果，匪日伊夜，根未及植，葉已先枯，畚鍤紛紜，動倦無已。散費國儲，專事浮飾，逼奪民財，自近及遠，兆庶恟恟，流竄道路，工商稗販，行號道法。屈此萬乘，躬事角檯，昂首翹肩，逞能高木，觀者如堵，曾無怍容。芳樂華林，並立闤錄，踞肆鼓刀，手操輕重，干戈鼓操，昏曉靡息，無戎而城，豈足云譬。至於居喪淫宴之愆，三年載弄之醜，反道違常之釁，牝雞晨鳴之慝，於事已細，尚可得而略也。罄楚、越之竹，未足以言，校辛、癸之君，豈或能匹！征東將軍忠武奮發，投袂萬里，光奉明聖，翌成中興，乘勝席捲，掃清京邑。而群小靡識，嬰城自固，緩戮稽誅，倏逾旬月。宜速剿定，寧我邦家。乃潛遣間介，密宣此旨，忠勇齊奮，遄加蕩撲，放斥昏凶，衛送外第。未亡人不幸遭此百罹，感念存歿，心焉如割。令依漢海昏侯（即昌邑王賀），故事，寶卷降封為東昏侯，寶卷後褚氏及太子誦併為庶人。肅清宮掖，重見昇平，未亡人亦與有幸焉。

看官！你想此時的宣德太后，出居鄱陽王故第，來管什麼朝事？也輪不著管。蕭衍不欲自居廢立，因借太后為名，這也是古今廢立的常例。又託太后命令，進衍為大司馬，錄尚書事，兼驃騎大將軍揚州刺史，封建安郡公，承制行事，百僚致敬。王亮出見蕭衍，衍與語道：「顛而不扶，焉用彼相！」亮答道：「若果可扶，明公亦不得有今日！」衍不禁大笑，即授亮為長史，以司徒揚州刺史晉安王寶義為太尉，仍領司徒，改封建安王寶夤為鄱陽王。衍弟宏得拜中護軍。誅茹法珍、梅蟲兒、王寶孫、王咺之等四十一人。潘貴妃尚在獄中，衍不忍加戮，意欲留侍巾櫛，特商諸領軍王茂。茂答道：「亡齊乃是此物！若留居宮中，必招外議。」衍不得已勒令縊死。威福已享盡了。當下頒發敕文，蠲除敝制，放宮女二千人出宮，分賜將士。唯佘妃、吳淑媛，華色未衰，衍早聞豔名，便即入鎮殿中，據住二美。還有宮人阮氏，係始安王遙光妾媵，遙光敗後，沒入掖庭，也生得身嫋娜，體態輕盈。衍亦納為綵女，隨意諧歡（均為後文伏線）。自古英雄多好色，這也不足深怪。

當時遠近州郡，均望風納款，獨豫州刺史馬仙琕，吳興太守袁昂，不肯受命。衍使仙琕故人姚仲賓招降，仙琕設筵相待，至仲賓述及衍意，被仙琕叱出，梟示軍門。駕部郎江革，為衍致書袁昂，書中略云：「根本既傾，枝葉安附？況竭力昏主，未足為忠，家門屠戮，非所謂孝，何若幡然改圖，自招多福。」昂覆書婉拒，大致謂既食人祿，不便遽忘，請示含容，毋責後至等語。衍乃覆命李元履為豫州刺史，出撫東土，令勿以兵威從事。元履至吳興，昂仍然不降，但開門撤備，由他拘去。及轉招仙琕，仙琕泣語將士道：「我受人任寄，義不容降，君等皆有父母，不應令家屬坐誅，我為忠臣，君等為孝子，兩無所憾了！」乃悉遣將士出降，尚剩壯士數十人，閉門獨守。俄而元履兵入，仙琕令壯士持弓相待，兵不敢逼。

到了日暮，仙璝始投弓道：「諸君但來見取，我義不降！」兵士始執住仙璝，檻送建康。衍見馬、袁兩人送至，親為釋縛，且語左右道：「令天下見二義士。」兩人感衍厚意，始皆歸降。仍然降順，前時何必做作！

衍前在竟陵王西邸，曾與范雲、沈約、任北等，同處賓僚（見二十七回）。至是懷念故交，引范雲為諮議，沈約為司馬，任北為記室。又徵前吳興太守謝朏，國子祭酒何胤，二人不至，衍迎宣德太后王氏入宮，即於中興二年正月，奉後稱制，自撤承制二字，餘官如故。沈約入語衍道：「齊祚已終，明公當入承帝運，雖欲自守謙光，恐不可復得了。」衍沉吟道：「此事可行得麼？」約又道：「天人相應，何不可行！」衍復囁嚅道：「且待三思。」約慨答道：「公初建牙樊沔，應該三思，今王業已成，何容疑慮！若不早定大業，將來天子入都，公卿在位，君臣分定，無復異心；果使君明臣忠，難道尚有他人助公作賊麼！」極力慫恿，好個梁初走狗。衍始點首。

約既趨出，復召范雲入議。雲所對亦如沈言，衍欣然道：「智士所見略同，卿明早與休文更來。」雲出語約，約答道：「明晨須要待我，同見大司馬。」雲笑道：「休文（休文是約表字）何必多慮，當然相待。」遂拱手別去。詰旦雲仍趨入，未見約至，待了多時，仍然沒有到來。問明殿中衛士，方知約已早入，不禁驚詫異常。本欲闖將進去，又恐未奉傳宣，不便遽入，乃徘徊壽光閣下，連呼咄咄怪事！攀龍附鳳，應走先著，雲自己落後，被人愚弄，何怪之有！既而見約出來，慌忙迎問道：「何以處我？」約舉手向左，雲始解頤道：「幸不失望！」看官道是何因？原來沈約左指，便是令雲為左僕射的意思。雲已經解意，所以轉驚為喜，即得開顏。熱中如此，可嘆可鄙！

未幾由衍召入，取出數紙，折遞與雲。雲接入手中，約略瞧視，一紙是加九錫文，一紙是封梁王文，還有一紙，竟是內禪詔書，不由的失聲道：「好快筆墨！」從范雲目中看出，筆法不平。衍嘆道：「休文才智，當今無匹。我起兵至今，已歷三年，諸將同心輔助，各有功勞，但造成帝業，唯卿與休文二人！」雲欣然稱謝。

越數日，即詔進大司馬衍位相國，總百揆，領揚州牧，封十郡為梁公，備九錫禮。又越數日，復詔梁公增封十郡，進爵為王。所有梁國要職，悉依天朝成制。於是授沈約為吏部尚書，兼右僕射，范雲為侍中。雲前為約誑，致落人後。此時日夕留心，恨不把梁王衍即刻抬上，便好做個開國元勛。自二月間衍封梁王，遷延旬月，尚不聞准備受禪，連衍亦未曾提及，不禁格外心焦。常思乘間進言，偏衍深居簡出，除出殿視事對眾裁決外，整日裡在內休養。有時雲入啟事，且往往謝絕，不得見面。仔細探聽，方知衍為女色所迷，竟將大事擱起。

衍妻郗氏為故太子舍人郗曄女，幼即明慧，善隸書，通史傳，女工女容，無不嫻熟。宋後廢帝昱欲納女為后，事不果行，齊初安陸王緬，又欲娶女為妃，郗家託詞女疾，婚議復寢。建元末年，竟嫁衍為妻，伉儷甚諧。衍出為雍州刺史，郗氏隨行，病歿襄陽官廨中，唯郗氏在日，性多妒忌，禁衍置妾。衍只有一妾丁氏，嘗遭郗氏虐待，每日使舂米五斛。幸丁氏是一村女，不甚懦弱，卻還吃苦得起，按日照舂。若有神助，從未違限，亦無怨言。郗氏迭生三女，不得一男，丁又遭忌，鮮得當夕。及郗氏病死，丁氏始得懷妊，產下一男，取名為統，就是後來的昭明太子。統生月餘，衍起師圍郢，丁氏母子，當然是不便隨行，留居雍城（帶敘蕭衍妻妾，貫穿前後）。

及衍既入建康，已做了兩年曠夫，驟得余、吳兩姬，趨承左右，朝擁暮偎，歡樂可知。唯吳淑媛已經有娠，未便常侍枕蓆，遂令余妃專寵，日夕相親。這位多才多智的梁王衍，也被那色魔擾住，幾乎似醉似痴，沈湎不治。色之害人大矣哉！雲既洞悉情由，遂屢次求見。衍不好屢卻，或許進謁，雲請屏去左右，衍但說左右俱是心腹，有事不妨盡言。究竟投鼠忌器，屬耳須防，雲恐為左右洩語，未敢直諫，只得隱約陳情，勸衍戒色。衍雖然面允，耽樂如故。雲乃想出一計，特邀領軍王茂，一同進諫。茂佐衍起兵，戰必先驅，推為功首，初為雍州長史，超遷至領軍將軍，衍格外優待，言聽計從。雲得茂為幫手，便放膽進去，排闥入見。衍驚問何因？雲朗聲道：「昔漢高祖居山東，貪財好色，及入關定秦，財帛無所取，婦女無所幸，范增畏他志大，後來終得成功。今明公始定建康，海內方想望風聲，奈何為色所迷，取亡國女子，自累盛德呢！」衍默然不答，茂即下拜道：「范雲言是！公以天下為念，不宜留此亡國婦。」

衍被二人纏住，勉強答說道：「我便當放她出去。」雲趁勢進言道：「公既採納愚言，便應速行。前時放出宮人二千名，分賞將士，獨王領軍尚無所得，王領軍為公效力，忠勇過人，何為獨令向隅？今願將余、吳二姬，擇一為賜！」衍遽答道：「吳氏已有娠了。」雲複道：「吳既有娠，請出余氏賚茂罷。」說至此，以目視茂，茂即頓首拜謝。衍心實不願，轉思大事將成，不能為一女子，違忤功臣，反滋眾怨，因慨然語茂道：「我便將余氏賚卿！」說著，顧令左右，召出余氏，竟命王茂領去。余妃不防有此一著，急得蛾眉緊蹙，珠淚欲垂，當即拜倒衍前，嚶嚶泣語。衍不待啟口，便拂袖起座道：「汝去罷！不必多說了。」又顧王茂道：「卿須善待此婦，勿負我言！」一面說，一面走入內室去了。有此決心，故得為帝四十餘年。余氏不好再留，只得起身收淚，隨茂出門，上輿赴茂私第。從此又另是一番情緣，毋庸細表。倒便宜了王茂。

且說衍既放出余妃，復賜雲、茂錢各百萬。是霸王權術。於是決計篡齊，準備參禪。湘東王寶晊，係安陸王緬嗣子，素好文學，為衍所忌，誣他謀反，立即捕誅。寶晊弟寶覽、寶宏，一併受戮。還有邵陵王寶攸，晉熙王寶嵩，桂陽王寶貞，年齡都不過十歲上下，都緣寶晊連坐，悉令自盡。廬陵王寶玄憂死，鄱陽王寶夤，穿牆夜出，逃匿山澗，晝伏夜行，得抵壽陽東城，投降北魏。明帝諸子，只剩了晉安王寶義及江陵嗣主寶融。衍乃奉表江陵，佯請寶融東歸，入都為帝。寶融帶領百官，便即啟行，留蕭憺為荊州刺史，都督荊、湘軍事。

那邊馬首東瞻，這邊已攀龍附鳳，自行勸進。接連是上陳符瑞，迭報禎祥，或稱景星見，或稱甘露降，或稱鳳凰至，或稱騶虞興，種種奇異，不知他是真是假，統說是上天應命，百獸率儀。沈約、范雲等，又貽書夏侯詳，教他迫主禪位，不得遲延。夏侯詳見風使帆，樂得做個人情，同佐新朝景運。及寶融到了姑熟，便遣使入都，與范雲、沈約等接洽，定受禪儀。應用詔書，已由沈約草就，便即頒發出來。語云：

夫五德更始，三正迭興，馭物資賢，登庸啟聖。故帝跡所以代昌，王度所以改耀，革晦以明，由來尚矣。齊德淪微，危亡洊襲，隆昌凶虐，實違天地，永元昏暴，取紊神人。三光再沈，七廟如綴，鼎業幾移，含識知泯。我高明之祚，眇焉將墜，永唯屯難，冰谷載懷。相國梁王，天誕睿哲，神縱靈武，德格玄祇，功均造物，止宗社之橫流，反生民之塗炭，扶傾頹構之下，拯溺逝川之中，九區重緝，四維更紐，絕禮還紀，崩樂復張，文館盈紳，戎亭息警，浹海隅以馳風，罄輪裳而稟朔，八表呈祥，五靈效祉，豈止鱗羽禎奇，星雲瑞色而已哉！勳茂於百王，道昭乎萬代，固已明配上天，光華日月者也。河嶽表革命之符，圖讖紀代終之運，樂推之心，幽顯共積，歌頌之誠，華裔同著。昔水政既微，木德升緒，天之歷數，實有攸歸，握鏡璇樞，允集明哲。朕雖庸蔽，闇於大道，永鑑崇替，為日已久，敢忘列代之高義，神人之至願乎！今便敬禪於梁，即安姑熟，一依唐、虞、晉、宋故事，王其毋辭！

這詔傳出，那宣德太后王氏，當然是不能安居，也由沈約等代下一令道：

西詔至，帝憲章前代，敬禪神器於梁。可臨軒遣使，恭授璽綬，未亡人便歸別宮，如令施行。

中興二年四月壬戌日，宣德太后遣尚書令王亮等，奉璽綬詣梁宮，又有一兩篇大文章。其璽書云：

夫生者天地之大德，人者含生之通稱，並首同本，未知所以異也。而稟靈造化，賢愚之情不一，託性五常，強柔之分或舛。群後靡一，爭犯交興，是故建君立長，用相司牧，非謂尊驕在上，以天下為私者也。兼以三正迭改，五運相遷，綠文赤字，徵文表洛。在昔勳華，深達茲義，眷求明哲，授以蒸人。遷虞事夏，本因心於百姓，化殷為周，實受命於蒼昊。爰自漢、魏，罔不率由，降及晉、宋，亦遵斯典。我高皇所以格文祖而撫歸運，畏上天而恭寶曆者也。至於季世，禍亂洊臻，王度紛糾，奸回熾積。億兆夷人，刀俎為命，已然之逼，若線之危，局天枺蹐地，逃形無所，群凶挾煽，志逞殘戮，將欲先殄衣冠，次移龜鼎，衡保周召，並列宵人，巢幕累卵，方此非切。自非英聖遠圖，仁為己任，則鴟梟厲吻，翦焉已及。唯王崇高則天，博厚儀地，熔鑄六合，陶甄萬有。鋒旛交馳，振靈武以遐略，雲雷方扇，鞠義旅以勤王。揚旍旆於遠路，戮奸宄於魏闕，德冠往初，功無與二，弘濟艱難，緝熙敬止。待旦同乎殷後，日昃過於周文，風化肅穆，禮樂交暢。加以赦過宥罪，神武不殺，盛德昭於景緯，至義感於鬼神。若夫納彼大麓，膺此歸運，烈風不迷，樂推攸在，治五韙於已亂，重九鼎於既輕，自聲教所及，車書所至，革面回首，謳吟德澤。九山滅祲，四瀆安流，祥風扇起，淫雨靜息，玄甲遊於芳荃，素文馴於郊苑，躍九川於清溪，鳴六象於高崗，靈瑞雜沓，玄符昭著。《書》云：天監厥德，用集大命。《詩》云：文王在上，於昭於天。所以二儀乃眷，幽明永葉，豈唯宅是萬邦，緝茲謳訟而已哉！朕用是擁璇沈首，屬懷聖哲。昔水行告厭，我太祖既受命，代終在日，天祿永謝，亦以木德而傳於梁。遠尋前典，降唯近代，百闢遐邇，莫違朕心。今遣使兼太保侍中中書監尚書令王亮，兼太尉散騎常侍中書令王志，奉皇帝璽紱，受終之禮，一依唐、虞故事，王其陟茲元後，君臨萬方，式傳洪烈，以答上天之休命！

衍既得璽書，躊躇滿志，只形式上未便遽受，不得不抗表陳讓，佯作謙恭。又要抄老文章了。齊百官豫章王元琳等八百十九人，及梁侍中范雲等一百十七人。此次由范雲列首，也算如願以償。再上書稱臣，乞請踐阼，衍尚謙讓不受。太史令蔣道秀陳天文符讖六十四條，事皆明著，虧他掇拾，范雲等又復固請，乃擇期丙寅日，即位南郊，祭告天地，登壇受百官朝賀。改齊中興二年為梁天監元年，大赦天下。廢齊主寶融為巴陵王，暫居姑熟，宣德太后為齊文帝妃，遷住別宮。皇后王氏為巴陵王妃，齊世王侯封爵，悉從降省。唯宋汝陰王不在降例，追尊父順之為文皇帝，廟號太祖，母張氏為獻皇后，追謚故妃郗氏為德皇后，追贈兄太傅懿為長沙王，予謚曰宣，弟融為桂陽王，予謚曰簡；又因弟敷、暢並歿，贈敷為永陽王，予謚曰昭，暢為衡陽王，予謚曰宣。封拜文武夏侯詳為公侯，食邑有差。

還宮以後，復召入沈約、范雲等密商，擬改南海郡為巴陵國，徙居寶融。雲未及答，約忙說道：「不可慕虛名，受實禍。」梁主頷首，過了一日，即遣親吏鄭伯禽，馳赴姑熟，用生金進巴陵王。巴陵王寶融嘆道：「我死不須金，醇醪亦足了。」乃取酒令飲，飲至沉醉，就將他拉斃榻上，年才十五。伯禽返報。衍卻託稱暴亡，偽為哀慟，且追尊為齊和帝，葬恭安陵。先是文惠太子與才人共賦七言詩句，輒雲愁和帝，至此方驗。總計齊自太祖蕭道成篡宋，至和帝亡國，凡七主，共二十三年。當時獨有一個齊末忠臣，不食數日，為齊殉節。小子有詩讚道：

新朝佐命盡彈冠，獨有孤臣大節完，
勁草疾風知不改，首陽遺石好重刊。

畢竟何人殉節，且至下回敘明。

沈約、范雲，同贊逆謀，而約尤為狡黠。與雲同約，即負雲先入，但慕榮利，不顧小信，其心跡尤為可鄙。且雲尚知諫衍，請出余妃，一節可取，而約獨無聞。約第知勸衍受禪，迫寶融傳位。即如寶晊等之受戮，亦安知非由約之參謀，不過史未之詳耳。且衍廢寶融，尚欲全其生命，而約獨嗾使加弒，為衍弭禍，即為己固寵。范雲之所不敢為者，約皆悍然為之，是衍之篡逆，實約一人首導之也。不然，衍因范雲、王茂之直諫，能舉余妃而急出之，未始非可與有為之主，假令輔佐得人，亦寧不能為唐高、宋太耶！篡即未免，弒或不為，略跡論心，不能不深惡痛嫉於沈休文矣！

第四十回

蕭寶夤乞師伏虜闕　魏邢巒遣將奪梁州

卻說齊和帝被弒，有一位殉節忠臣，絕粒而死。看官欲問他姓名，乃是琅琊人顏見遠。他本為荊州參軍，及寶融稱帝，進官御史中丞，至是獨為齊死節。備書爵里，法本紫陽。梁主衍聞報，慨然說道：「我自應天順人，何預天下士大夫事？不意顏見遠乃竟至此！」因命蕭寶義為巴陵王，使奉齊祀。寶義幼有廢疾，喑不能言，獨不中時忌，得終天年。宣德太后遜居外宮，本來是個庸嫗，任人播弄，故亦得壽終。後來祔葬崇安陵，由梁廷謚為安皇后。這也不必瑣敘（了過齊朝）。

梁主衍南面垂裳，大封勳戚，命弟宏為臨川王，領揚州刺史，秀為安成王，領南徐州刺史，偉為建安王，領雍州刺史，恢為鄱陽王，授左衛將軍，憺為始興王，領荊州刺史。加領軍中軍王茂為鎮軍將軍，中書監王亮為尚書令，左長史王瑩為中書監，吏部尚書沈約為尚書右僕射，侍中范雲為尚書左僕射。立子統為皇太子。置謗木，設肺石，各附一函。凡布衣處士，欲陳清議，可投謗木函中。功臣材士，欲伸屈抑，可投肺石函中。御用衣飾，概從樸素，常膳只備菜蔬。每簡長史，務選廉平，皆召見前殿，勗以政道。小縣令有能，遷大縣，大縣令有能，遷二千石，廉能知勸，吏治少清。唯尚有東昏餘孽，隱懷反側，推孫文明為首，密謀作亂。

五月初旬，天適陰雨，夜昏如墨。孫文明竟糾眾起事，毀神虎門入總章觀。衛尉張弘策，直宿觀中，被他殺斃。復燒尚書省及雲龍門，軍司馬呂僧珍，亟召集衛兵，出御亂黨。因天昏不辨咫尺，雖有火炬，總難用力奮鬥。沒奈何保住殿省，分堵各門。那亂黨呼喊連天，聲徹宮禁。梁主衍身著戎服，出御殿前，鎮定眾心，且語左右道：「賊從夜間作亂，人必不多，待曉便散走了。汝等可傳諭巡士，速擊五鼓！」畢竟有智。左右領命出去，不到片刻，即聞更鼓五下，音響且清。這更聲傳達門外，亂黨疑是將曉，果然散去。偏遇鎮軍王茂，引兵入衛，把亂黨攔住，或殺或捉，所有孫文明以下諸悍目，悉數擒住。詰旦駢誅，宮禁乃安。

才閱數日，接得豫章太守鄭伯倫急報，內稱江州刺史陳伯之造反，侵及豫章，請速發兵討逆云云。原來伯之從梁主入都，受禪事定，令復原鎮。伯之目不識書，一切予奪，俱取決幕僚。別駕鄧繕，參軍褚緭、朱龍符，樂得乘間舞弊，恣為奸利。梁主聞知弊竇，乃請人代繕，伯之不肯受命。繕且勸伯之造反，緭亦一律贊成，便詐為齊建安王寶夤書，使伯之取示僚佐。伯之更對眾泣語道：「我受明帝厚恩，應誓死報德！」當下部勒兵士，移檄州郡。豫章太守鄭伯倫，整軍為備，一面飛報朝廷。梁主覽奏，便命鎮軍將軍王茂兼領江州刺史，率兵討叛。伯之正進攻豫章，與伯倫相持不下，偏王茂引軍趨至，來攻伯之。城中守兵，又由伯倫督領，殺將出來。伯之內外受敵，不能招架，只好挈了親屬，奪路北走，繞出間道，渡江奔魏。

魏任城王澄，方受任為鎮南大將軍，迎納齊建安王寶夤（寶夤奔魏見前回），優禮相待。寶夤為故主持喪，自服衰絰，居處一廬，澄率官僚赴吊，寶夤拜伏地上，泣請復仇。澄乃令自謁魏主，護送入洛。可巧伯之亦至，也擬請兵伐梁，遂由澄一併送行，隨寶夤同赴洛都。

先是齊和帝即位江陵，魏鎮南將軍元英，曾上書魏主，乞乘隙南侵。車騎大將軍源懷，也與元英同意，相繼請命。魏主乃命任城王澄，為鎮南大將軍，領揚州刺史，經略江東。澄既受命，將欲出師，偏又接到魏主敕命，令他慎重，不應輕進。魏主不乘隙南下，實是失機。

此次齊寶夤到了魏廷，終日伏闕，定要乞師南伐，雖遇暴風大雨，終不暫移。好似一個申包胥。陳伯之亦請兵自效，誠懇異常，魏主恪乃召入寶夤，賜令旁坐。寶夤年只十七，與魏主相問答，語語嗚咽，字字淒涼，說得魏主也為動容，遂允請發兵。過了兩日，即授寶夤為鎮東將軍，加封齊王，都督東陽等三州軍事，給兵萬人屯東城。伯之為平南將軍，仍任江州刺史，都督淮南諸軍事，率舊部出屯陽石，俟秋冬交季，大舉伐梁。寶夤聞命，尚通宵慟哭，達旦即詣闕拜命。真耶假耶！魏主見他慘形悴色，愈覺垂憐，又聽寶夤自募四方壯勇，補充隊伍。

寶夤叩首辭行，沿途募得壯士數千人，拔顏文智、華文榮等六人為軍將，使統新軍，且屢致書任城王澄，乞他上書提早師期。澄乃表聞魏主，略言蕭衍堵塞東關，欲令巢湖氾濫，灌我淮南諸戍，且灌且掠，淮南地恐非我有。壽陽去江五百餘里，眾庶惶惶，並懼水害，若因民願望，攻敵空虛，預集諸州士馬，首秋大舉，應機經略，就使不能混一，江西定可無虞了。魏主乃發冀、定、瀛、相、並、濟六州兵馬，得兵二萬人，馬千五百匹，令至仲秋中澣，畢會淮南。並壽陽屯兵三萬，俱歸任城王澄排程。就是蕭寶夤、陳伯之兩軍，亦皆受澄節制。嗣復令鎮南將軍元英，督徵義陽諸軍事，與任城王澄同時舉兵。

梁同州刺史蔡道恭，聞魏軍將至，亟遣將軍楊由，收集城外居民，屯保賢首山，列為三柵。梁天監二年秋季，元英麾軍至賢首山，圍攻三柵，楊由督厲兵民，且戰且守。約歷旬月，兵民傷亡不少。由用法過峻，為民所怨，土豪任馬駒斬由出降。

任城王澄，命統軍黨法宗、傅豎眼、王神念等，分攻東關、大峴、淮陵、九山，高祖珍率三千騎為遊軍，澄自為後應。魏軍連拔關要、潁川、大峴三城，白塔、牽城、清溪諸梁戍，望風奔潰。梁徐州司馬明素，率兵三千救九山，徐州長史潘法鄰率兵二千救淮陵，寧朔將軍王燮保焦城。魏將黨法宗等，長驅直進，銳不可當。一戰拔焦城，王燮敗潰，再戰破九山，明素受擒，三戰入淮陵，潘法鄰被殺，勢如破竹，直趨阜陵。

阜陵由南梁太守馮道根居守，道根先期月餘，已修城隍，嚴斥堠，儼臨大敵。僚佐笑為多事，道根道：「諸君不聞怯防勇戰麼？若俟寇逼城下，何暇及此！」是謂有備無虞。已而城工粗竣，黨法宗等有眾二萬，果然掩至，眾皆失色，道根命大開城門，緩服登城，但遣精騎二百人，出城衝陣，東蕩西突，撞倒魏軍前隊數百人，殺斃數十，從容退還。魏兵見所未見，又仰望城上高坐的馮道根，笑容可掬，毫無懼色，總道是城中設伏，不敢進去，便引兵卻退。彷彿空城計。道根復遣百騎掩擊高祖珍，亦得勝仗，且揚言將襲魏糧，黨法宗等正恐糧運不繼，慌忙引還。阜陵解嚴，道根因功超擢，得拜豫州刺史。越年二月，任城王澄，復舉兵攻鍾離，梁將軍姜慶真，乘虛襲壽陽，魏長史韋纘，倉皇失措，急忙調兵抵禦，已是不及，被梁兵攻入外郛。任城王太妃孟氏，素有幹才，勒眾據守內城，激厲文武，撫慰新舊，又親披戎服，晝夜巡城，不避矢石，嚴定賞罰，因此人人爭奮，守備遂堅。蕭寶夤引兵來援，與州將合擊慶真，慶真敗走。孟太妃乃遣使報澄，令他安心進攻，澄遂把鍾離圍住。梁遣將軍張惠紹等，輸糧至鍾離，為澄將劉思祖所邀，大戰邵陽，梁兵敗績，殺虜幾盡，惠紹等俱被擒去。思祖因功論賞，應封千戶侯。侍中元暉，向思祖索求二婢，思祖不與，元暉遂從中抑制，不令封侯，由是軍心未服，不免懈體。

既而霪雨連旬，淮水暴漲，澄乃引還壽陽。一經退軍，行伍自亂，由梁軍追躡數里，俘斬至四千餘人。澄坐降三階。梁主命將所俘將士，向魏易還張惠紹等，得澄允許，彼此俘虜，各得生還。

魏鎮南將軍元英，聞澄無功還鎮，不禁憤懣起來，遂投袂奮起，督兵圍攻義陽。義陽城中，守兵不滿五千人，糧食僅支半載，魏兵晝夜猛撲，聲勢甚銳。幸司州刺史蔡道恭，隨方抗拒，相持至百餘日，魏兵無從攻入，反喪亡了許多人馬，竟欲卷甲退還。

會道恭積勞成疾，竟致不起，呼從弟驍騎將軍靈恩，兄子尚書郎僧䚮，及部下將佐，至榻前面囑道：「我受國厚恩，不能殺退虜眾，愧憤交併！今疾苦纏身，萬不可支，但望汝等效死守節，勿使我歿有遺恨！」靈恩等涕泣受命，道恭不久即歿。

靈恩攝掌州事，代守城池。梁主遣平西將軍曹景宗，及後軍將軍王僧炳，分領步騎三萬，往救義陽。僧炳率二萬人先進，行次鑿峴，適魏冠軍將軍元逞等，奉元英軍令，趨至樊城，來截僧炳。僧炳上前搦戰，見來兵不多，未免藐視，哪知鼓聲一響，敵騎踴躍前來，衝突入陣，前隊各軍，統皆披靡，後隊亦被牽動。僧炳彈壓不住，只得返奔，失去四千餘人。曹景宗趨至鑿峴，正值僧炳奔還，不覺大驚，遂頓兵不進。統是酒囊飯袋。

義陽因喪了道恭，將士奪氣。魏兵本欲引退，得此消息，反麾兵急攻。靈恩飛使求救，梁廷再遣寧朔將軍馬仙琕，統兵赴急。仙琕轉戰而前，兵勢頗銳，元英派將堵截，俱被擊退。乃自至士雅山，結寨立柵，分命諸將埋伏四隅；掩旗示弱。仙琕恃勝生驕，直迫英營。英親出挑戰，才鬥數合，即回馬佯奔，誘至伏中，縱令伏兵四出，合攻仙琕。仙琕已知中計，但事已至此，不得不驅兵鏖鬥。猛見敵軍中有一老將，擐甲執槊，衝將過來，便命軍士放箭，一箭正中老將左股。那老將不慌不忙，拔去箭鏃，流血及趾，仍然猛力馳入，握槊四刺，槊斃梁兵多人，連仙琕子亦死槊下。仙琕不勝悲愕，引兵亟走。這老將便是魏統軍傅永。永見仙琕敗去，尚躍馬前追，元英急向前攔阻道：「公已受傷了，請還營休養，待我督兵追擊罷！」永答道：「昔漢祖受傷捫足，不令人知，下官雖微，也是國家一將，傷未及死，怎得畏縮呢！」說畢，仍然力追，俘獲梁兵多名，及暮始返。永時年已七十三，全軍皆為敬服。老當益壯。

仙琕輸了一陣，再收集餘眾，尚得萬人，復與元英決戰。三戰三敗，陣亡大將陳秀之，餘軍不能再振，狼狽奔還。義陽城內的蔡靈恩，勢窮援絕，只為了貪生怕死四字，竟違背兄言，舉城降魏。千古艱難唯一死。平靖、武陽、黃峴三關，所有梁朝戍將，亦棄關南遁。魏封元英為中山王，傅永以下，俱得加賞，士馬歡騰，不消細說。

唯梁廷連線敗報，當然驚惶，御史中丞任，奏彈曹景宗擁兵不救，應即加譴。梁主因他佐命有功，置諸不問，但令就南義陽建置司州，移鎮關南，用衛尉鄭紹叔為刺史。紹叔立城隍，繕器械，廣田積穀，招集流亡，兵民安堵，覆成重鎮。魏人卻也不敢進逼，唯據住義陽，扼要設戍罷了。

已而梁漢中太守夏侯道遷，復舉漢中降魏。魏令邢巒為鎮西將軍，西略梁州，所向摧破。白馬戍將尹天寶，景壽太守王景胤，都向益州告急。益州刺史鄧元起，觀望不前。天寶戰死，景胤敗走，巴西太守龐景民，又為郡民嚴玄思所殺，舉地附魏。梁遣將軍孔陵等，率兵西援，一面招誘仇池軍將，令他叛魏歸梁，夾擊魏軍。

仇池自楊文德歸宋，楊難當降魏後，彼此分事南北（見前文）。文德弟文度，據有葭蘆，自立為武興王，被魏擊死。文度弟文弘，奉表魏廷，謝罪稱藩，魏乃除文弘為南秦州刺史，授武興王封爵，兼拜徵西將軍西戎校尉。文弘傳姪後起，後起傳子集始，集始又傳子紹先，並受魏封。紹先年幼，委事二叔集起、集義。兩人聞漢中入魏，恐仇池不免翦夷，又經梁人招誘，遂鼓動群氐，推紹先為帝，出截魏人糧道。

魏鎮西將軍邢巒，撥兵邀擊，得將氐眾殺退（敘仇池事，簡而不漏）。又遣統軍王足，帶領萬騎，抵敵梁將孔陵，連戰皆捷。陵退保梓潼。足攻入劍閣，趁勢略地，凡梁州十四郡，盡為魏有，益州大震。梁假鄧元起都督征討諸軍事，出援梁州，另授西昌侯蕭淵藻代為刺史。

淵藻蒞鎮，見糧儲器械，悉被元起取去，免不得憤恨交乘，遂入元起營，乞撥還良馬百匹。元起勃然道：「年少郎君，要良馬做甚？」淵藻愈憤，忍氣而出。越宿邀元起過宴，託詞餞行，更迭行觴，灌使爛醉。淵藻拔劍遽起，把他殺死。且指揮左右，盡戮元起隨員，然後閉城自固。元起部曲，立營城外，聞元起被戮，便即圍城，呼問元起罪狀。淵藻登城朗聲道：「天子有詔，命誅元起，汝等無罪，速宜斂甲歸營，毋得取咎！」眾乃散歸。唯元起故吏羅研，詣闕訟冤，梁主以淵藻為兄懿次子，不忍加譴，但遣使責讓，貶淵藻為冠軍將軍，恤贈元起，賜諡曰忠。未免失刑。

淵藻年未弱冠，頗有膽識，會益州亂民焦僧護，糾眾起事，淵藻共乘肩輿，巡行賊壘，亂黨聚弓亂射，箭如飛蝗，淵藻左右，忙舉楯為蔽，淵藻叱令撤去，大呼道：「汝等多是良民，奈何從賊！能射速射，不能射速降！」賊眾聞言，俱為咋舌。又見所發各箭，統從淵藻身旁飛過，毫不受傷，更疑為神助。不是神助，實由亂黨烏合，未能射著。淵藻從容退歸，賊竟夜遁，由淵藻發兵進剿，斬首數千級，僧護竄死，餘黨蕩平。淵藻得進號信威將軍。

魏將王足，進圍涪城，邢巒且一再上表，請即大舉入蜀，魏主獨敕令從緩，但令王足行益州刺史，相機進兵。不識何意？不到數日，又命梁州軍司羊祉代足，足很是怏怏。時魏主恪委政權幸，疏忌親屬，足恐遭讒被禍，即背魏歸案。

邢巒失一驍將，嘆息不置。自在梁州駐節，恩威並著，原是撫馭有方，大得眾心。但一身不能分鎮，所得巴西郡城，只好遣軍將李仲遷往守。仲遷好酒漁色，既蒞任後，廣採美姬，得了一個張法養女，妖淫善媚，寵愛異常，郡中公事，悉任屬吏辦理。就是邢巒有事，遣人往商，亦不得見他一面。使人返報邢巒，巒當然痛恨，正擬把他撤調，偏巴西已經變亂，仲遷被戕，首級獻與梁人，一座城池，得而復失，又為梁人占據去了。

巒且恨且悔，更聞楊集義等圍攻陽平關，因使建武將軍傅豎眼，領兵往討，兼程前進。到了關下，大破氐眾，集義遁走。豎眼乘勝逐北，掩入仇池，執住楊紹先，送入洛陽。集起、集義，奔匿數日，窮無所歸，也只得出降魏軍。仇池自晉惠帝時，氐王楊茂搜始據此地，至是乃滅。改稱武興鎮，尋又改為東益州，這是梁天監五年，魏正始三年間事。

那時梁主衍因失去司梁，無從洩恨，既得王足等投降，報稱魏廷內容，才知魏政腐敗，如咸陽王禧，北海王詳等，均已受誅，外戚高肇，寵臣茹皓，內外弄權，讒害勳舊，正是有隙可乘的時候，遂命揚州刺史臨川王蕭宏，都督北討諸軍事，尚書右僕射柳惔為副，出次洛口，調兵北進。宏係皇室介弟，位雖隆重，材實平庸，驟然間手握兵符，身為統帥，看官試想，能勝任不勝任呢！小子有詩嘆道：

兵為凶器戰尤危，庸豎何堪使帥師！
梁室初年綱已紊，輸人一著是縈私。

宏既出師，魏人怎肯退縮，當然遣兵派將，來抗梁師。但魏主恪委政權幸，上文未曾詳敘，須待下回說明，看官少安毋躁，請閱下回便知。

蕭寶夤避難奔魏，乞師魏闕，效申包胥秦庭之哭，似乎忠臣孝子之所為；然觀後來之叛魏稱帝，則無非借忠孝之名，覬一時之富貴耳。史稱其伏闕終日，風雨不移，拜命前夕，慟哭達旦，過期尚悴色麄衣，未嘗嬉笑者，皆偽態也。自寶夤乞師南下，而魏任城王澄，及鎮南將軍元英，分兵內擾，據有司州，鎮西將軍邢巒，又遣王足等奪據巴西，兵鋒直達涪城。梁人東西奔命，應接不遑。雖蕭衍以篡弒得國，不足深惜；然百姓何辜，遭此蹂躪，是豈非由寶夤之挾私圖逞，貽害生靈乎？後人猶有以逡巡觀望，為魏主咎者。夫欲咎魏主，即歸美寶夤，一孔之見，實屬大謬。論人者當就其終身行事，以下定評，豈可徒以一節稱之？況第為聲音笑貌云乎哉！

第四十一回

弟子輿屍潰師洛口　將帥協力戰勝鍾離

第四十一回　弟子輿屍潰師洛口　將帥協力戰勝鍾離

卻說魏主恪即位時，改元景明，年僅十六，未能親決大政，曾授皇叔彭城王勰為司徒，錄尚書事。勰志在恬退，未幾辭職歸第，太尉咸陽王禧，進位太保司空，北海王詳進位大將軍，兩王俱係魏主叔父，所以倚畀俱隆。魏主尊生母高貴人為太后（高氏為馮幽后毒斃，見三十二回）。兄肇在朝，由魏主推類錫恩，特封為平原公，也得專政（見三十五回）。還有太尉於烈，兼充領軍，烈弟勁有女端好，得冊為后，因此烈、勁並預朝權。政出多門，已成亂兆，再加倖臣茹皓、王仲興、趙修、趙邕、寇猛等，居中用事，更覺庶政叢脞，泯泯棼棼。

咸陽王禧因權為所奪，致蓄異圖，竟欲廢帝自立，謀洩被誅。諸子削籍，家產分給高肇、趙修二家，及內外百官。禧家財帛，不可勝計，百官所得分賜，每人得帛百匹，或數十匹，最少亦有十匹。宮人常作歌道：「可憐咸陽王，奈何作事誤！金床玉幾不能眠，夜蹋霜與露；洛水湛湛彌岸長，行人哪得度！」歌辭惋切，流傳江表。

北海王詳，嘗訐禧陰謀，至是得進位太傅，兼領司徒。高肇得官尚書令，茹皓任冠軍將軍。皓娶高肇從妹為妻，妻姊為安定王元燮妃。燮為詳從父，詳常出入燮家，見燮妃容貌妖冶，未免垂涎。燮妃高氏，亦見詳豐姿秀美，遠出燮上，兩人眉去眼來，也不顧嬸姪名分，竟做成了苟且的事情。嗣是與茹皓益相親狎。皓雖聞詳姦通妻姊，但因詳權勢方隆，亦樂得依附，引作黨援。皓獨不怕做元緒公麼？直閤將軍劉胄，係詳所引薦，與殿中將軍常季賢、陳掃靜等，皆黨同詳、皓，招權納賄，無所不至。

高肇係出高麗，為詳、皓等所輕視，偏魏主恪為母尊舅，格外優禮，事必與商。肇遂欲與詳、皓爭權，輒相讒構。肇兄偃生有一女，貌美色嬌，得入為貴嬪，他即暗受肇囑，與肇表裡為奸，誣稱詳、皓有謀逆情事。魏主恪方寵高貴嬪，當然信為真言，遂於正始元年四月，魏景明五年，改元正始。召中尉崔亮入禁中，使劾詳貪淫驕縱，及茹皓、劉胄、常季賢、陳掃靜四人，專恣不法，謀為不軌等情。亮依旨上奏，當夜收捕皓等，拘繫南臺。更遣虎賁百人，圍守詳第。詰旦賜皓等死，廢詳為庶人，錮居太府寺。詳母高太妃，妻劉氏，仍居舊第，令五日得一視詳。

高太妃家法素嚴，詳有微罪，輒用絮裹杖，親加笞罰，所以詳平日貪淫，不敢白母。至此高太妃始悉淫烝事，向詳怒叱道：「汝自有妻妾侍婢，皆年少如花，何故與高麗婢犯奸？今致此罪，我若見高麗婢，當生啖彼肉！」說著，攜杖去絮，撻詳百下。詳不勝痛楚，杖痕纍纍，皆至創膿。高太妃又指詳妻劉氏道：「汝亦大家女，門戶匹敵，何畏何疑，乃不規諫夫婿？」劉微笑不答，跪伏姑前，亦被杖數十。劉氏即宋王劉昶女，姿色尋常，為詳所憎，她獨不談夫惡，情願受杖，卻是一位賢婦。

未幾詳即暴死，想是由魏主遣使暗害，但佯下詔敕，令得還喪故宅。所有諸王宗室，仍使奔賵，母妻等依然給餼，當時以詳雖貪淫，罪不至死，共為驚嘆不置。魏主復起彭城王勰為太師，勰固辭不獲，乃遵敕就職。但高肇益得弄權，且勸魏主分撥衛隊，監守諸王宅第。勰切諫不從，從此外戚有權，宗室反無權了（隱伏下文）。

且說魏主聞梁師大舉，已出洛口，乃授中山王元英為征南將軍，都督揚、徐諸軍事，率眾十萬，抵敵梁軍，又使鎮西將軍邢巒，都督東討諸軍事，發定、冀、瀛、相、並、肆六州人馬，約十餘萬，接濟元英，魏兵尚未到齊，梁軍已經先出。江州刺史王茂，侵魏荊州，誘魏邊民及諸蠻，更立宛州，隨遣所署宛州刺史雷豹狼等，襲取河南城。太子右衛率張惠紹，侵魏徐州，攻入宿預城，擒住守將馬成龍。北徐州刺史昌義之，也得拔魏梁城（迭寫梁軍勝仗，反襯下文）。

豫州刺史韋睿，遣長史王超等攻小峴，日久未下。睿親往行營，巡閱圍柵，魏兵亦出數百人，列陣門外。睿即欲下令攻擊，部將叩馬進諫道：「今日隨駕來此，未具戰備，請還鎮授甲，方可進戰。」睿駁說道：「魏城中有二三千人，尚能固守，今無故出城列陣，必自恃驍勇，藐視我軍，我若敗他一陣，使他知懼，然後守卒寒心，此城可不攻自破了！」眾尚面面相覷，各有難色，睿張目四顧，握節出示道：「朝廷授我此節，並非徒飾外觀，諸君相從有年，難道還未知韋睿軍法麼？」大眾見他動惱，方才應令，乃併力向前，猛擊魏兵。魏兵果自恃驍悍，齊來爭鋒，哪禁得睿軍拚死，一當十，十當百，竟把魏兵擊退。便乘勢攻城，果然城中內潰，經宿即下。遂乘勝進薄合肥，就淝水設了一堰，令水彙集城旁，使通舟艦。

魏將楊靈胤率眾五萬，來救合肥，梁將恐眾寡不敵，請睿奏請添兵。睿笑道：「強虜當前，再求添兵，還來得及麼？況我求添兵，彼亦添兵，何時得了？兵貴出奇，雖多何益！」說著，即列陣以待。至靈胤驅軍過來，便衝殺前去。靈胤未曾防著，恰被睿馳突一場，折損了許多人馬，退至數里下寨。睿本遣軍將王懷靜，築壘堰旁，令他守堰。靈胤夜遣銳卒，攻破懷靜營壘，復掩至堤下，兵容甚盛。睿眾又欲退守巢湖，或擬還保三汉，睿變色道：「哪有此理！」遂命取大纛旗矗立堤下，並下令道：「堤存與存，堤亡與亡，妄動即斬！」既而魏人俱來鑿堤，睿督眾與爭，擐弓攢射，箭傷魏兵多名，魏兵怯走。睿即沿堤築壘，約高數仞，並將鬥艦架起壘上，與城相齊，然後鳴鼓督攻。城中人失去憑藉，個個慌張，駭極而哭。守將杜元倫登城督戰，中箭倒斃，蛇無頭不行，兵無主自亂，就在夜間開城遁去。睿一面入城，一面發兵追逐，斬俘萬餘級，獲牛馬亦萬數。

睿素來體弱，未嘗跨馬，每戰輒乘白板輿，督厲將士，勇氣無敵。平時與士卒同甘苦，極意拊循，所以令出必行，無戰不勝。平時待下有恩，戰時始可用威，否則士不用命，威亦何益，這是本段著眼處。靈胤亦聞風退走。叡率將士至東陵，有詔令他班師，乃悉遣輜重前行，自乘小輿殿後，從容還至合肥。魏人服睿威名，不敢追躡。睿就把豫州官府，俱遷入合肥城，即以合肥為豫州治所。廬江太守裴邃，也有能名，連拔魏羊石、霍邱二城，青、冀二州刺史桓和又克魏朐山及固城。

梁廷屢得捷書，盈廷相慶，哪知勝負靡常，得失無定！王茂到了河南城，被魏平南將軍楊大眼，一鼓殺敗，茂棄甲遁還，楊豹狼亦棄城逃走，河南城復為魏有了。張惠紹自宿預出發，北攻彭城，遣署徐州刺史宋黑，往圍高塚，又被魏武魏將軍奚康生，率兵來援，黑竟戰死。惠紹繼戰亦敗，仍退保宿預城。魏中山王元英，及將軍邢巒，先後繼進，連戰皆捷。再加魏平南將軍安樂王元詮，亦督後軍隨赴淮南，梁軍都望風生畏，節節退還。桓和保不住固城，張惠紹保不住宿預，俱隳棄前功，倉猝南奔。前敘勝，後敘敗，兔起鶻落，筆勢不平。那時臨川王宏尚逗留洛口，擁兵不進。聞魏軍進逼梁城，不禁生懼，亟召諸將會議，意欲旋師。呂僧珍首先開口道：「知難而退，也是行軍要訣。」宏即答道：「我意也作是想。」柳惔接入道：「我軍出境，連克名城，怎得謂難？何必遽退！」裴邃亦說道：「此次出師，原為殺敵而來，明知非易，奈何畏難？」馬仙琕朗聲道：「王奈何自墮志節，甘取敗亡！試想天子舉全國將士，悉數付王，有前死一尺，無卻生一寸！」昌義之更怒氣勃勃，鬚髮盡張，面唾僧珍道：「呂僧珍直可斬首，豈有百萬大兵，出未遇敵，便望風遽退！似此庸奴，尚有面目還見聖主麼？」朱僧勇、胡辛生拔劍趨出道：「欲退自退，下官當前向取死！」諸將亦含怒欲出，僧珍乃謝諸將道：「殿下昨來風動，意不在軍，深恐大致沮喪，故欲全軍速返。」裴邃尚欲有言，見僧珍以目示意，乃含忍不發。俟大眾盡退，宏亦入內，因復問僧珍道：「公係佐命元勛，今為何自怯若此？」僧珍即附耳低語道：「王不但全無謀略，且很是膽怯，我與王屢言軍事，俱格不相入，看此情勢，怎能成功！故不如見機退兵，還得保全大眾。」邃始嘆息而出。

宏因眾情違沮，未便遽退，卻亦未敢遽進。魏人知他不武，以巾幗相遺，宏雖不免懷慚，始終畏縮不前。當時魏人有歌謠云：「不畏蕭娘與呂姥，但畏合肥有韋虎！」韋虎是指韋睿，蕭娘指宏，呂姥指僧珍。僧珍聽得此謠，越加愧嘆，請遣裴邃分軍取壽陽，宏終不從。

魏將奚康生，遣楊大眼請命元英，略言梁軍屯留不進，畏我無疑，王若進軍洛口，彼自奔敗云云。英答說道：「蕭臨川雖然庸呆，部下卻有良將，韋、裴諸人，皆未可輕視，汝等且靜觀形勢，勿與交鋒！」元英亦未免自沮，然用兵不可無良將，於此益見。

未幾已值深秋，洛口暴風大作，繼以驟雨，梁軍相率驚譁。臨川王宏，竟潛率數騎夜遁，將士求宏不得，頓時四散，棄甲拋戈，填滿水陸。宏乘小船渡江，趨至白石壘，天尚未明，便叩城求入。臨汝侯蕭淵猷係衡陽王蕭懿第三子，據守壘城，便登城問為何人？宏以實對。淵猷答道：「百萬雄師，一朝鳥散，國家前途，可危孰甚！倘或奸人乘間圖變，如何支持？此城地當衝要，不便夜開，且俟至天明罷。」宏亦無法，唯向淵猷求食，淵猷乃縋食饋宏，待旦方才納入。淵猷頗不愧官守。

昌義之尚駐守梁城，聞洛口軍潰，與張惠紹引兵退還。此次梁廷出師，傾國大舉，器械統是精利，甲仗亦很整齊，出次半年，只招降了一個反覆無常的陳伯之，與梁廷沒甚利益。伯之亦旋即病歿。此外勞師糜餉，損失甚多，兵士潰散，及老弱死亡，差不多有五萬人，這都由任將非人，徇私廢公，所以遭此一跌呢。語意謹嚴。

魏主恪傳詔各軍，乘勝平南，中山王英，進陷馬頭城，奪得城中積粟，悉數運去。梁主聞宏潰歸，急命添戍鍾離。或謂魏兵運糧北歸，當不致南下，梁主衍道：「這真是狡虜詐計，怎得不防！」此時還算明白。遂飭昌義之速入鍾離城，繕垣浚濠，嚴兵守著。不到數日，魏兵前隊，已到鍾離城下，虧得昌義之先已防備，毫不倉皇，一攻一守，相持多日。

魏主復令邢巒引兵會攻，巒上疏道：「南軍雖不善野戰，卻善城守，今盡銳往攻鍾離，實為失策。鍾離遠處淮南，就使束手歸順，尚恐無糧可守，況頓兵城下，血薄與爭呢！國家有事南方，轉瞬經年，士卒勞敝，不問可知。愚意謂不如斂兵北返，修復舊戍，撫循諸州，徐圖後舉。」魏主不從，反促令進兵。巒復申奏道：「今中山王進軍鍾離，臣實未解。若專圖南略，不顧萬全，亦不如直襲廣陵，或可掩他不備。乃徒載八十日芻糧，欲取鍾離城，談何容易！鍾離天險，城塹水深，非可填塞，彼堅守不戰，我師當然坐老；若遣臣接應，從何致糧？臣部下只帶袷衣，未齎冬服，倘遇冰雪，又從何取濟？臣寧受責逗撓，不願同遭敗損。陛下果信臣言，乞賜臣免職；若謂臣憚行求還，臣願將所率部曲，盡付中山王，任他處分！臣不妨孑身單騎，聽令驅策。倘知難不言，非但負將士，並且負陛下了！」頗有遠識。魏主乃召巒還，另遣鎮東將軍蕭寶夤助攻鍾離。

鍾離守將昌義之，守備有餘，因恐魏兵日增，不得不奉表求援。梁主因遣右衛將軍曹景宗，督兵二十萬，往救鍾離，且令暫留道人洲，候諸軍到齊，然後進發。景宗請先據邵陽洲尾，奉詔不許，他卻違詔前進。途次適遇暴風，淹死數百人，乃還守先頓。梁主衍聞報，反有喜色道：「景宗不能獨進，是天意教我破賊了！若孤軍得行，猝遇大敵，必至狼狽，大將潰走，他有何望呢？」景宗靜待各軍，過了殘冬，尚未能啟行。

越年為梁天監六年，魏中山王英，與平東將軍楊大眼等，率眾數十萬，進圍鍾離。城北沮住淮水，不便合圍，英特就邵陽洲上，築橋跨淮，樹柵為壘，屯兵攻城。英據南岸，大眼據北岸，督眾猛撲，不捨晝夜。城中守卒才三千人，昌義之激厲將士，隨方抵禦。魏人負土填塹，複用嚴騎迫蹙，人未及返，土又隨壓，連人帶泥，疊入塹中。俄而塹滿，即用衝車撞城，城土屢墮。義之用泥補城，隨壞隨補，終得堵住。魏人緣梯登城，更番相代，前仆後繼，不少退卻，經義之率領守兵，用著長刀大戟，刈人如草，但見魏兵隨升隨墮，始終不得登城。一日戰數十合，前後殺傷萬計，屍與城平，城仍未下。魏主因頓兵日久，召英使還，英不肯退兵，但請寬假時日。魏主又遣步兵校尉范紹，馳抵英營，相視形勢。紹見鍾離城堅固難下，亦勸英還，英仍不從。非敗不歸。

那時梁統帥曹景宗已經啟行。豫州刺史韋睿，亦受命會師，歸曹景宗節度。睿自合肥出發，取便道赴鍾離，所過陰陵大澤，道多澗谷，隨駕飛橋，立即濟師。或慮魏兵勢盛，請睿緩行，睿毅然道：「鍾離兵民，鑿穴而處，負戶而汲，不勝困憊，我等急往赴難，還恐不及，難道尚可延宕麼？魏人已墮我腹中，願卿等勿憂！」於是星夜前進。到了邵陽洲，才閱旬日，曹景宗亦即馳至。兩下相見，似漆投膠，很是歡洽。景宗本來好勝，動輒陵人，唯韋睿年高望重，頗為景宗所敬禮，故毫無嫌疑，和衷辦理。梁主衍也恐景宗使氣，先給密敕道：「韋睿老成，與卿有關鄉望，卿宜厚待為是！」及聞景宗見叡，持禮甚謹，便欣然道：「二將和衷，無不濟事了！」想亦懲宏覆轍，故格外小心。

睿自率部眾，夜逼魏營，塹洲設壘，通宵趕築。南梁太守馮道根，為睿前驅，能走馬步地，按步計功，才至天明，壘已成立。魏中山王英，總道他無此迅速，所以夜間不加防備。天明出望，梁營已經屹立，距本寨僅百餘步，不禁大驚，用杖擊道地：「是何神速至此！」魏將見梁營聯接，橫亙洲旁，旗幟器械，煥然一新，也相顧奪氣。

楊大眼係楊難當孫，勇冠諸軍，徑率萬餘騎攻睿。睿結車為陣，按兵不動，俟大眼麾騎圍繞，乃發出梆聲。一聲怪響，萬弩齊發，洞甲穿胸，射得魏兵個個倒躲，連大眼右臂，也中數矢，只好退去。可惜只射中右臂，不能射他兩目。

翌晨，英自督眾來戰，睿乘木輿，執白角如意，麾軍對敵。殺了數十回合，英不能勝，悵然回營。過了兩日，魏人復猛攻睿壘，飛矢如雨，睿登壘督守，絕不畏避。睿子黯請下壘避箭，及將士有怯噪聲，統由睿厲聲呵止，靜鎮不亂，仍然得安。

楊大眼臂創少愈，復遣兵四出，斷截梁兵芻牧。曹景宗募得勇士千餘人，竟至大眼營前，築壘堵住，不令出掠。大眼一再來爭，均被梁兵殺退，及壘既築就，使別將趙草扼守，草內護外拒，芻牧無憂，因呼為趙草城。可謂勁草。

已而有朝敕到來，授他方略，乃是火攻計，令景宗與睿，各攻一橋。兩將依敕待行，光陰易過，又是春暮，淮水暴漲六七尺，睿遣前鋒馮道根，與廬江太守裴邃，秦郡太守李文釗等，各乘鬥艦，奮擊洲上魏兵，一戰盡殪。別用小船載草，沃以膏油，縱火焚橋，風烈火熾，煙塵撩亂。道根等皆親自搏戰，麾動銳卒，拔柵斫橋。橋梁柵木，半被毀去，半入淮流，頃刻俱盡。曹景宗因使眾軍鼓譟，奮突魏營，彷彿似川鳴谷應，海嘯山崩。魏中山王英，棄營亟走，楊大眼亦毀營竄去，諸壘依次土崩，拋戈棄甲，爭投淮水中，多半溺斃，淮水為之不流。睿遣報昌義之，義之且悲且喜，不暇答語，但呼道：「更生！更生！」當下部署殘軍，也出城追虜。景宗與睿，遣各軍併力逐北，至濊水上。沿途盡情殺掠，伏屍四十里，生擒五萬人，收穫軍糧器械，牛馬驢騾，不可勝計。景宗與諸將爭先告捷，睿獨居後。及義之邀諸軍入城，置酒犒宴，請景宗與睿共席。酒酣興至，擲骰為戲，設二十萬錢為博注。景宗一擲得雉，睿徐擲得盧，他卻忙取一子，翻將轉來，情願作塞，且連稱異事。景宗一笑而罷。小子有詩詠韋睿道：

　　不貪名利不爭功，德愈謙時望愈隆；
　　為問蕭梁諸將士，阿誰能學韋公風？

景宗等既獻捷報功，當由梁主下詔，命班師還朝。欲知凱旋後事，且看下回分解。

梁室諸將，莫如韋睿，次為裴邃。當時欲出師北伐，何不用睿為帥，邃為將，專閫得人，奏功自易事耳。不此之審，乃獨用一無才無勇之臨川王宏，宏雖介弟，未足統軍，不戰而逃，原意中事。假令當日無韋、裴二將，為敵所忌，魏中山王英等，直迫洛口，吾恐宏且南走之不暇，而全軍且盡覆沒矣！異哉蕭衍，明知韋睿之為時望，而不能重用，幾陷乃弟於死地。乃弟可死，如全軍何！及鍾離一役，又未嘗專任韋睿，而獨任曹景宗，令睿歸景宗節制。幸睿素負重名，為景宗所敬禮，始得和衷共濟，大破魏軍。否則，景宗嘗違詔進軍矣；雖有密敕，令彼敬睿，亦烏足恃！然後知蕭衍之智，不過尋常，無怪其老且益愚也！

第四十二回

誣通叛魏宗屈死　圖規復梁將無功

卻說曹景宗奉詔班師，還朝飲至，盈廷大臣，統皆列席。當時左僕射范雲已早病逝，另用尚書左丞徐勉，及右衛將軍周捨，同參國政。左僕射沈約有志臺司，終不見用。唯才華富贍，兼長詩文，梁主衍有所製作，必令約屬草，倚馬萬言。至是與宴華光殿中，遵敕賦詩，誇張戰績。曹景宗亦擅詩才，不得與賦，意甚不平，遂起求賦詩。梁主衍道：「卿技能甚多，何必吟詠？」景宗求作不已，梁主衍見約所作，賦韻將盡，只剩得競病二字，便笑語景宗道：「卿能賦此二字否？」景宗索筆成書，立就四語，呈與梁主。但見紙上寫著：「去時兒女悲，歸來笳鼓競。借問路旁人，何如霍去病！」梁主瞧畢，擊節嘆賞道：「卿文武兼全，陳思王（即魏曹植）不能專美了！」景宗頓首謝獎。及宴畢散座，梁主還宮，即頒發詔敕，進景宗為領軍將軍，加封竟陵公。韋叡為右衛將軍，加封永昌侯。昌義之為徵虜將軍，移督青、冀二州軍事，兼領刺史。餘如馮道根以下，各受賞有差。越年出景宗為江州刺史，病歿道中，追贈征北將軍開府儀同三司，予謚曰壯。是年尚書右僕射夏侯詳，亦老病謝世。這且慢表。

且說魏中山王英，及鎮東將軍蕭寶夤，敗奔梁城，魏廷言官，當然上章彈劾，請誅英及寶夤。魏主恪減等議罪，奪去二人官爵，除名為民。楊大眼亦坐徙營州。別簡中護軍李崇為征南將軍，兼揚州刺史。崇深沉寬厚，頗得士心，出鎮壽陽，遠近畏服，所以鍾離雖挫，淮右尚安堵如常。獨魏主恪外寵高肇，內惑高貴嬪，疏忌宗室，迷信桑門，一切軍國大事，未嘗親理。彭城王勰，雖起任太師，有位無權。勰兄廣陵王羽，受職司空，好酒漁色，嘗與員外郎馮俊興妻私通。俊興恚恨，伺羽夜遊，驟出狙擊，致受重傷，未幾即死。羽弟高陽王雍，繼任司空，學識短淺，無善可稱。還有廣陵王嘉，係太武帝拓跋燾庶孫，齒爵並尊，但好容飾。雍由司空擢太尉，嘉得進位司空，旅進旅退，備員全身。就是魏主四弟，如京兆王愉，清河王懌，廣平王懷，汝南王悅等，資望皆輕，未足參政，所以北朝政令，幾全出高氏手中（總敘魏主宗室，俱為後文伏案）。

皇后于氏，本為魏主所寵愛，自納高貴嬪後，寵遇漸衰。正始四年，后忽暴疾，半日即殂。宮禁內外，明知由高氏加毒，但怕她勢大，不敢顯言。魏主已移情高氏，也沒甚悲悼，唯依禮喪葬，謚為順皇后，算作了事。于后有子名昌，年只二歲，越年三月，昌復得病，侍御師王顯，不加療治，由他啼號，才閱兩日，一命嗚呼。魏主僅得此子，忽然夭逝，當然比於后歿時，較為哀痛。嗣因高貴嬪從旁勸慰，仗著三寸慧舌，挽回一片哀腸，遂令魏主境過情遷，竟將於后母子二人，撇諸腦後。就是王顯失醫等情，亦絕不問及。看官不必疑猜，便可知是高氏陰謀，巧為矇蔽了。

于后世父於烈，出鎮恆州，父於勁，雖留仕魏都，究竟孤掌難鳴，未敢奏訐。高氏得逍遙法外，任所欲為。

過了數月，高貴嬪即受冊為后，太師彭城王勰，上書諫阻，那魏主已墮入迷團，任他如何苦口忠言，統已逆耳不受，反令勰得罪高氏，視若仇家。高肇恃勢益驕，權傾中外，妄改先朝成制，削封秩，黜勳臣，怨聲盈路，朝野側目。度支尚書元匡，獨與肇抗衡，先自造棺，置諸廳間，擬輿棺詣闕，詳劾肇罪，然後自殺，隱寓屍諫的意思。忠而近愚。事尚未行，適奉詔議權量事，與太常卿劉芳互有齟齬。高肇主張芳議，匡不直肇，便據理力爭，且表稱肇指鹿為馬，必為國害。魏主尚未批答，偏奏斥元匡的彈章，相繼呈入，署名為誰，就是前充侍御師，後升中尉的王顯。可見前次失醫皇子，明是高氏授意。當下將兩奏盡行頒出，命有司論奏，有司皆趨承高肇，統複稱元匡誣謗宰相，應處死刑。還算魏主加恩寬免，但降匡為光祿大夫。

權豪跋扈，禍變猝來，魏主弟京兆王愉，忽自信都起兵構亂，也居然稱帝改元，託言高肇謀逆，魏主被弒，不得不從權繼立，入討亂臣。看官聽著！高肇雖然專橫，究竟尚未弒逆，如何京兆王憑空捏造，驟敢作亂？說將起來，也有一段隱情。

先是魏主恪頗知友愛，嘗令諸弟出入宮掖，寢處與共，不異家人。愉由護軍將軍遷授中書監，入直殿閣，更成常事。魏主為娶於后妹為妃，于氏貌不動人，未得愉歡。愉另納妾楊氏，能歌善媚，寵擅專房。只因楊氏出身微賤，特令拜中郎將李恃顯為養父，冒姓為李。產下一子，取名寶月。于妃未免妒恨，屢入宮訴告乃姊，于后因召李入宮，親加斥責，且勒令為尼，把寶月歸妃撫養，愉雖不能抗命，心中總繫念寵妾，日夕不忘，乃託人請求后父，乞為轉圜。時於后尚未產男，后父于勁，也勸后格外包容，使魏主得廣納嬪御。又因愉屢次請託，樂得替他說情，仍將李氏歸愉。于后本來柔淑，遂勉承父命，遣還李氏。碧玉重歸，情好益篤。自高肇用事，高貴嬪得立為繼后，魏主信任外戚，擯斥宗親，待遇諸弟，迥異從前。愉又喜引賓客，崇奉佛道，用度浩繁，常患不足，漸漸的納賄營私，致有不法情事。高肇害死于后，常恐于氏報復。愉為於婿，適中肇忌，所以日陳愉短，譖毀多端。魏主恪召愉入宮，面數罪惡，杖愉五十，出為冀州刺史。

愉既蒞任，憤無所洩，乃欲乘間構難，冒險求逞，長史羊靈，抗詞諫諍，竟為所殺。司馬李遵，畏死相從，遂詐稱得清河王懌密函，說是高肇弒逆，應該繼統討罪。當下築壇城南，自稱皇帝，改元建平，偽詔大赦。又把這嬌嬌滴滴的愛妾，抬舉起來，立為皇后。以妾為妻，第一著便鑄成大錯，怎得濟事？法曹參軍崔伯驥，不肯從命，又為所殺。且逼令長樂太守潘僧固一同起事。僧固係彭城王勰母舅，為此一隙，遂令一代賢王，也陷入案中，平白地做了一個枉死鬼魂。

高貴嬪得為繼后，勰嘗諫阻，高氏恨勰甚深，只苦無隙可乘，不能置諸死地。可巧僧固附逆，被高肇吹毛求疵，抵隙下石。一面請遣尚書李平，督軍討愉，一面誣奏彭城王勰，說他與愉通謀，縱舅助逆，應速除內應，才戢外奸。魏主恪尚稱明白，把遣發李平一奏，立即允議，獨將彭城王一案，暫從擱置。

高肇怎肯罷手，嗾使侍中元暉，申疏論勰，暉不肯從。乃更囑郎中令魏偃，前防閤高祖珍，交章讒構，證成勰罪。魏主方才動疑，召問元暉，暉力白冤誣。暉亦一小人，此時獨持正論，故特揭之。魏主乃更問高肇，肇又引魏偃、高祖珍，共陳勰有通謀實情，說得魏主不能不信。再加那豔后從中煽惑，遂決計殺勰，竟與高肇等定謀，徵令入宴，祕密行誅。

越宿即遣出中使，召勰及高陽王雍，廣陽王嘉，清河王懌，廣平王懷，入宴禁中，肇亦與宴。勰妃李氏方產，固辭不赴，中使一再敦促，不得已與妃訣別，乘牛車入東掖門。將度小橋，牛不肯進，牛果能則知耶！由中使解去牛纜，輓車馳入。彼此列席宴飲，直至黃昏，尚無他變。大家都有酒意，各起至別室休息。

才閱須臾，忽由衛軍元珍，引著武士，齎鴆前來，逼勰使飲。勰瞿然道：「我有何罪？願一見至尊，雖死無恨！」元珍道：「至尊不能再見！」勰複道：「至尊聖明，不應無罪殺我，誣告何人，願與一對曲直！」元珍不應，但目視武士。武士用習環擊勰三下，勰抗聲道：「冤哉皇天！忠乃見殺。」武士再用刀擊勰，勰乃取鴆飲訖。毒尚未發，又被武士刺死。翌晨用褥裹屍，載歸故第，詐云因醉致死。李妃聞報，向天大號道：「高肇枉理殺人，天道有靈，怎得善終！」魏主佯為舉哀，賻贈從厚，賜謚武宣。及舉柩出葬，行路士女，統望柩流涕道：「高肇小人，枉殺如此賢王！」嗣是中外輿情，益恨肇不休。莫謂直道無存！

那李平督領各軍，進攻信都，愉出城拒戰，屢戰屢敗，乃閉門靜守。李平分兵圍城，連日攻撲，鬧得城中晝夜不安，各生貳心。再加河北各州，已由定州刺史安樂王詮，檄稱魏主無恙，休信叛王訛言，遂致鬼蜮伎倆，俱被瞧破，沒一人信從偽主。愉情勢兩窮，沒法擺布，只好挈了偽后，及愛子四人，並左右數十騎，溜出後門，命偽冀州牧韋超，居守信都。李平聞愉出走，亟遣統軍叔孫頭追捕，自督將士登城，即日攻入，殺死韋超，揭榜安民，全城復定。叔孫頭也將愉等拿到，不漏一人，便由平奉表告捷。

高肇等請就地誅愉，魏主不許，但命械送洛陽，責以家法。平乃派將送愉，及愉妾李氏子四人，乘驛解往。愉每止宿亭，必與李氏握手言情，備極私暱，一切飲食，悉如平日，毫無怍容。行至野王，由高肇傳到密令，迫愉自殺。愉服毒待盡，且語人道：「我雖不死，亦無面目見至尊。」又與李氏永訣，悲不自勝，俄而氣絕，年只二十一。李氏與四子至洛，魏主赦免四子，唯擬置李氏極刑。中書令崔光諫道：「李氏方娠，刑至刳胎，乃桀、紂所為，嚴酷非法，須俟產畢，然後行刑。」魏主依議，按功行賞，加李平散騎常侍，即令還朝。平入信都，從參軍高顥言，宥脅從，禁殺掠，子女玉帛，一無所取，還都以後，中尉王顯，索賂不得，遂劾平隱沒官口（亂黨子女，應沒入宮廷，叫做官口），顯有情弊。高肇亦恨他毫無饋遺，奏除平名，有功反罪，國事更可知了。不亂不止。

梁天監七年，魏郢州司馬彭珍等，叛魏降梁，潛引梁兵趨義陽。三關（即平靖、武陽、武勝三關，並見前文）戍將侯登，亦向梁請降。魏懸瓠軍將白早生，又殺死豫州刺史司馬悅，自號平北將軍，致書梁司州刺史馬仙琕，乞發援師。仙琕上書奏聞，梁主衍令仙琕往援早生，且授早生司州刺史。仙琕進屯楚王城，但遣副將齊苟兒，率兵二千，助守懸瓠，魏復起中山王英，都督南征諸軍事，出援郢州。再命尚書邢巒，行豫州事，領兵擊白早生。巒尚未發，先遣中書舍人董紹，撫慰懸瓠，早生執紹送建康。巒聞紹被執，忙率騎士八百，倍道兼行。五日至鮑口，早生遣將胡孝智，領兵七千，出城二百里逆戰，為巒所破，遁還懸瓠。巒進至汝水，早生自往截擊，又覆敗還。巒遂渡水圍城。魏宿預守將嚴仲賢，因鄰境被兵，正擬戒嚴，參軍成景雋，刺死仲賢，竟舉城降梁。於是魏郢、豫二州屬境，自懸瓠以南，直至安陸，均為梁有。唯義陽一城，為魏堅守。

中山王英，慮兵不敷用，求請添兵。魏主但遣安東將軍楊椿，率兵四萬，進攻宿預。命英就邢巒軍，同攻懸瓠。懸瓠城已經危急，復見英軍助攻，越加恟懼。白早生尚欲死守，偏自司州遣來的齊苟兒，遽開城出降。苟兒應改名狗兒，故願乞憐外族。魏兵一擁入城，擒斬早生，及餘黨數十人。英乃引兵赴義陽。

義陽太守辛祥，與郢州刺史婁悅，嬰城共守。梁將軍胡武城、陶平虜，引兵進逼，祥與悅共議戰守事宜。悅但主守，俟英來援，祥獨主戰，夜率壯士掩襲梁營。梁人果然中計，胡武城倉猝逃還，陶平虜略慢一步，被辛祥活捉了去。義陽得安。悅恥功出祥下，奉書高肇，掩沒祥功，賞竟不行。

中山王英，到了義陽，梁兵早已敗去，乃欲規取三關。先與眾將計議道：「三關相須，如左右手，若攻克一關，兩關可不戰自下。攻難不如攻易，應先攻東關（東關即武陽關）為宜。」眾將自無異言。英又使長史李華，引兵赴西關（即平靖關），牽制梁軍，自督諸軍向東關。六日而下，虜得守將馬廣、彭甕生、徐元季，再移兵攻廣峴。守將李元履遁去，又攻西關，梁將馬仙琕亦遁。

梁主亟遣韋睿往援仙琕，行至安陸，聞三關已經失守，忙入城為備，增築城垣二丈餘，更開大塹，起高樓，收集潰卒，嚴加防堵。部將或以怯敵為疑，睿笑道：「為將當有怯時，怎可徒恃勇氣！」馬仙琕等陸續退還，魏中山王英，乘勝急追，欲復邵陽舊恥，及聞睿復出守安陸，不免生畏，便即退師。

梁主以連歲用兵，師勞力竭，特釋魏中書舍人董紹，召入面諭道：「兩國戰爭，連年不息，民物塗炭，彼此同憂，吾今釋卿歸國，願修和好，卿宜備申朕意。若果罷戰息民，我願將宿預還魏，魏亦當還我漢中。」紹唯唯遵諭，辭還洛都，即將梁主意旨，詳報魏主。魏主不從，南北失好如故。

已而魏荊州刺史元志，率兵七萬攻潺溝，驅迫群蠻，群蠻皆渡過漢水，乞降雍州。梁雍州刺史侯易，收納群蠻，使司馬朱思遠部勒蠻眾，往擊魏軍。蠻眾積忿競鬥，大破元志，斬首萬餘級，元志走還。

過了兩年，天監十年。琅琊土豪王萬壽，糾眾戕官，據住朐山，密召魏兵。魏徐州刺史盧昶，遣戍將傅文驥赴援，青、冀二州刺史張稷，發兵往剿，與戰失利。文驥入據朐山，梁廷遣馬仙琕往攻，把朐山城圍住，困得水洩不通。朐山無糧可因，樵汲復斷，文驥無法可施，沒奈何開城出降。盧昶不諳軍事，倉猝往援，途次接得朐山敗報，回馬就逃，部眾皆潰。時值大雪，凍斃甚多，又經仙琕追擊，十死七八，糧畜器械，喪失無數。

唯張稷還兵鬱洲（青、冀二州，宋時已被魏陷沒，南朝借鬱洲地僑置青、冀州治，事見前文），自愧無功，心益鬱悶。他嘗仕齊為侍中，東昏被廢，稷曾與謀。梁主衍因他有功，遷任左衛將軍。稷自謂功大賞薄，每當侍宴，辭色怏怏。梁主衍瞧透情形，便向他嘲笑道：「卿與殺君主，有何名稱？」稷答道：「臣原無美名，不過對著陛下，未為無功。況東昏暴虐，義師一起，天下歸心，豈止臣一人響應麼？」梁主掀髯微哂道：「張公真足畏人！」語帶忌刻。乃命他為安北將軍，領青、冀二州刺史。稷仍未愜望，涖鎮後懶治政事，寬弛失防。朐山一役，無功而歸，僚吏益多輕視，樂得暗地營私。

好容易過了二年，鬱洲人徐道角，招集亡命，及許多怨民，夤夜襲入州城，闖進官廨，懷刃害稷。稷長女楚瑗，為會稽孔氏婦，無子歸宗，隨稷在任。至此挺然出來，以身蔽父。亂黨見人便斫，管什麼孝女烈婦，第一刀殺死楚瑗，第二刀將稷剁斃。不沒楚瑗，意在闡幽。索性梟稷頭顱，函送北朝，作為贄獻禮物。魏主調兵收降，偏被梁北兗州刺史康絢，走了先著，引兵掩入鬱洲，捕誅亂黨。及魏兵東下，徐道角早已伏辜，鬱洲平定如恆。那魏兵也只得斂甲告歸。

梁主本不滿張稷，追論稷病民致亂，削奪官爵。稷固無狀，稷女何不旌揚！嗣復與沈約談及，尚覺不平。約答道：「已往事不必復論。」梁主陡然憶起，知約與稷嘗聯婚誼，不由的憤憤道：「卿作此語，好算得忠臣麼？」語畢入內。約驟遭詰責，不覺驚惶，連梁主入室時，都似未見，仍然呆坐。經左右呼令趨退，方惘惘還第。未曾至床，卻懸空睡將下去，跌了一交，幾乎中風。家人忙扶他入寢，延醫服藥，稍得免痛。到了夜間，忽大叫道：「阿喲！不好了！不好了！舌被割去了！」

小子有詩嘆道：

為慕虛榮不顧名，與謀篡弒得公卿；
可知夜氣銷難盡，妖夢都從膽怯生。

究竟何人割舌，待至下回報明。

先聖有言，女子小人為難養，養且不可，況寵信乎！高肇小人也，高貴嬪為女子，更無庸言。魏主恪委任高肇，使握朝綱，嬖寵高貴嬪，使攘后位，內有豔妻，外有豪戚，女子小人，表裡用事，毒於后，害皇子昌，譖京兆王愉，誣彭城王勰，陰賊險狠，莫此為甚。愉迫於私忿，遽敢稱戈，野王之戮，尚其自取。勰為中外屬望之賢王，乃冤誣致死，妨賢病國，高氏寧能長存乎？顧魏政不綱，朝野解體，降梁者日益眾，梁出師圖復郢、豫，旋得旋失，終歸敗挫，非魏將之勇略過人，實梁無良將之所致也。梁有一韋睿而不能重用，何怪其屢出無功乎！朐山、鬱洲之平亂，其猶為幸事哉。

第四十三回

充華產子嗣統承基　母后臨朝窮奢極欲

卻說沈約夜臥床中，精神恍惚，似覺舌被割去，痛不可耐，乃拚命呼救。待家人把他喚醒，尚覺舌有餘痛。細憶起來，乃是南柯一夢。夢中見齊和帝入室，手執一劍，把自己舌根截去。於是越想越慌，囑家人召入一巫，令他詳夢。巫不待說明，便道是齊和帝作祟，乃即挽巫禱禳，日夕懺醮。並自撰赤章，焚訴天廷，內稱禪代情事，統是梁主衍一人所為，與己無涉。人且不可欺，天可欺乎？湊巧梁主遣御醫徐奘，往視約疾，得見赤章，問明原由，才知夢狀。當下還宮覆命，據實具陳。梁主不禁怒起，立遣中使責約，略言禪讓草詔，皆約所為，怎得諉諸朕躬！約愈加惶急，既畏主譴，又懼冥誅，兩憂相迫，便即斃命，壽已七十三歲了。不死何為？

梁主還算有情，仍贈本官，賻錢五萬，布百匹。朝議請賜謚為文，梁主獨改一隱字。頗合沈約行誼。約以文名著世，所撰晉書百一十卷，宋書百卷，齊紀二十卷，宋文章志三十卷，文集百卷。又制四聲譜，自謂窮神入妙。梁主衍不以為奇，且問參政周捨道：「何謂四聲？」捨舉「天子聖哲」四字，表明平上去入的四聲。梁主淡淡的答道：「這也有什麼奇怪呢？」遂將韻譜擱起，不復遵用。後來卻流傳人世，推為鉅製制。

當時與約齊名，尚有江淹、任北等人。淹字文通，仕齊為祕書監，梁主起兵，卻微服往投。嗣遷金紫光祿大夫，封醴陵侯。天監四年逝世，予謚曰憲。淹少年好學，嘗夢神人授以五色筆，遂擅文才。晚年又夢神人將筆索還，從此遂無妙句，時人嘆為江郎才盡。平生著作百餘篇，及齊史十志，並傳後世。北字彥升，雅善屬文，尤長載筆，起草即成，不加點竄。母裴氏嘗晝寢，夢見一彩旗蓋，四角懸鈴，從天墜下，一鈴落入懷中，驚動有娠，遂得生北。在齊末，亦官司徒右長史。梁主入都，召為驃騎記室參軍，尋拜黃門侍郎，遷吏部郎中。天監六年，出為寧朔將軍，領新安太守，為政清約，輒曳杖徒行，為民決訟視事。期年病歿官舍，百姓懷德不忘，就城南設一祠堂，歲時祭奠。梁主亦聞訃舉哀，追贈太常卿，予謚曰敬。留有雜傳二百四十七卷，地記二百五十二卷，文章三十三卷，亦傳誦士林，歷久不磨。

此外尚有前侍中謝朏，亦素有文名，齊季歸隱田里，屢徵不起。梁初又徵朏為侍中，朏仍不至。嗣忽自乘輕舟，詣闕陳詞，有詔命為侍中司徒尚書令，朏表稱足疾，不堪拜謁，但戴角巾，坐肩輿，詣云龍門謝詔。梁主召見華林園，又乘小車就席，翌日梁主又親至朏宅，宴語盡歡，朏固陳本志，未邀俞允，因請還裡迎母，為梁主所允准，賦詩送別。尋奉母至京師，雖奉詔受職，不治官事，未幾即丁母憂，仍令攝職。服闋後改授中書監司徒，旋即病死。追贈侍中司徒，謚曰靖孝。著有文章書籍，亦廣流傳，不過晚節不終，跡近矯詐，免不得貽譏公論呢。類舉文士，亦寓重才之意。這且不必細表。

且說魏主恪寵信高貴嬪，立為繼后。后貌美性妒，所有後宮嬪御，不令當夕。生下一子一女，子偏早殤。魏主年已將壯，尚未有嗣，不免心焦。可巧宮中有一胡充華，為司徒胡國珍女，容色殊麗，秀外慧中。相傳胡女生日，紅光四繞，術士趙胡，嘗由國珍召問，謂此女後必大貴，當為天地母。實是一個禍水。魏主恪略有所聞，特召入掖庭，冊封充華。高后見她纖麗動人，當然加忌，偏胡充華巧言令色，顰笑皆妍，能使這位貌美性妒的高皇后，也覺得楚楚可憐，另眼相待。魏主恪乘間召入，與胡充華演了一出鸞鳳緣，天子多情，美人有幸，竟暗結珠胎，懷成六甲。

先是六宮嬪御，相與祈禱，但願生諸王公主，不願生太子，獨胡充華慨然道：「國家舊制，子為儲君，母應賜死，這原是特別的苛條；但妾卻不怕一死，寧可令皇家育一塚嗣，不願為貪生計，貽誤宗祧！」語似有理，志已不凡。

及懷妊後，同列或勸她服藥墮胎，胡充華不從，夜間焚香，仰天私誓道：「但得產下男兒，排行居長，就使子生身死，亦所不辭！」已而分娩，竟生一男，魏主取名為詡，且恐皇后妒忌，致生不測，特另擇乳保，取育別宮，不但皇后不得過問，就是胡充華也不使撫視。

過了三年，詡已三齡，魏主欲立詡為太子，下詔改元，號永平五年為延昌元年，加尚書令高肇為司徒，清河王懌為司空，廣平王懷為驃騎大將軍，開府儀同三司。到了孟冬，便立皇子詡為太子，此次冊立皇儲，竟變易舊制，不令胡充華自盡。高后與高肇，很是不服，勸魏主仍遵故事，魏主始終不從，反進胡充華為貴嬪，高后越加憤恚，欲暗下毒手，置胡死地。胡向中給事劉騰求救，騰轉告左庶子侯剛，剛又轉告侍中領軍將軍于忠。忠係領軍於烈子，嗣父襲爵，因於后暴亡事，憾及高后，當下借公報私，即向太子少傅崔光處問計。光與忠附耳數語，忠大喜照行，僅閱兩日，即由魏主下一內敕，命將胡貴嬪遷居別宮，飭令親軍嚴加守衛，不得妄通一人。為這一策，竟使高氏無從施毒，胡貴嬪得安居無恐，保養天年。死期未至，故得救星。

清河王懌懲彭城覆轍，常有戒心。一夕與高肇等侍宴禁中，酒酣語肇道：「天子兄弟，尚有幾人，公何故翦滅殆盡？從前王莽頭禿，借渭陽勢力，遂篡漢室，今君身曲，恐終成亂階，不可不慎！」肇不禁驚愕，掃興趨出。會天遇大旱，肇擅錄囚徒，宥死頗多。懌復入白魏主道：「臣聞名器不可以假人，昔李氏旅泰山，孔子引為深戒，這無非為天尊地卑，君臣有別，事貴防微，不應加瀆呢！今欲減膳錄囚，應歸陛下所為，司徒究是人臣，奈何擅敢僭越，下陵上替，禍且不遠了！」魏主恪向他微笑，不發一言。已是會意。

越年，魏恆、肆二州，地震山鳴，人民壓死甚眾。魏主憂心天變，益防高氏。又越年冬季，梁涪人李苗，及校尉淳于誕奔魏，上書魏闕，請即取蜀。魏主乃即命高肇為大將軍，率步騎十萬，攻益州。侍中游肇進諫道：「今國家連年水旱，不宜勞役。蜀地險隘，鎮戍無隙，怎可輕信浮言，遽動大眾！事不慎始，恐後悔轉無及了。」魏主又默然不應。

倏忽間已是歲闌，度過殘冬，便是魏延昌四年正月。高肇西去，尚無捷音，那魏主恪卻生成重疾，醫藥無靈，才經三日，便已歸天。侍中領軍將軍于忠，侍中中書監崔光，詹事王顯，庶子侯剛，即至東宮迎太子詡，趨入內殿，夤夜嗣位。王顯係高氏心腹，謂翌日登基，也不為遲。崔光道：「天位不可暫曠，何可待至明日？」顯又道：「太子即位，亦須奏達中宮。」光又道：「皇帝駕崩，太子繼立，這乃是國家常典，何須中宮命令！」進請太子入立東序，由于忠扶住太子，西向舉哀。哭至十餘聲，便令止哭。光攝太尉，奉冊進璽綬，太子跪受冊璽，被服袞冕，御太極殿，即皇帝位。光等與夜直群臣，伏殿朝賀，稽首呼萬歲。翌日大赦天下，徵還西討東防諸軍，尊諡先帝恪為宣武皇帝，廟號世宗。皇后高氏為皇太后，胡貴嬪為皇太妃。

于忠與門下省侍中等官，會議國事，大略以嗣主衝幼，未能親政，宜使高陽王雍裁決庶事。又因任城王澄，為肇所忌，久居閒散，此時肇西出未歸，正好起用老成，使總國事。當下奏白太后，請即教授。王顯意欲弄權，不願二王秉政，獨矯太后命，令高肇錄尚書事，自與肇兄子猛，同為侍中。于忠等先發制人，即乘顯入殿，喝令拿下，責他侍療無效，傳旨削職。顯臨執呼冤，被直閤將軍用刀環擊傷腋下，牽送右衛府，一宿即死。遂下詔令太保高陽王雍入居西柏堂，任城王澄錄尚書事。百官總已聽命二王，中外卻也悅服。

高肇西至函谷關，所乘戎車，忽然折軸，已是隱懷疑慮。至此接到嗣主哀書，且召令入朝，益恐內廷有變，於己不利，急得朝夕哭泣，神槁形枯。賊膽心虛。匆匆東歸，途次由家人相迎，亦不與見，即星夜跑至闕下，格外小心，已是無及。滿身穿著衰服，入臨太極殿，慟哭盡哀。高陽王雍，與領軍于忠密議，擬即誅死高肇，斷絕後患。當下令衛士邢豹等，潛伏中書省中，俟肇哭畢，由于忠引他入省，託名議事。甫經入門，忠忽大呼道：「衛士何在？」邢豹等應聲突出，把肇執住。肇欲開口鳴冤，偏被豹用手叉喉，不令出聲。兩手又為衛士所縛，不得動彈。才過片時，喉噎氣塞，再由豹用力一扼，但見他目出舌伸，立即斃命。威焰到何處去了？當有一道敕書，數肇過惡，說他畏罪自盡。此外親黨悉無所問，但褫肇官爵，葬用士禮。到了黃昏，從廁門出屍，送歸肇家。

肇既伏誅，高太后當然不安，再加這位胡太妃乘勢報怨，竟與于忠等商議，勒令高太后為尼，徙居瑤光寺，非大節慶，不得入宮。這叫做打落水狗。嗣是于忠內結宮闈，外總宿衛，又為門下省領袖，專攬朝政，權傾一時。尚書裴植，僕射郭祚，恨忠專橫，密白高陽王，勸令黜忠。雍尚未發，忠已先聞，即令有司誣構二人，證成罪狀，矯詔賜他自盡。甚至欲殺高陽王，還是侍中崔光，從旁力阻，乃出雍歸第，不令執政。尋且尊胡太妃為皇太后，居崇訓宮，進于忠為尚書令，崔光為車騎大將軍，劉騰為太僕，侯剛為侍中。這四人都有功胡氏，所以加官進爵，同日酬勳。

太后父胡國珍得封安定公，兼職侍中，還有太后妹胡氏，適江陽王繼子叉為妻。江陽王繼，係道武帝珪曾孫，襲封江陽王，宣武時為青州刺史，取良家女為奴婢，坐罪奪爵。胡太后為妹加恩，復繼本封，進位太保，授叉為通直散騎侍郎，叉妻為新平君，拜女侍中。于忠、崔光等，且奏請太后臨政，太后當即允議，垂簾稱制。她本是個聰明伶俐的女釵裙，喜讀書，善屬文，內外政事，均親自裁決，隨手批答。又素嫻騎射，發矢能中針孔，有此種種技藝，故指揮如意，遊刃有餘。哲婦傾城。聽政經旬，即引門下侍官，入問于忠聲望。群臣揣摩迎合，料太后不慊于忠，因俱言未能稱職。太后頷首，遂出忠為征北大將軍，領冀州刺史。忠既外出，雍乃上表自劾，謂「臣初入柏堂，每見于忠專恣，欲加裁抑，忠反欲矯詔殺臣，幸由同僚堅拒，始得免死。自思忝官屍祿，辜負恩私，願返私門，伏聽司敗」等語。胡太后不忍罪忠，但優詔慰雍，起為太師，領司州牧。加清河王懌為太傅，兼官太尉，廣平王懷為太保，兼官司徒，任城王澄為司空，兼官驃騎大將軍。澄希承意旨，奏清安定公宜出入禁中，參諮大務，胡太后當然樂從。

太后初臨朝時，尚稱令行事，群臣上書稱殿下，旋即改令為詔，居然稱朕，群臣亦改稱陛下。到了冬季十二月，大饗宗廟，太后因嗣主年幼，未能親祭，擬仿周禮君與夫人交獻古制，代行祭禮，禮官均以為未可，乃轉問侍中崔光。光獨曲意逢迎，竟引據漢和熹鄧后漢和帝皇后。薦祭故事，陳將上去，適中胡太后心坎，便將光語援作鐵證，飭侍衛備齊全副儀仗，親至宗廟，攝行祭祀。又飭造申訟車，隨時駕御，出雲龍門，進千秋門，遇有吏民訴訟，當即審判，有所未決，乃付有司。凡州郡薦舉孝廉秀才，及一切計吏，也由胡太后親御朝堂，臨軒發策，且自覽試卷，評定甲乙，頗洽輿情。

一日與幼主幸華林園，就都亭曲水旁，宴集群臣，令王公以下各賦七言詩。太后自為首唱，隨口說道：「化光造物含氣貞，」次語令幼主詡續下，詡年方七歲，卻也有些聰慧，思索半晌，乃續詠道：「恭己無為仰慈英。」太后面有喜容，又合心坎。即嘆賞道：「七齡幼主，有此續句，也好算是難得了。」群臣齊呼萬歲。太后乃令群臣賡續，你一語，我一句，湊成一片古風，無非是頌揚母德，敷奏昇平。太后大喜，命左右取出貯帛，頒賞有差。

越年改元熙平（是梁天監十五年）。侍中侯剛，掠殺羽林軍，為中尉元匡所劾，詔付廷尉議處。廷尉謂殺人抵死，應處大辟，胡太后記念前功，偏說剛因公掠人，邂逅致死，不得坐罪。嗣經少卿袁翻，力為辯駁，始削剛封邑三百戶，撤去嘗食典御職使。剛以善烹調得幸，嘗主御食，充使垂三十年，至此始被撤銷，但仍得出入宮禁，與聞朝政。有時且隨從太后，遊幸宗戚勳舊各家，往往宴至夜半，方才還宮。侍中崔光，援經據史，諫止遊宴。太后可主祭祀，為何不可遊幸！

看官，你想胡太后到了此時，已是蕩逸飛揚，從心所欲，哪裡還肯聽信崔光，深居簡出呢？而且歷朝婦女，多信佛事，胡太后有一姑母，曾作女冠子，好談釋教，太后自幼相依，耳熟能詳，至此特命在崇訓宮側，建造一永寧寺，又在伊闕口建石窟寺。兩寺皆備極華麗，永寧寺尤覺輝煌，內設九層浮圖，高九十丈，浮圖上柱，復高十丈，四面懸著鈴鐸。每當夜靜，鈴鐸為風所激，清音泠泠，聲聞十里。此外佛殿僧房，盡是珠玉錦繡，炫飾而成，真個是五光十色，駭人心目。自從佛法傳入中國，寺剎巍峨，得未曾有。落成時候，太后率領王公夫婦等，自往拈香，凡京內外僧尼士女，俱得入寺瞻仰，絡繹奔赴，不下十萬人。揚州刺史李崇，謂宜裁省寺塔靡費，移葺明堂太學，一再上表，好似石沉大海，毫無轉音。到了熙平三年，有人獻一異龜，當作神奇看待，遂改稱神龜元年，恐怕是個死烏龜，要應在宣武身上，頒詔大赦，慶宴群臣。

忽報稱征北大將軍靈壽公于忠身死，大眾頗稱快意，獨太后優詔褒榮，賜諡武敬，並贈厚賻。又越數日，司徒安定公胡國珍又死。國珍係胡太后父，飾終典禮，格外從隆，追贈相國太師，兼假黃鉞，加號太上秦公，並迎太后母皇甫氏靈柩，同墓合葬，稱為太上秦孝穆君。當時有一個諫議大夫張普惠，還想斟情酌理，竭力奏諫，說是太上名稱，不能施諸人臣。同朝統說他不識時務，從旁譏笑，普惠卻應機辯析，駁得朝臣啞口無言。但終是空費唇舌，不聞收回成命，徒博得一個直臣名目罷了。

過了數月，天象告變，月食幾盡，胡太后恐自己當禍，特想出一件替身符來，密令心腹內侍，齎毒至瑤光寺中，藥死故太后高氏，佯說是得病暴亡，棺殮俱用尼禮，草草治喪，即令舁柩至北邙山，埋葬了事。高氏該有此結局，胡氏狠毒尤甚，怪不得後來沉河。內外百官，毫無異議。胡太后越無顧忌，索性任情縱慾，引入一位皇叔，自薦枕蓆，作成了一段叔嫂奇緣。小子有詩嘆道：

雉鳴求牡已增羞，叔嫂何堪結鳳儔！
才識婦人須尚德，飛揚蕩逸總貽憂。

欲問皇叔為誰，待小子下回申敘。即賜母自盡，此為夷狄之敝俗，不足為訓。但胡氏不死，後竟臨朝稱制。恣為威福，窮極奢淫。論者或歸咎魏主恪，謂其不遵古制，致貽後患，實則未然。北魏之宮闈不正，非自胡氏始；就使胡氏已死，而貌美心狠之高皇后，安知其不與胡氏相等耶！高氏專橫已甚，天特假手胡氏，令其翦滅。胡氏不懲前轍，尤而效之，罪又甚焉；故其後日之結果，亦較高氏為尤甚。蓋天下未有驕淫蕩佚之婦人，而能長此不亡者也。故聖王起化，始自閨門，刑於之大本先端，自可無憂女禍。彼留子殺母之故事，豈真足為治平之道乎！

第四十四回

築淮堰梁皇失計　害清河胡后被幽

卻說胡太后引入皇叔，自薦枕蓆。這位皇叔為誰？就是清河王懌。懌為孝文諸子中，最美豐儀，胡太后看上了他，授以重位，事必與商。且嘗至懌第夜宴，目逗眉挑，已非一日。懌卻不願盜嫂，虛與周旋，未嘗沾染。偏胡太后慾火上炎，忍耐不住。一夕召入寢宮，託名議事，懌只好奉詔進去，哪知她與懌相見，開口敘談，便是床頭兵法。懌始知中計，但已無法脫身，不得不通變達權，將順了事。嗣是出入宮闈，幾成慣習，漸漸的穢聲騰播，貽謗都中。只因懌素有才望，好賢下士，輔政後亦多所裨益，所以毀不掩譽，一時尚能免害。但日長時久，總不免為人所乘，翩翩佳公子，恐跳不出後來一著呢。色上有刀。小子因胡后聽政時，有梁、魏爭奪淮堰一事，不得不將魏廷內政，暫從緩表，且將淮堰事敘明。

梁天監十二年，魏壽陽城為水所淹，漂沒廬舍。鎮帥李崇，勒兵泊城上，天雨不止，水漲未已，城垣僅露二版。將佐皆勸崇棄去壽陽，往保北山，崇喟然道：「我忝守藩嶽，德薄致災，淮南萬里，係諸我身，我一動足，百姓瓦解，此城恐非我有了！但士民無辜，不忍令他同死，可結筏隨高，各使自脫，決與此城俱沒，幸勿多言！」治中裴絢，率城南民數千家，泛舟南走，避水高原。因水勢迭漲，還道崇必北歸，乃自稱豫州刺史，送款梁將馬仙琕，情願投誠。崇聞絢叛，未測虛實，特遣僚吏韓方興單舸召絢，絢且驚且悔，轉思勢成騎虎，已是難下，乃遣方興返報道：「適因大水迷漫，為眾所推，不得已便宜從事。今民非公民，吏非公吏，願公早行，無犯將士！」崇得報始憤，即遣從弟李神等，率領舟師討絢。絢戰敗竄匿，被村民執住，械送壽陽。絢至中途，對湖長嘆道：「我有何面目再見李公！」因投水自盡。馬仙琕調兵救絢，不及而還。

壽陽水勢漸退，居民復安。為這一番水溢，遂由梁降將王足，獻策梁廷，請堰淮水以灌壽陽（王足降梁見四十回）。梁主衍稱為良策，便遣材官將軍祖暅，水工陳承伯等，相地築堰，大發淮、揚兵民，充當工役。命太子右衛率康絢，權督淮上各軍，看護堰作。這次築堰，為梁廷特別巨工，南起浮山，北抵巉石，依岸培土，合脊中流，役夫需二十萬眾，兵士不足，取派人民，每二十戶令出五丁，併力合作，自天監十三年仲冬為始，直至次年孟夏，草草告成。不料一宵風雨，水勢暴漲，澎湃奔騰，竟將辛苦築成的堤堰，衝散幾盡。當時輿論紛紜，早有人謂淮岸聚沙，地質未固，恐難成功，梁主不以為然，決擬興作，及經此一潰，仍然不肯中阻，再接再厲。實是多事。或謂蛟龍為祟，能乘風雨破堰，唯性最畏鐵，可用鐵冶入水中，免致衝損，於是採運東西冶鐵，得數千萬斤，沉諸水濱，仍不能合。蛟龍畏鐵，不知出自何典？乃改用他法，伐樹為井橐，填以巨石，上加厚土，沿淮百里內，木石無論鉅細，悉數取至。兵民朝夕負擔，肩上皆穿，更且夏日薰蒸，蠅蚋攢集，釀成一股疫氣，不堪觸鼻。可憐充當巨役的苦工，迭受驅迫，無法求免，沒奈何拚去性命，與天時相搏戰。究竟人不勝天，死亡相踵。好容易到了秋天，暑氣已退，乘流增築，尚堪耐勞，奈轉眼間又是寒冬，淮、泗盡凍，朔風凜冽，勞役諸人，手足俱僵。天公也故意肆虐，雨雪連宵，比往年更增冷度，浮山堰中的兵民，十死七八，真可謂一大巨劫了。為誰致之？孰令聽之？

天下本無事，庸人自擾之。那淮堰尚未竣工，魏已復起楊大眼為平南將軍，督諸軍屯荊山，來爭淮堰。梁主衍意圖先發，亟派左游擊將軍趙祖悅，襲據魏境西硤石，進逼壽陽。魏假定州刺史崔亮旌節，命充鎮南將軍，出攻硤石。又起蕭寶夤為鎮東將軍，進次淮堰。梁將趙祖悅聞崔亮到來，出城迎擊，為亮所敗，退歸拒守。亮竟率兵圍城，並約壽陽鎮帥李崇，水陸並進。崇屢次愆約，遂致亮圍攻硤石，隔年未下。

魏胡太后聞崔亮無功，料知諸將不一，特簡吏部尚書李平，任鎮軍大將軍，兼尚書右僕射，率步騎二千，馳抵壽陽，別為行臺，節度諸軍，准令軍法從事。平至壽陽，督諭李崇，令即調發水陸各軍，助攻硤石，一面促蕭寶夤進攻淮堰。寶夤遣部將劉智文等，渡淮攻破三壘，又在淮北擊敗梁將垣孟孫。梁使左衛將軍昌義之，率兵救浮山。義之未至，護淮軍使康絢，已麾兵殺退蕭寶夤軍。義之在途奉敕，與直閤將軍王神念，溯淮往救硤石。魏將崔亮，遣將軍崔延伯守下蔡，延伯與別將伊甕生，夾淮為營，取車輪去輞，削銳輪輻，兩兩接對，揉竹為䋲，互相連貫，穿成十餘道，橫木為橋，兩頭施火轆轤，隨意收放，不使燒斫。既斷趙祖悅走路，又得堵截梁援。義之、神念，不能前進，只得暫駐梁城。李平自至硤石，督令水陸各軍，奮力猛撲，攻克外城。趙祖悅勢窮出降，為平所斬，餘眾盡為魏俘。平復進攻浮山堰。崔亮以前日李崇愆期，隱懷宿憾，平又為崇從弟，更不願受他節制，遂託疾請歸，帶領部曲，竟自返洛。平奏請處亮死刑，胡太后意在袒亮，但詔許立功補過，平不免怏怏，索性全軍退還。崇前守壽陽，頗見忠誠，不知他何故愆期？平不責從兄，專咎崔亮，亦屬未是。魏廷論功加封，進李崇為驃騎將軍，加開府儀同三司，李平為尚書右僕射，崔亮亦進號鎮北將軍。平在殿前爭論亮罪，亮亦斥平挾私排異，由胡太后曲為調解，改亮為殿中尚書。蕭寶夤尚在淮北，梁主衍致書招降，令襲彭城。寶夤將來書陳報魏廷，胡太后下詔嘉獎，令他靜守邊防。楊大眼亦斂兵不出，但在荊山駐守。

梁人得專力築堰。至天監十五年四月，淮堰始成，長約九里，上闊四十五丈，下闊一百四十丈，高二十丈，雜種杞柳，間設軍壘。有人獻議康絢道：「淮列四瀆，天所以節宣水氣，不宜久塞；若鑿湫（同湫）東注，使它波流紓緩，這堰可長久不壞了。」說近無稽。絢又開湫東注，又使人縱反間計，往語蕭寶夤道：「梁人但懼開湫，不畏野戰。」寶夤正患水漲，遂為所詆，乃開漦北注，水勢日夜分流，尚不少減。李崇就硤石戍間，築橋通水，又在八公山（即北山）東南，築魏昌城，作為壽陽城保障。居民多散處岡壟，舊有廬舍塚墓，多被浸沒，此嗟彼怨，不得寧居。李崇隨處撫慰，大眾益仇恨梁人，誓死守境，各無叛心。

梁徐州刺史張豹子，自謂築堰監工，必歸己任。偏梁廷簡派康絢，並飭豹子受絢節制。豹子慚憤交迫，多方讒構，誣絢與魏有交通情事。梁主衍雖然未信，但因築堰事畢，召絢還朝，絢既奉詔入都，淮堰歸豹子管轄。豹子不復加修，堰受水激，不免鬆動。唯魏廷以壽陽被水，引為大患，更授任城王澄為上將軍，都督南討諸軍事，將東下徐州，大舉攻堰，僕射李平進言道：「淮堰不久必壞，何須兵力！」乃敕任城王暫從緩進，靜待秋汛。

忽由東益州刺史元法僧，呈入警報，乃是葭萌亂民任令宗，擅殺晉壽太守，舉城降梁。梁益州刺史鄱陽王恢，遣太守張齊迎納令宗，據住葭萌。法僧遣子景隆拒齊，連戰皆敗，齊更進圍武興，全境岌岌，速請濟師等語。魏遂授傅豎眼為益州刺史，引兵赴援，倍道入益州境。轉戰三日，行二百餘里，連獲勝仗，解武興圍。張齊退保白水，嗣復出兵侵葭萌關。關城守將，為梓潼太守苟金龍，時適患疾，不能督戰，妻劉氏率厲兵民，登關守禦。副戍高景謀叛，由劉氏察覺，拿下斬首。嗣因水道為梁兵所據，守卒乏飲，幸值天雨，劉氏出公私布絹，及所有衣服，懸諸空中，絞取雨水，儲以雜器，於是飲水不竭，人心乃固。特敘劉氏為巾幗勸。豎眼復移師往救，擊退張齊，齊乃引還，葭萌復為魏有。魏封金龍子為平昌縣子，旌劉氏功。應該加旌。

已而時值季秋，淮水盛漲，梁堰崩潰，聲如雷吼，震動三百里左右。沿淮城戍及村落兵民約十餘萬口，一古腦兒漂入海中，連屍骸都無著落。

胡太后聞報大喜，優賞李平，停止任城王進兵。唯梁主衍懊悵終日，空耗了許多財帛，死了若干生命，終弄到前功盡棄，毫無效益，漸漸的自怨自艾，迷信佛教。詔罷宗廟牲牢，薦祭只用蔬果，朝野詫為奇聞，統說宗廟去牲，乃是不復血食。再由廷臣參議，擬用大脯代牛。偏梁主決意舍牲，但命用面捏成牲像，以餅代脯，這真叫做舍大就小，輕人重畜哩。越弄越錯。

臨川王宏自洛逃歸，未嘗加罰，仍令為揚州刺史，加官司徒。宏好內愛酒，沈湎聲色，侍女數百人，皆極綺麗，妾吳氏更擅國色，寵冠後庭。有弟法壽，性躁且悍，恃勢殺人，屍家指名申訴，怎奈法壽匿宏府中，有司不能搜捕。旋為梁主所聞，始令宏繳出法壽，即日伏法。南臺御史，請並罪宏，罷免官爵。梁主揮涕批答道：「愛宏是兄弟私情，免宏是朝廷王法，准如所議！」罷宏歸第。未幾復以宏為司徒，宏淫侈如故。

天監十七年，梁主將幸光宅寺，忽聞都下有謀變情事，乃從各航中搜尋，得一刺客，訊知為宏所使。乃召宏入，涕泣與語道：「我人才勝汝百倍，幸居天位，時恐顛墜，汝奈何尚作妄想？我非不能為周公、漢文，周公誅管蔡，漢文廢死濟北、淮南二王。為汝愚昧，特加憐憫，汝反不知感，真太無人心了！」宏頓首道：「無是！無是！」梁主因再免宏官，勒令回第。嗣又有人密報梁主，謂宏私藏鎧仗，包藏禍心。梁主乃送盛饌與宏，且親往就飲。酒至半酣，徑入宏後堂檢視。列屋約三十餘間，各有色紙標封。旁顧及宏，面色沮喪，益疑是所報非虛，便命隨從校尉邱佗卿，啟封查閱，每屋多貯制錢，百萬為一聚，標用黃籤，千萬為一庫，標用紫籤，梁主與佗卿屈指計算，凡三十餘間屋內，約得現錢三億餘萬；尚有旁屋數所，各貯布絹絲棉漆蜜紵蠟朱紗黃屑雜貨等，滿室堆砌，不知多少。宏恐梁主見斥，越加慌張，哪知梁主反露笑容，溫顏與語道：「阿六（宏排行第六），汝生計大佳！」民膏民脂，豈容斂積，如何梁主反為得意！遂返座暢飲，至夜方還。自經此次檢查，料宏徒知私積，當無大志，乃更使復原職。

梁主次子豫章王綜，仿晉王褒〈錢神論〉，戲作〈錢神論〉譏宏，梁主猶命綜速毀，但已流傳都中。宏引為愧恨，稍自斂束，不久復萌故態，更鬧出一樁逆倫傷化的重案。這也由梁主姑息養奸，為私忘公，一誤再誤，貽患實不淺呢。事且慢表。

且說魏胡太后稱制五年，奢淫無度，一擲千萬，毫不吝惜，賞賜左右，不可勝計。又命內外添築寺塔，競尚崇閎，特派使臣宋雲，與比邱（僧徒別稱）慧生等，往西域求佛經，西行約四千里，度過赤巔，乃出魏境。再西行歷二年，至乾羅國，始得佛書百七十部而還。其時交通不便，所以有此困難。胡太后分供佛寺，設會施僧，又糜費了無數金銀。諸王貴人，宦官羽林軍，迎合意旨，各在洛陽建寺，所費不貲。且因奢風傳播，習成豪侈。高陽王雍，富甲全國。河間王琛，係文成帝淩孫。與他鬥富，廄畜駿馬十餘匹，俱用銀為槽，窗戶上裝潢精美，相傳為金龍吐旆，玉鳳銜鈴。宴會酒器，有水精峰、瑪瑙碗、赤玉卮等，統是絕無僅有的珍品。嘗誇語僚友道：「我不恨不見石崇（晉人），但恨石崇不見我。」當時傳為異談。

看官，試想宇宙間所出財產，地方上所供賦稅，本有一定數目，不能憑空增添，虧得北魏歷朝皇帝，按時節省，代有餘積，熙平、神龜年間，府庫頗稱盈溢。偏經這位胡太后臨朝，視若糞土，浪用一空。他如宗室權幸，雖由祖宗積蓄，朝廷賞賚，博得若干財帛，但為數也屬不多，要想爭奢鬥靡，免不得貪贓納賄，橫取吏民。一班熱中干進的下僚，蠅營狗苟，恨不得指日高升，榮膺爵祿，所以仕途愈雜，流品益淆。小說中有此大議論，益增光采。

徵西將軍張彝子仲瑀，獨上封事，請量削選格，排抑武人。羽林虎賁各軍士，得此消息，立集千人，至尚書省詬罵。省門急閉，亂眾拋瓦擲石，鬧了片時，便趨詣張宅，把張彝父子拖出，拳打腳踢，幾無完膚。一面縱火焚宅，仲瑀兄始均叩頭乞恕，被亂黨提擲火中，燒得烏焦巴弓。仲瑀奄臥地上，賊疑為已死，不加防守，他得忍痛走免。彝氣息僅屬，再宿即死。胡太后聞變，慌忙派官宣撫，但收捕亂首八人，斬首伏辜，餘皆不問。且下詔大赦，並令武人得依資入選。適懷朔鎮函使高歡至洛陽（函使謂函奏往來之使），見張彝死狀，還家散財，結交賓佐，或問為何意？歡答道：「宿衛軍將，焚殺大臣，朝廷不敢窮究，政事可知，私產怎能守呢？」亂世梟雄，類具特識。歡係渤海蓨縣人，字賀六渾，曾祖湖為燕郡太守，奔投魏國。祖謐為魏御史，坐法徙懷朔鎮，因世居北邊。歡執役平城，有富人婁氏女，見他狀貌魁梧，願嫁為婦，乃得資購馬，報效鎮將，充做函使。後來便是北齊始祖，事見下文（志北齊之所自始）。

魏尚書崔亮遷掌吏部，因官不勝選，特創立停年格，不問賢否，只論年限，雖為杜絕倖進起見，未始非權宜計策；但賢能或因此負屈，庸才反循例超升，選舉失人，實自此始。洛陽令薛琡，一再辨謬，終不見從，就是亮甥劉景安，貽書勸阻，亮亦不從。尋且以國用不足，減損百官俸祿，四成中短少一成。任城王澄，謂不如節省浮費，較全大體，胡太后置諸不理，恣肆依然。

宦官劉騰恃功怙寵，由太僕遷官侍中，兼右光祿大夫，干預朝政，賣官鬻爵。胡太后不加禁止，反擢騰為衛將軍，加開府儀同三司。唯清河王懌，用法相繩，不肯容情。吏部請授騰弟為郡守，懌擱置不提，還有散騎侍郎元乂，超擢至侍中領軍將軍，驕恣不法，亦為懌所裁抑。乂與騰共嫉懌如仇，陰圖報復。

龍驤府長史宋維，由懌薦為通直郎，浮薄無行，懌常加戒飭。叉乘隙召維，用利相，使告懌有謀反情事。胡太后與懌通姦，更兼懌實無反情，一經案驗，全出冤誣。懌當然無罪，維照例反坐。叉亟入白太后道：「今若誅維，他日果有人真反，何人敢告！」胡太后聽了叉言，也覺有理，乃止黜維為昌平郡守。叉與騰更日夜密謀，料知懌為太后所幸，非用釜底抽薪的計策，斷不能獨除一懌。一不做，二不休，索性把太后幽禁，方好任所欲為。當下使主食胡定，進白魏主，偽言懌將進毒，賄臣下手，臣不敢為逆，故即自首。魏主年方十一，究是兒童性質，容易被欺，遂囑定轉告元叉，速圖去害。

是年為魏神龜三年，序值新秋，叉奉魏主御顯陽殿，騰閉住永巷門，杜絕太后出路，叉獨召懌入見。懌至含章殿後，又為叉所阻，不令懌入。懌大聲道：「汝欲造反麼？」叉亦怒叱道：「叉不敢反，特欲縛汝反賊。」懌再欲抗辯，已由叉指揮宗士，牽住衣袖，迫入含章東省，令人監守。騰稱詔召集公卿，論懌大逆，擬置死刑。群臣畏他勢力，莫敢抗議，獨僕射遊肇，出言相阻。叉、騰毫不理睬，竟入白魏主，謂公卿同議誅懌。魏主有何主見，含糊許可，當即將懌處死，並詐為太后詔敕，自稱有疾，歸政嗣君。遂將太后幽錮北宮，宮門晝夜長閉，內外斷絕。騰自執管鑰，連魏主都不得入省，只許按時進餐。太后不免飢寒，私自泣嘆道：「養虎遭噬，便是我今日所處了！」此時尚非真苦。

是時任城王澄已歿，叉與太師高陽王雍等，同掌朝政，改元正光，叉為外御，騰作內防，魏主呼叉為姨父，政由叉出。高陽王雍等亦只能隨聲附和，不敢相違。遊肇憤悒而終。朝野聞懌被殺，統皆喪氣，胡人為懌剺面，計數百人。小子獨有詩譏懌道：

含章受刃似冤誣，筆伐難逃古董狐；
自古人生終有死，為何被脅作淫夫？

已而由相州遞入急奏，請誅元叉、劉騰，且將起兵討罪。

究竟相州是何人主持，待至下回表明。

梁主用降人王足計，命築淮堰，無論其勞民費財，實為厲階，即令淮堰易成，成且經久，亦豈遽足奪壽陽！果使壽陽歸梁，於魏亦無一損，仁者殺一不辜而得天下，猶且不為，況喪民無數，以鄰為壑，必欲爭此一城，果何為者？甚矣哉梁武之不仁也！夫欲築淮堰，不惜民命，薦祭宗廟，乃欲廢牲，甚至如宏之一再謀亂，一再姑息，子弟可愛，百姓獨不必愛乎？犧牲可惜，人民獨不足惜乎？愚謬若此，真出意外。若夫胡太后之驕奢淫佚，原足致亂，即無元叉、劉騰，亦豈能長治久安？清河王懌之罹害，不無冤累，但未能預為防閒，反甘受牝后之淫逼，宮闈之樂事未終，而釜鑕已臨於頸上，畏死者仍歸一死，亦何若拒淫死義之為愈乎！吾於懌無所取焉。

第四十五回

宣光殿省母啟爭端　沃野鎮弄兵開禍亂

卻說魏相州刺史元熙，係中山王元英長子，英自攻克三關後（三關事見三十二回），還朝病故，由熙襲封。熙頗好學，具有文才，唯輕躁浮動，常為英憂。英欲立熙弟略為世子，略固辭乃止。熙妻為於忠女，借忠威權，驟擢為相州刺史，又與清河王懌素稱友善，通問不絕。

熙蒞任時，時方初秋，忽遇狂風驟雨，釀成奇寒，凍死驢馬數十匹，隨卒數人。嗣復有蛆生庭中。熙嘗夜寢，見有一人與語道：「任城王當死，死後三日外，君亦不免；如或不信，但看任城王家。」熙恍惚相隨，趨至任城王家前，果見四面牆坍，不遺一堵。正在驚嘆，驀被雞聲喚醒，方知是夢。回憶夢境，恐兆不祥，告諸親友，大都從旁勸解，說是夢不足憑。及聞懌被誣受戮，不禁怒從中來，便欲起兵討罪。熙妃于氏，援夢諫阻，熙已忿不可遏，不從妻言，遽稱兵鄴上，聲討乂、騰。

黃門侍郎元略，司徒祭酒元纂，俱係熙弟，由洛陽奔至鄴城，助兄舉兵。長史柳元章等佯為從命，暗中卻嗾動部眾，鼓譟入府，殺熙左右，即將熙、纂二人拿住，錮置高樓。一面飛報都中，元乂立派尚書左丞盧同，齎詔至鄴，監斬熙、纂及熙諸子。熙將死時，貽僚友書道：「我與弟並蒙太后知遇，兄據大州，弟得入侍，垂訓殷勤，恩同慈母。今太后見廢北宮，清河王橫遭屠酷，主上幼年，不能自主，君親若此，臣子奚安？所以督厲兵民，誓建大義，不幸智力淺短，遽見囚執，上慚朝廷，下愧知交，流腸碎首，亦復何言！凡百君子，各敬爾身，為國為家，善勖名節！」元熙發難，雖若可原，但始謀不慎，徒死何裨？至熙首傳至洛陽，親舊莫敢過視，唯前驍騎將軍刁整，竟為收埋，時共稱為義友。

熙弟元略獨得幸脫，走匿西河太守刁雙家，約歷年餘。因內外索捕甚急，別雙奔梁，梁封為中山王，領宣城太守。魏元乂聞略受梁封，特遣使至建康，與梁通好。梁亦知魏深意，虛與應酬，即日遣歸罷了。

魏主詡久疏定省，意欲朝母，向乂陳明，乂乃允諾。太后在西林園，由魏主帶領文武百官，朝見太后。並即開宴，魏主與群臣侍飲。飲至半酣，武臣起舞為歡。右衛將軍奚康生獨為力士舞，階下盤旋，每顧視太后，舉手蹈足，作執殺罪人形狀。太后窺透微意，暗暗心喜，但一時未敢遽言。看官聽著！康生與乂，本是轉灣親戚，康生子難當，娶侯剛女為妻，剛子為元乂妹婿，所以乂幽太后，康生亦曾與謀。但康生素性粗武，與乂同值禁中，往往因詞氣高下，致有齟齬，積久遂成嫌隙。也是一個小人。此時藉著舞勢，示殺乂意。胡太后畢竟聰明，默視良久，待至日色將暮，即命魏主留宿北宮。侯剛在旁道：「至尊已經朝訖，何必在此留宿？」康生道：「至尊為太后陛下親兒，太后有命，至尊不可不遵。」胡太后乘勢起座，即攜住魏主臂，下堂徑去。

既入宣光殿，在北宮中。太后挈魏主上坐，左右侍臣，分立階下。康生仗著酒膽，即欲傳詔執乂，不意乂已防著急變，指令軍士，闖入殿中，七手八腳，把康生牽去。兩階侍臣當然譁亂，胡太后見此情形，也覺慌張，光祿勳賈粲，入白太后道：「侍臣惶恐不安，請陛下出殿撫慰。」胡太后便即起身，甫出殿階，粲即扶魏主下座，就東序趨出，至顯陽殿。太后回顧，已失魏主所在，自知為粲所紿，復入殿徘徊。聰明人，又著了道兒。那賈粲又偕劉騰等人，進脅太后，仍居北宮。所有宮殿各門，照舊關鎖去了。

奚康生被牽至門下省，由侍中黃門僕射尚書等十餘人，私承乂囑，當夜審訊，模糊定讞，康生擬斬，子難當擬絞。草案呈入，乂在內矯詔處決，康生死罪，如群臣議，難當恕死，坐流安州。時已昏暮，刑官即驅康生赴市，依讞處斬。難當哭辭乃父，康生獨慨然道：「我無反狀，乃為賊臣陷害，一死何辭！汝亦不必多哭了！」遂伸頸就刑。前時何故附乂？難當收屍埋葬，又得留家百餘日，始往流所。這是元叉顧全侯剛面目，暫時買情。及難當去後，密遣人致書行臺，叫他刺死難當。難當仍不得生，一道羈魂往冥府中去尋死父，自不消說。

劉騰得進任司空，刑餘腐豎，位列三公，實為北魏創例。八座九卿，嘗旦造騰宅，伺候顏色，既得騰命，然後各赴省府，依言辦事。公私請託，專視貨賄多少，決定可否。歲入以鉅萬計，寡廉鮮恥的下吏，輒投拜門下，願為義兒，權焰薰天，遠近側目。車騎大將軍崔光，隨班進退，無所補救，時人比為漢張禹、胡廣，至此得升授司徒。江陽王繼，為元叉父，已徙封京兆王，本領司徒重職，繼恐父子權位太盛，願以司徒讓崔光。元叉聽從父意，請命魏主，魏主雖將司徒授光，仍改官繼為太保，名異實同，不過掩飾耳目罷了。

未幾又有元叉貪金，用兵柔然事。柔然前為魏所逐，逃居漠北，後來復屢入寇邊，終被魏戍兵擊退，魏宣武帝正始元年，柔然庫者可汗復遣兵寇魏沃野，及懷朔鎮，魏遣車騎大將軍源懷，出巡北邊，增築九城，設兵防守，柔然始不敢入窺。庫者可汗死，子佗汗可汗嗣。佗汗可汗屢向魏乞和，魏廷勿許。既而佗汗為高車所殺，子伏跋可汗繼立，勇悍有武略，為父復仇，擊破高車，擒殺酋長彌俄突，漆頭為溺器，復掃滅叛國，轉弱為強。伏跋有幼子祖惠，忽然亡去，四覓勿得。適有女巫地萬，入見伏跋，謂祖惠現在天上，我能召還。乃即就大澤中量地張幄，禱祀天神，地萬喃喃誦咒，約歷晝夜，果見祖惠自帳中出來，自言為天神所攝，今始遣歸。伏跋大喜，號地萬為聖女。地萬出入帳中，姿態妖淫，善蠱人主。伏跋初頗尊敬，繼與狎褻，竟得地萬順從，枕蓆風光，遠過妾婦，喜得伏跋似遇天仙，當即冊為可敦（地萬所望在此，胡人稱主為可汗，后為可敦），大加愛寵。

已而祖惠寖長，與母私語道：「我係人身，怎得上天？地萬留我在家，教我誑言。」母聞祖惠言，便轉告伏跋，伏跋已為地萬所迷，搖首答說道：「地萬能前知未然，汝等何必讒妒呢！」地萬且喜且懼，譖殺祖惠。祖惠母怎肯干休，泣訴伏跋母侯呂陵氏。侯呂陵氏乘伏跋出畋，竟把地萬拘住，遣大臣具列等，絞死地萬。及伏跋聞變馳歸，地萬已死，他不勝悲憤，欲誅具列等人。適值鄰國阿至羅入寇，由伏跋率兵邀擊，失利奔還。侯呂陵氏意會同群臣，殺死伏跋，立伏跋弟阿那瓌為可汗。

甫經匝旬，伏跋族兄示發舉兵擊阿那瓌。阿那瓌戰敗，與弟乙居伐奔魏。魏使京兆王繼等迎入，賜勞甚厚，引見置宴，封為朔方公蠕蠕王。阿那瓌乞請援師，回國討叛，朝議經久未決。阿那瓌居洛數月，得知元瓌用事，賂金百斤，元瓌乃調發近郡兵萬五千人，使懷朔鎮將楊鈞為將，送阿那瓌返國。尚書右丞張普惠上書諫阻，謂蠕蠕久為邊患，今天亡醜虜，使彼自亂，阿那瓌束身歸命，正好令為內屬，戢彼野心，奈何發兵送還，自增勞擾？這一書奏將進去，那元瓌全然不睬。但令楊鈞從速部署，指日北行。無非為了百斤黃金。阿那瓌入辭北堂，特賜給軍器衣被雜米糧畜，悉從優厚，阿那瓌拜謝而去。

時柔然為示發所破，殺死阿那瓌祖母侯呂陵氏及他親弟二人。偏又有從兄婆羅門，糾眾逐示發，示發奔往地豆干。地豆干把他殺斃，國人推立婆羅門為可汗。楊鈞入柔然境，恐柔然出兵抗拒，再乞濟師。魏遣使臣諜雲具仁，先往宣諭。婆羅門驕倨不遜，經具仁與他抗辯，始令大臣邱升頭等，隨具仁迎阿那瓌。具仁輕騎還報，阿那瓌又懼不敢進，情願還洛。會高車王彌俄突弟伊匐，乞師嚈噠，收拾餘眾，來擊柔然，報復兄仇，大破婆羅門。婆羅門窘急，也率十部落詣涼州，向魏乞降。

柔然無主，國人願迎奉阿那瓌，阿那瓌又復請歸。魏涼州刺史袁翻，上言蠕蠕二主，並宜撫存，可令東西各居，分馭部落，也是一條安邊保塞的至計。朝議頗以為然，乃命阿那瓌居懷朔北方，地名吐若奚泉，婆羅門居涼州北境，就是西海故郡。

哪知戎狄豺狼，野性難測。婆羅門卻陰懷異志，僑居踰年，走歸嚈噠，幸由魏平西長史費穆，引兵往討，用埋伏計誘婆羅門，一鼓掩獲，送至洛陽，好容易瘐死獄中。阿那瓌先求粟種，魏輸給萬石，繼復因年穀不登，突入魏境，表求賑給，魏令尚書右丞元孚，持節撫勞，反被阿那瓌拘留，引眾南侵，所過剽掠，直至平城附近。聞魏遣尚書令李崇等大舉北征，始將元孚釋回，驅民北遁。李崇追躡三千里，不及乃還。這都由元爰貪賂縱奸，釀成戎禍，漸漸的尾大不掉，反為夷狄所制呢（暗伏後文）。

元爰為惡不悛，取民無度。乃父京兆王繼性亦貪縱，專受賂遺。平時請屬有司，無敢違慢，牧令守長，哪個肯毀家報效？當然是竭澤而漁，上供欲壑，於是朔方叛亂，相繼迭起。又開生面。

先是魏都平城，曾在四鄰置設六鎮，一武川，二撫冥，三懷朔，四懷荒，五柔玄，六御夷，皆在長城北面，用備藩衛，素來資給從厚。至孝文南遷，漠然相待，將士漸有怨言。尚書令李崇，出擊阿那瓌，長史魏蘭根語崇道：「從前沿邊置鎮，地廣人稀，所遣將士，或係強宗子弟，或係國家爪牙。晚近以來，有司號為府戶，役同廝養。厚內薄外，適足滋怨，怨久必亂，不可不防。今宜改鎮立州，分置郡縣，凡屬府戶，悉免為民，入官次敘，一准舊制，文武兼用，威愛並施，庶幾人心歸向，可無北顧憂了。」此語若行，何致生亂？崇頗以為然，依議奏聞。權貴只識金錢，曉得什麼後慮，便將崇奏擱起不提。

懷荒鎮將于景，係故尚書令于忠弟，為元乂所忌，出就外鎮。阿那瓌入寇時，鎮民求餉，景不肯給，激動眾怒，竟將于景殺死。亂尚未了，那六鎮以外的沃野鎮，復有豪民破六韓拔陵，聚眾造反，攻殺鎮將，據境稱王。遣黨徒衛可孤，圍武川鎮，又分兵攻懷朔鎮。懷朔鎮將楊鈞，擢尖山人賀拔度拔為統軍。度拔有三子，長名允，次名勝，幼名嶽，皆有材力，隨父從軍，分任隊長。據守經年，外援不至，楊鈞遣賀拔勝突圍而出，至臨淮王元彧處告急，且語彧道：「懷朔一陷，武川亦危，雖有良、平（張良、陳平皆漢人），不能為計了。」彧許為出師，並即表聞。魏命彧都督北討軍事，往徵破六韓拔陵。彧遣勝先歸，會武川失守，楊鈞棄城南遁，留勝父子居守，衛可孤乘隙攻入，勝父子巷戰力屈，俱為所擒。及彧至五原，兩鎮早陷，破六韓拔陵麾眾邀擊，盡銳衝突，彧不能抵敵，大敗退歸。

魏主聞耗，亟召群臣問計，吏部尚書元修義，請遣重臣督軍，出鎮恆朔，捍禦叛寇。魏主欲任用李崇，崇已早還朝，時亦在列，便自陳衰老，請另擇賢才。魏主不許，即加崇開府儀同三司，領北討大都督事，所有撫軍將軍崔暹，及鎮軍將軍廣陽王元淵以下（淵或作深，係太武帝曾孫），皆受崇節度，陸續北行。

是時西北一帶，寇盜蜂起，響應拔陵。敕勒酋長鬍琛，涼州幢帥於菩提，營州民就德興等，群起為亂。還有朔方汾州諸胡，亦乘時蜂起，騷擾邊境。各州刺史，就近征剿，倏出倏沒，未得蕩平。秦州刺史李彥，政刑殘虐，群下生怨，部將薛珍等突入殺彥，推黨人莫折大提為秦王。南秦州民張長命韓祖香孫掩等，亦戕刺史崔遊，舉城應大提。大提襲入高平，殺害鎮將赫連略及行臺高元榮。既而大提病死，子念生居然稱帝，自號天建元年。魏命雍州刺史元志為徵西都督，往討念生。念生弟天生，率眾下隴，志連戰連敗，退保岐州。天生乘勝進逼，四面登城，志竟被殺，岐州陷沒。

說也奇怪，元志方戰歿岐州，李崇也敗退雲中。崇本遣崔暹出北道，教他不得浪戰，但牽制拔陵兵力，自從東道進兵，直擣沃野。暹違崇將令，竟轉鬥而前，被拔陵誘入伏中，殺得全軍覆沒，只剩了一人一騎，狼狽走還。拔陵得併力攻崇，崇抵擋不住，沒奈何退守雲中，與寇相持。魏正遣尚書元修義為西道行臺，規復岐州，偏又接得李崇敗報，宮廷相率驚惶。廣陽王淵申崇前說，仍請改鎮為州。魏主不省，唯召還崔暹，命係廷尉。暹忙將良田美妓，獻納元叉，叉替他解免，竟得宥罪。

未幾東西鐵敕部，統皆叛命，歸附破六韓拔陵，魏主乃思李崇及元淵言，下詔改鎮為州，遣黃門侍郎酈道元為大使，撫慰六鎮兵民。哪知六鎮已皆叛魏，道元去亦無益，仍折回都中。南秀容人乞伏莫於，又復起反，總算出了一個酋長爾朱榮，集眾討平。當下奉表魏廷，詳報平賊情事，魏封榮為博陵郡公。榮高祖羽健，初封秀容川，父名新興，善事畜牧，牛羊馬駝，辨色為群，嘗瀰漫山谷間。魏有事北方，新興輒獻牲畜助軍。至榮討平叛亂，進爵為公，方陰蓄大志，擬乘四方變亂的時候，發憤為雄。所有畜牧資財，悉數取出，散給勇士，結交豪傑。於是侯景、司馬子如、賈顯、段榮、竇泰等，先後趨附，整日裡練兵儲械，待時出發。這乃是北魏一大隱患，不比那四方草寇，剽掠無定，尚容易處置呢。(俱為下文寫照。)

且說梁主蕭衍，聞魏亂方盛，欲趁勢經略中原。當時南朝良將，為韋睿、裴邃二人，睿於普通元年病逝，隨筆帶過韋睿。只裴邃尚存。乃授邃為信武將軍，領豫州刺史，出鎮合肥。適臨川王宏第三子正德，背梁奔魏，魏已起蕭寶夤為尚書僕射，謂正德無故來投，情不可測，不若拘戮為是。魏主雖然不從，但亦未嘗禮待，正德因復逃歸。前時梁主無子，曾取正德為養兒。及太子統生，仍使正德還本，賜爵西豐侯。正德以不得立儲，啣恨多年，乃覷隙奔魏。既不得志，南行還梁，恐遭梁主詰責，不得不捏造誑言。當詣闕謝罪，託言北偵虜情，確是有亂可乘，請速出師等語。梁主亦瞧透三分，詰問數語，正德具陳魏亂，似覺詳明，乃仍複本封，並促裴邃出兵北略。

邃因率騎襲壽陽，掩入外郛。魏揚州刺史長孫稚，奮力抵禦，一日九戰，殺傷相當。邃因後軍不至，引軍暫歸。嗣復取魏建陵、曲木，及狄城、甓城、司吾城。徐州刺史成景㒞拔睢陵，將軍彭寶孫拔琅琊，曹世宗拔曲陽、秦墟，李國興且進拔三關。魏徐州刺史元法僧，又遣子景仲至梁，奉表輸誠。梁即授降王元略為大都督，與將軍陳慶之等，率兵接應，為魏安樂王元鑑擊敗。法僧卻乘鑑驕怠，殺將過去，得了一個大勝仗。梁授法僧為司空，封始安郡公，覆命西昌侯蕭淵藻及豫章王蕭綜等，相繼進兵，接濟裴邃。

邃攻下新蔡郡，進克鄭城、汝穎一帶，所在響應，魏河間王元琛及壽陽守將長孫稚，率眾五萬，前來截擊，邃暗設四伏，誘稚入阱，四面相迫，好似網中捕魚，甕中捉鱉。還算長孫稚有些勇力，拚命衝突，奪路奔逃。再加元琛從後援應，方得將長孫稚救回壽陽，但已喪斃了一、二萬人。邃威名大振，將乘勝蕩平淮甸，再圖河洛，偏偏天不假年，竟爾一病不起，告歿軍中。身後贈典，比韋睿更優。睿得贈侍中，給謚曰嚴；邃亦得贈侍中，且進爵為侯，予謚曰烈。淮、淝軍民，感念邃恩，莫不流涕。再與韋睿相較，是不忘良將之意。小子有詩嘆道：

北征大將肅軍威，萬眾全憑隻手揮；
功業未成身已殞，蕭梁氣運兆衰微。

邃既死事，後任為中護軍夏侯亶。亶雖有才名，究竟不及韋、裴兩人，因此斂兵不進，南北粗安，那魏人得專力北方。欲知後事，且看下回敘明。

元叉、劉騰，為北魏之禍首，而胡後實縱成之。奚康生久預軍機，始不能誅鋤權戚，乃反甘作爪牙，與謀幽后。后固自取，而康生之黨惡濟奸，未始非叉騰之流亞也。及西林省母，漸有轉機。康生如有悔心，亦唯導后以慈，勗主以孝，內聯母子，外正君臣，則苦志彌縫，安身即以安國。計不出此，乃徒以舞勢示意，挑撥胡后，宣光殿之被執，門下省之受誅，雖死何補，適見其好亂取禍耳！沃野之亂，不特為六鎮之引線，並且為亡魏之禍階，一蟻潰穴，全堤皆動，亂之不可以使長也，有如此者。然不有內亂，安有外亂？胡后導於先，又騰踵於後，讀史者可以知所鑑矣。

第四十六回

誅元叉再逞牝威　拒葛榮輕罹賊網

卻說魏尚書元修義，出討莫折念生，中途遇著風疾，不能治軍，乃命蕭寶夤代任，並命崔延伯為岐州刺史，兼西道都督，與寶夤俱出屯馬嵬。莫折天生方列營黑水，由延伯前往挑戰，天生開營追逐，延伯徐徐引還，行伍整齊，步伐不亂，反將賊眾驚退。越日復勒兵出戰，延伯當先突進，將士盡銳長驅，大破天生，俘斬十餘萬，追奔小隴山，岐、雍及隴東皆平。魏京兆王繼正受命為大都督，出統西道各軍。既得岐、雍捷報，乃詔令班師。

時宦官劉騰已死，司徒崔光亦卒，元叉耽酒好色，淫宴自如，無論姑姊婦女，稍有姿色，即與宣淫。嗣是常留家不出，或出遊忘返，無暇防衛宮廷。

胡太后察悉情形，轉憂為喜，乘叉他出，即召魏主與群臣入見，當面宣諭道：「元叉隔絕我母子，不聽往來，還復留我何用？我當削髮出家，修道嵩山，閒居寺院，聊盡餘生罷了。」說著，淚下不止。一派偽態。魏主見太后容色，免不得天良發現，即叩頭勸阻，群臣亦跪伏哀求。胡太后置諸不理，反令侍女覓取快剪，立即削髮。魏主越加惶急，禁住侍女，再三苦勸，太后尚未肯依。越裝越像。群臣乃請魏主伴宿，夜間母子敘情，談至夜半，無非說元叉不法，必將為亂。左右且從旁報密，謂叉嘗遣從弟洪業與武州人姬庫根，潛買馬匹，預備起事。魏主年已十六，已有知覺，也恐帝位被奪，頓起疑心，遂與太后密謀黜叉。及叉還朝入直，魏主但與言太后意見，將往嵩山修道。叉巴不得太后出家，便勸魏主順承母旨，魏主含糊應允。

看官！試想這胡太后年將四十，尚是華裝豔服，盛鬋豐容，哪裡肯出家為尼，除絕六慾？她不過藉此為名，計愚元叉。叉卻竟為所愚，還道太后無顏問政，不必防閒。太后遂得屢御外殿，不似從前幽錮。有時且偕魏主出遊，無人阻礙。叉舉元法僧為徐州刺史，法僧叛魏奔梁，太后屢以為言，叉頗自愧悔。高陽王雍雖位居叉上，權力不能及叉，所以暗加畏忌。會魏主奉太后出遊，往幸雒水，雍邀兩宮至私第中，開宴暢飲。飲至日晡，太后與魏主起座，偕雍同入內室，談了許多時刻，方才出來。從官皆不得與聞，唯由太后傳令還駕，始皆奉蹕還宮。

過了數日，雍從魏主入朝太后，奏稱元叉父子，權位太重，致多疑謗，太后乃召叉入語道：「元郎若果效忠朝廷，何故不辭去領軍，以他官輔政？」叉乃免冠拜伏，求解領軍職銜。當由兩宮允准，授叉為驃騎大將軍，開府儀同三司，兼尚書令，仍守侍中等官。改用侯剛為領軍將軍，暫安叉意。叉因剛為同黨，果然不疑。

魏主立太后姪女胡氏為后，不甚愛寵。想是姿貌平庸。尋納一潘氏女為充華，名叫外憐，色擅傾城，容能媚主，最得魏主歡心。南有潘貴妃，北有潘充華，何潘家多美女乎？閹豎張景嵩、劉思逸等與叉未協，屢白潘充華，謂叉有害潘意。潘充華乃泣訴魏主道：「元叉心存叵測，嘗欲殺妾，並將不利陛下，請陛下早為留意！」魏主既受教慈闈，又牽情帷闥，遂視元叉為眼中釘，恨不把他即日捽去。侍中穆紹，又勸胡太后即速除叉。太后以叉黨尚盛，未便遽發，先出侯剛為冀州刺史，去了元叉一條左臂，又遷賈粲為濟州刺史，把元叉右臂亦復除去，然後安排黜叉。

正光六年四月朔，胡太后復臨朝攝政，下詔罪元叉、劉騰，黜元叉為庶人，追削劉騰官爵。清河國郎中令韓子熙，乘間上書，為清河王懌訟冤，乞誅元叉，並戮劉騰屍。太后乃命發劉騰墓，劈棺散骨，盡殺騰養子，籍沒家資。遣使追殺賈粲，降侯剛為徵虜將軍，奪刺史官。剛還家病死。石子熙為中書舍人，又徵齊州刺史元順還朝，授職侍中。順為任城王澄子，前為黃門侍郎，直言忤叉，因致外遷。此次還都受職，頗邀寵眷。

他本與叉未協，因見叉尚未伏誅，不免懷憂。

一日入朝內殿，由太后賜令旁坐，順拜謝畢，顧視太后右側，坐一中年婦人，乃是太后親妹，即元叉妻房。當下用手指示道：「陛下奈何眷念一妹，不正元叉罪名，使天下不得大伸冤憤！」太后默然不答。叉妻已濟然淚下，順乃趨出。先是咸陽王禧，謀逆見誅，諸子多南奔入梁（咸陽王事見前文）。一子名樹，受梁封為鄴王。樹貽魏公卿書，暴叉罪惡，大略說是：

叉本名夜叉，弟羅實名羅剎，兩鬼食人，非遇黑風，事同飄墮。嗚呼魏境！罹此二災。惡木盜泉，不息不飲，勝名梟稱，不入不為；況昆季此名，表能噬物，暴露久矣，今始信之。

魏公卿得了此書，也即進呈，胡太后因妹乞恩，尚不忍誅叉。至此顧語侍臣道：「劉騰、元叉，前向朕索求鐵券，冀得不死，朕幸未照給。」舍人韓子熙接入道：「事關生殺，不計賜券，況陛下前尚未給，今何故知罪不誅？」太后憮然無言。是謂婦人之仁。

已而有人訐叉陰謀，將與弟瓜招誘六鎮降戶，謀變定州，太后尚遲疑未決。群臣固請誅叉，魏主亦以為然，乃賜叉及弟瓜自盡。叉既伏誅，猶贈叉原官。京兆王繼亦被廢歸家，未幾即死。獨叉妻居家守喪，寂寂寡歡。叉弟羅未曾連坐，有心盜嫂，日夕勾引，竟得上手，即與叉妻結不解緣，情同伉儷。胡氏姊妹淫行相同，這乃不脫夷狄舊俗哩。中國亦未必不爾。

胡太后兩次臨朝，改元孝昌，把前日被幽苦況，撇諸腦後，依然是放縱無度，飽暖思淫。乃父胡國珍有參軍鄭儼，容儀秀美，不亞清河，當即引為中書舍人，與同枕蓆。儼又引入徐紇、李神軌，皆為舍人，輪流侍寢，徹夜交歡。太后愈老愈淫，多多益善，唯心目中最愛鄭儼，儼有時歸家，太后必令內侍隨去，只許儼與妻同言，不准留宿。儼亦無法，只好勉從慈命。淫婦必妒，盍觀胡氏。太后又屢出遊幸，裝束甚麗，侍中元順面諫道：「古禮有言，婦人無夫，自稱未亡人，首去珠玉，衣不文飾。陛下母儀天下，年垂不惑，修飾過甚，如何能儀型後世呢？」太后慚不能答。及還宮後，召順詰責道：「千里相徵，豈欲眾中見辱？」順又抗聲道：「陛下不畏天下恥笑，乃獨恨臣一言，臣亦未解！」卻是個硬頭子。太后駁他不倒，一笑而罷，但心中也未免怨順。城陽王元徽與中書舍人徐紇，窺承意旨，屢加譭毀，太后始尚含容，後竟徙順為太常卿。順拜命時，見徐紇侍側，戟指詬詈道：「此人便是魏國的宰嚭，魏國不亡，此人不死，想也是氣數使然呢！」紇面有愧容，脅肩而去。順復叱語道：「爾係刀筆小才，只應充當書吏，奈何汙辱門下，壞我彝倫！」實不止汙辱門下，順尚言之未盡。紇踉蹌避去，太后佯作不聞，順亦自出。

忽聞豫章王綜自徐州來歸，胡太后喜他投誠，囑令魏主優禮相待。魏主乃召綜入殿，溫言接見，特授職侍中，封丹陽王。綜係梁主衍次子，母為吳淑媛，本係齊東昏侯寵妃，衍入建康，據為己有。七月生綜，宮中多說是東昏遺胎（吳淑媛事見前文）。既而吳氏年暮色衰，漸次失寵。綜已浸長，年約十餘。嘗夢見一肥壯少年，撫摩綜首，綜私自驚訝，密語生母吳淑媛。淑媛問及夢中少年，如何形狀，由綜約略陳述，正與東昏侯相似，便不禁泣下道：「我本齊宮嬪御，為今上所迫，七月生汝，汝怎得比諸皇子？但汝為太子次弟，幸保富貴，切勿洩言。」綜聽了此語，抱母而泣。嗣復將信將疑，暗思人間俗語，用生人血滴死人骨，滲入乃為父子，此次正可仿行，試驗真偽。遂密引心腹數人，微行至東昏侯墓前，私下發掘，剖棺出骨。瀝血試驗，果然滲入。返至家中，有次子才生月餘，竟將他一把掀死。稾葬數日，日夜遣人發取兒骨，再行滴血，滲入如初。遂自信為東昏遺子。每日在靜室中，私祭齊氏祖宗，一面求經略邊境。

梁主始尚未許，會魏元法僧降梁，元略、陳慶之接應法僧，為魏所敗（見前回），乃命綜出督諸軍，鎮守彭城，並攝徐州府事。召法僧入都授職，法僧應召詣建康，魏調臨淮王彧為東道行臺，率兵逼彭城，梁主又恐綜未慣戰，促令引還，出爾反爾，究屬何因？綜竟輸款魏營，夜投彧軍。城中失了主帥，隔宿大潰，魏人陷入彭城，擄去長史江革，及司馬祖暅，令隨綜入洛陽。綜得受魏封，遂為東昏侯舉哀，服斬衰三年，改名為贊（一作纘）。

梁主聞報，大為駭愕，有司奏削綜爵土，撤除屬籍。有詔准議，並廢吳淑媛為庶人，尋且賜死。已而魏遣還江革祖暅，交換元略，梁主乃禮遣略歸。略還魏闕，魏已給復乃父中山王熙官爵，並拜略為侍中，賜爵東平王，遷尚書令，格外寵任。但徐鄭用事，略亦不能有為，只好隨俗浮沉罷了。梁主衍既遣歸元略，召問江革祖暅，問明綜奔魏情形，江革祖暅，據實奏陳。梁主以綜顧本支，頗有孝思，且追憶吳淑媛舊情，又復生悔。蕭衍晚年誤事，便由胸無主宰。乃賜覆綜爵，仍令入籍，並復吳淑媛品秩，予謚曰敬。封綜子直為永新侯，令主吳淑媛喪葬事宜。

還有一件曖昧的事情，說將起來，尤覺可醜可笑。梁主衍有數女，臨安、安吉、長城三公主，並有文才，獨永興公主，頑而且淫，竟與叔父臨川王宏通姦。宏與謀篡逆，約事成後立為皇后（回應四十四回）。梁主嘗為三日齋，與諸公主併入齋室。永興公主使二僮行刺，喬扮女裝，隨入室中。僮閤閾失履，為真閤將軍所疑，密白丁貴嬪。貴嬪欲轉告梁主，因恐梁主未信，特使真閤加防。真閤令輿衛八人，整裝立幕下。及齋座將散，永興公主果上前面陳，請敘機密。梁主屏去左右，令主密談，那二僮竟趨至梁主背後，擬從懷中取刃。輿衛八人，立即突出，擒住二僮。梁主驚墜地上，幸由衛士扶起，坐訊二僮逆跡，二僮初尚抵賴，一經搜檢，取出利刃二柄，且係假充女婢，水落石出，無從諱言，只得供明逆情，說是為宏所使。梁主不欲詳詰，但命將二僮斬訖，用漆車載著公主，攆逐出外。公主也覺無顏，便即暴卒。臨川王宏憂懼成疾，梁主猶七次臨視，未幾告終，尚追贈侍中大將軍揚州牧，並假黃鉞，給羽葆鼓吹一部，增班劍六十人，賜諡曰靖。傲弟逆女，如此不法，尚欲多方掩飾，不忍行誅，甚且特別優待，這真叫做當斷不斷，反受其亂了。

那北魏的禍亂也是日盛一日，不可收拾。莫折天生雖然敗去，敕勒酋長鬍琛，卻自稱高平王，遣部將萬俟醜奴，寇魏涇州。蕭寶夤、崔延伯移師往援，與醜奴會戰安定。醜奴狡猾得很，屢次詐敗，引誘延伯。延伯恃勝輕進，至為醜奴所乘，殺傷至二萬人。寶夤入城自保，延伯再戰再敗，中矢而亡。賊勢益盛，魏廷大震。

時北道都督李崇病歿，廣陽王淵進兵五原，賀拔度拔父子，正襲殺拔陵將衛可孤，西拒鐵勒。度拔戰死，子勝等奔至五原，投入廣陽王淵麾下。淵愛他驍勇，引為親將，適破六韓拔陵，糾眾大至，把五原城四面圍住。勝募健卒二百人，開東門出戰，斬賊百餘人，賊漸引卻。淵乃拔軍赴朔州（即懷朔鎮），參軍於謹，能通諸番言語，招降西鐵勒部酋長乜列河，並結合蠕蠕主阿那瑰，大破拔陵，收降叛眾二十萬。拔陵窮蹙，奔還沃野，阿那瓌出兵進擊，連戰皆捷，擒斬拔陵，獻捷魏廷（拔陵了）。魏主遣中書舍人馮雋，前往宣勞，犒賞從優。阿那瓌送歸馮使，遂自稱頭兵可汗，蟠踞塞外，擁眾稱雄。這且待後再表。

且說沃野告平，魏已去一亂首，只有莫折念生、胡琛兩路，尚未撲滅，不能不分頭征剿，靜俟澄清。哪知二寇未殲，復又生出二寇，遂致亂禍益熾，勢等燎原。看官聽說！一路是柔玄鎮亂民社洛周，起反上谷，改元真王；一路是五原降戶鮮於修禮，起反定州，改元魯興。警報與雪片相似，傳達魏廷，魏命幽州刺史常景，為行臺徵虜將軍，與幽州都督元譚，往討洛周。揚州刺史長孫稚，為驃騎將軍，都督北討軍事，與都督河間王琛，往討鮮於修禮。兩兩寫來，有條不紊。彼此戰爭數月，元譚軍潰，用別將李琚相代，琚復戰死，更換了一個于榮。榮頗善戰，軍務始有起色。河間王琛與長孫稚未協，稚兵至滹沱河，被修禮伏兵邀擊，傷亡甚多。琛觀望不救，稚大敗南奔，兩人互相奏訐，俱坐罪除名。改用廣陽王淵為大都督，以章武王元融，及將軍裴衍為副，出擊修禮。淵為太武帝曾孫，與城陽王元徽，係是從祖兄弟。徽妻于氏，與淵相姦，徽不能防閒于氏，唯恨淵甚深。淵既出征，徽上白鬍太后，謂淵心不可測，恐有異圖。胡太后乃密敕章武王融，令他潛加防備，融卻持密敕示淵。淵乃上表訐徽，論徽過惡，說他讒害功臣，並及己身，請調徽出外，然後得免牽掣，方可效死擊賊。胡太后擱置不理。徽時為尚書令，與鄭儼等朋比為奸，外似柔謹，內實忌克，賞罰任情，魏政益亂。淵聞朝廷不用己言，越加疑懼，事無大小，不敢自決，因此沿途逗撓。會賊將元洪業，殺斃鮮於修禮，向淵請降（鮮於修禮了）。淵正擬遣將招撫，偏修禮部下葛榮，替主復仇，刺死洪業，自為賊帥。旋且僭稱皇帝，立國號齊，居然下詔改元，稱為廣安元年，率眾趨瀛州。魏廷促淵進討，淵遣章武王融，前往擊榮，兵敗戰死。淵外畏賊勢，內慮讒言，越弄得進退徬徨，自悲歧路。你要姦通人妻，應該受此折磨。城陽王徽，樂得下阱投石，囑令侍中元晏，劾淵盤桓不進，坐圖不軌。參軍于謹，實主淵謀，胡太后因詔牓省門，懸賞緝謹。謹既有所聞，乘使語淵道：「今女主臨朝，信用讒佞，殿下跡被嫌疑。若無人代為表明，恐遭奇禍！謹願束身歸罪，寧可誣謹，不可誣殿下！」淵乃與謹泣別，謹星夜入都，自投牓下。有司以聞，胡太后立即召入，厲聲責謹。謹從容奏對，為淵辯誣，且備陳按兵情由，說得胡太后亦為動容，不由的怒氣潛消，釋謹不問。

徽計不得逞，又致書定州刺史楊津，囑使圖淵。淵因葛榮勢盛，退保定州，津遣都督毛謚等，夜襲淵舍，淵只率左右數人，倉皇走脫。行至博陵郡界，正值葛榮遊騎，把他截住，劫往見榮。賊黨欲奉淵為主，榮已自稱天子，勢不兩立，便將淵殺死了事。城陽王徽，即誣淵降賊，拘淵妻孥。莫非欲汙辱淵妻麼？還是廣陽府佐宋遊道，替淵訴理，具報淵遇害實情，乃赦淵家屬，不復論罪。即授楊津為北道都督，使拒葛榮。並因朔方擾亂，特授博陵郡公爾朱榮為安北將軍，都督恆、朔二州軍事。榮過肆州，刺史尉慶賓閉城不納，惹動榮怒，引眾登城，執慶賓還秀容，擅署從叔羽生為刺史。嗣是兵威漸盛，魏不能制。小子有詩嘆道：

一麾出督便稱雄，梟桀何曾肯效忠？
試看肆州輕易吏，咆哮已自藐皇風。

賀拔勝兄弟，也投奔爾朱榮。榮得勝大喜，署為軍將。欲知後事如何，待至下回再敘。

元叉可誅，而牝后不宜再出，胡氏之重複臨朝，魏之亂亡也必矣。高陽王雍等，卑鄙無能，原不足道，元順剛直敢言，何不力請胡后，歸政魏主，乃徒諫畢飾，斥倖臣，不揣其本而齊其末，詎得謂之社稷臣乎？元略奔梁，蕭綜奔魏，當時南北二朝，喜納亡人，幾成習慣，略之逃亡也有名，綜之叛亡也亦未始無名，但為梁主計，則綜實亂賊，似難曲恕。彼既削綜籍，旋即賜覆，朝令暮改，憧憧往來，無非由內省多疚耳！淫弟逆女猶可恕，於綜果何尤耶？魏既召還元略，賜爵東平，而略仍不能匡救時艱，猶之一高陽王雍也。盜賊於外，嬖倖蟠於內，庸臣旅進旅退，毫無干濟。廣陽王淵，雖遭讒罹禍，飲刃賊巢，然常則思淫，變則思避，天下有如是之取巧乎？甚致死也，誰曰不宜！

第四十七回

蕭寶夤稱尊叛命　爾朱榮抗表興師

卻說爾朱榮在肆州，得了賀拔勝兄弟，不禁大喜，撫勝背道：「卿兄弟肯來從我，天下便容易平靖了。」遂署為軍將，行止進退，隨時與議。勝等亦樂為效力。看官閱榮詞色，已可知他拔扈飛揚，名為魏廷御亂，實是後來一大厲階。那魏廷正亂勢紛紛，只憂兵將不足，想靠榮做北方長城，眼前事且不暇顧，怎能顧到日後呢！

古人有言：外寧必有內憂，這魏國是內憂交迫，外亦未寧，正是內外搖動的時候，梁豫州刺史夏侯亶，趁著淮水盛漲，攻魏壽陽。魏揚州刺史李憲，待援不至，只好舉城降梁。亶令將軍陳慶之入城安民，收降男女七萬五千人，複稱壽陽為豫州，改合肥為南豫州，二州俱歸亶管轄。嗣復由梁將湛僧智，及司州刺史夏侯夔，會師武陽關，圍魏廣陵。魏嘗稱廣陵為東豫州，刺史元慶和，保守不住，外城被陷。魏將陳顯伯，率兵赴援，又為僧智所破。慶和無法可施，不得已投降梁軍，顯伯夜遁。梁軍追擊至十里外，斬獲萬計。僧智受命鎮廣陵，夏侯夔鎮安陽。

已而梁主復遣將軍陳慶之，與領軍曹仲宗等，攻魏渦陽，尋陽太守韋放，亦引軍往會。途次與魏將元昭等相遇，不及列營，部下皆有懼色。元昭麾下，步騎共五萬人，分隊夾進，聲勢銳甚。放系睿子，夙受家傳，至此仍不慌不忙，免冑下馬，自坐胡床，誓眾迎戰。於是士卒皆奮，踴躍直前，一當十，十當百，竟得殺退魏兵。不略韋放，仍為韋睿生色。乃徐徐收軍，趨晤慶之。慶之不肯落後，也率麾下二百騎，馳往奮擊，斫死魏兵前隊百餘人，因勒騎還營，與諸軍並進。元昭分設十三壘，抵禦梁軍，兩下相持，互有殺傷。差不多過了一年，仲宗因欲班師，慶之獨杖節軍門，誓死不退，遂簡選銳卒，銜枚夜出，直搗魏營，魏人積勞致倦，倉猝不能抵敵，潰去四壘。慶之俘馘多名，陳列渦陽城下，指示守將王緯，緯乃乞降。魏兵尚有九壘，又由慶之移示俘馘，鼓譟進攻，嚇得魏兵四散奔逃。

元昭亦顧命要緊，棄壘遁去。慶之上前追躡，殺斃無數，渦陽為屍血所積，幾乎膠淺不流。自宋季被魏南侵，淮北為魏所據，齊末又由魏兵渡淮，陷入淮南，至此梁乘魏亂，攻克兩淮城鎮。

魏人失地頗多，無力與爭，已是懊悵得很(敘入南北交涉，是按時銷納文字)。再加那北方亂事，日急一日，真個是寇氛遍地，烽火連天。杜洛周寇掠薊南，轉趨范陽，屢為行臺常景所破。景所恃唯一於榮，榮忽病歿，景遂失勢。幽州民甘心從亂，竟開門迎納洛周，景被擄去，幽州當然陷沒了。葛榮守瀛州南趨，進逼殷州。殷州由定、相二州分出，領有四郡，刺史崔楷，甫經到任，城內無備，由楷召集兵民，諭以忠義，與賊黨徒手相搏。連戰半旬，終因力竭城崩，被賊殺入，楷不屈遇害。榮復轉圍冀州，刺史元孚，督厲將士，晝夜拒守，自春及冬，糧儲告罄，外無救兵，尚且據城死戰。及城已被陷，孚與兄淯俱為所擒，兄弟各自引咎，願為國死。都督潘紹等，亦向榮叩請，願代死以活使君，榮嘆為忠臣義士，統皆赦免。強盜發善心。連敘崔楷元孚，意在教忠。

但殷、冀二州，俱為賊有，還有西道行臺大都督蕭寶夤，出兵累年，糜餉添兵，不知凡幾，始終沒有成效(特提蕭寶夤，為本回前半截主腦)。莫折念生，與胡琛不和，兩賊自相攻殺。念生屢挫，乃輸款寶夤。寶夤使行臺左丞崔士和，往收秦州。不意念生復反，擒殺士和，秦州再陷。寶夤出師涇陽，親討念生，一場交戰；全軍敗績，退屯逍遙園東。汧城岐州，相繼降賊，豳州刺史畢祖暉，又復戰沒。西道都督北海王元顥，亦被殺敗，關中大擾。雍州刺史楊椿，急忙募兵拒守，得士卒七千餘人，登陴力御，才獲保全。魏加椿為侍中，領行臺統帥，節制關西諸將。念生遣弟天生，大舉攻雍州，蕭寶夤令部將羊侃，往助楊椿。侃隱身塹中，伺天生近城，一箭射去，應弦而斃。椿乘勢殺出，賊眾大潰，斬首數千級，雍州解嚴。念生方進據潼關，聞天生已死，乃棄關西去。

魏主因寶夤敗退，褫奪官爵，免為庶人。一面下詔西征，整備兵馬。既得潼關捷音，復說將北討葛榮。詔書中很是誇張，彷彿有鑾蹕親臨，滅此朝食的氣象，其實統是紙上談兵，唯日在銷金帳中，與潘嬪等練習肉戰，有什麼行軍思想。那胡太后亦縱情行樂，宮闈裡面，通宵狎褻，笑語時聞，任他警報頻來，且管目前肉慾，毫不加憂。死在目前，樂得縱歡。一切軍事，都委城陽王徽及二三嬖臣，隨便處置。

可奈賊勢未靖，宿將漸凋，雍州行臺楊椿，又覆上書報病，請人相代。魏廷無將可遣，只得復任蕭寶夤，都督淮涇等四州軍事，兼領雍州刺史。椿交卸還鄉，因子昱將適洛陽，特囑昱轉奏兩宮，謂寶夤非不勝任，但恐有異志，須慎選心膂為輔，方可戢彼野心。昱奉命至洛，面啟魏主母子，兩宮已是晨昏顛倒，神志迷離，哪裡肯如言施行。

會聞葛榮進圍信都，乃命金紫光祿大夫源子邕，為北討大都督，率兵赴援。子邕方發，又接相州急報，刺史樂安王元鑑（文成帝孫），據鄴叛魏，通款葛榮。因再命舍人李神軌，出會子邕，並召同將軍裴衍，先討鄴城。才算一舉得手，入鄴誅鑑，傳首洛陽。神軌還都，詔除子邕為冀州刺史，使討葛榮。裴衍亦表請同行，奉敕允議。子邕獨上書自陳，謂兩人不宜同往，衍行臣請留，臣行請留衍，若逼使同行，必致敗衄。有詔不許，子邕不得已偕衍北進。行至漳水，突遇賊十萬眾，蜂擁前來。兩將本不同心，號令不一，猝遭大敵，兵士駭散，子邕及衍，相繼陣亡。葛榮盡銳攻相州，還虧刺史李神，悉眾固守，協力致死，才得不陷。可見用兵之道，全恃一心。偏雍州行臺蕭寶夤，竟殺死關右大使酈道元，居然造起反來。果如楊椿所料。

寶夤西討莫折念生，前次敗績遭譴，已不自安，後來雖得起復，終懷疑懼。莫折念生返至秦州，由州民杜粲糾眾發難，擊死念生，粲自掌州事。南秦州城民辛琛，亦自行州事，各遣使至蕭寶夤處乞降（莫折念生亦了）。寶夤表聞魏廷，魏主盡復寶夤舊封，仍爵齊王兼尚書令。

中尉酈道元，素號嚴猛，不避權戚。司州牧汝南王元悅，寵信小吏邱念，弄權不法。道元收念付獄，擬處重刑。悅亟白鬍太后，請赦念罪。太后敕令赦念，偏道元不待赦至，先已殺念，復劾悅縱奸枉法諸罪狀，太后不理。悅深恨道元，想出一法，請調道元為關右大使。關右為蕭寶夤勢力範圍，遣使鎮壓，明明是悅的詭計，使他激怒寶夤，好借刀殺死道元。魏廷哪裡知曉，即派道元西行。果然寶夤聞知，由疑生畏，由畏生忿，特商諸僚佐柳楷。楷答道：「大王為齊明帝子，天下屬望，何必定居人下！況近有謠言：鸞生十子，九子毈（音斷，卵壞也），一子不毈，關中亂。亂訓為治，大王當治關中，已無疑義。」寶夤乃決計叛魏，密遣部將郭子恢，潛伏陰盤驛，俟道元過境時，突出攔阻。把他刺死。佯言為賊所害，命人收殯，詭詞奏聞。魏責寶夤捕凶正法，寶夤當然不理，即欲稱帝關中。

行臺郎中蘇湛，人品端方，素為寶夤所重，時正抱病在家。寶夤使他姨弟姜儉與商，湛不待說畢，便放聲大哭。奇哉！儉驚問何因？湛且泣且語道：「我家百口，今將屠滅，怎得不哭！」又哭至數十聲，乃徐語儉道：「為我白齊王！王本似窮鳥投人，賴朝廷假王羽翼，榮寵至此，奈何無端背德！且魏德雖衰，天命未改，齊王恩信，未洽民情，乃欲率羸憜兵卒，守關問鼎，怎能有成？湛不能舉家同盡，願乞骸骨歸還鄉里，使得病死，下見先人。」儉返報寶夤，寶夤知湛不為己用，聽令還里。

長史毛遐，與弟鴻賓，奔往馬祇柵，召集氐羌，抗拒寶夤。寶夤遣將軍盧祖遷擊遐，一面自稱齊帝，改元隆緒，置百官都督，公然被服袞冕，出祀南郊，行即位禮。偽官呼嵩未畢，忽有敗報傳來，祖遷敗死，禁不住神色倉皇，匆匆入城。別派部將侯終德，往擊毛遐兄弟，並派重兵據守潼關。

正平民薛鳳賢、薛修義等，亦聚眾河東，分據鹽池，圍攻蒲坂，東西連結，響應寶夤。魏命尚書僕射長孫稚，為行臺統帥，往討寶夤，遣都督宗正珍孫，往討二薛。

長孫稚馳至恆農，聞寶夤圍攻馮翊，尚未陷入，乃與將佐會議所向。行臺左丞楊侃獻計道：「賊據潼關，守禦已固，未易攻入，不如北取蒲坂，渡河西行，直搗心腹。賊回顧巢穴，馮翊必當解圍，就是潼關守兵，亦必卻顧而走，支節既解，長安自可坐取了。若以為愚計可行，願效前驅！」長孫稚皺眉道：「汝計甚善，但薛修義方圍河東，薛鳳賢復據安邑，近聞宗正珍孫，軍至虞坂，不能前進，我軍如何可往？」侃微笑道：「珍孫一行陣匹夫，怎知行軍？二薛黨羽，統是烏合，只能欺嚇珍孫，不能欺嚇別人。」虜在目中。稚乃使長男子彥，隨著楊侃，帶領騎兵，自恆農北渡，進據石錐壁。侃揚言道：「我軍今且停此，暫待步軍。為念沿途村民，無知受脅，情實可憐，今先告父老百姓，速送降名，各自還村，俟我軍舉起三烽，也當舉烽相應，我軍誓不相犯；若無人應烽，定係賊黨，當進屠村落，奪取子女玉帛，犒賞我軍。」誑賊足矣。村民聞了此言，轉相告語，多遞降名。一俟官軍舉烽，無論已降未降，皆舉烽相應，火光徹數百里。薛修義等圍住河東，遙見烽火齊紅，不覺大駭，當即遁還，與鳳賢同約來降。潼關守兵，果然返顧，相率卻走，侃即飛報長孫稚。稚見潼關空虛，已率全軍入關，進至河東，與侃相會。侃更長驅直進，寶夤遣將郭子恢截擊，連戰皆敗。那往擊毛遐的侯終德，竟與遐等聯繫，還襲寶夤。

寶夤連忙出敵，軍無鬥志，未戰先逃，慌得寶夤驅馬奔回，挈領妻孥，自後門出奔，徑投萬俟醜奴，醜奴為胡琛部將，琛被拔陵餘黨費律，誘至高平，將他殺死（胡琛了。）餘眾並歸醜奴，再據高平，翦滅拔陵餘黨。既得寶夤投奔，引為謀主，授官太傅，自稱天子，僭置官屬。適波斯國獻獅至魏，被醜奴截留，作為符瑞，自稱神獸元年。奴可為帝，獸足表年，擾亂時代，應該有此奇聞呢！語極冷雋。

且說魏主詡年已寖長，知識日開，胡太后帷薄不修，時懷疑忌。通直散騎常侍谷士恢，得邀上寵，日在魏主左右，胡太后恐他傳聞穢事，誣以他罪，勒令自盡。尚有密多道人，能作胡語，亦嘗出入殿廷，為魏主所親信。太后又使人伺他蹤跡，刺死城南，佯為懸賞購賊。此外如魏主寵臣，多被太后遷黜。魏主當然恚恨，遂致母子生嫌。

是時葛榮、杜洛周，互相吞噬，洛周被葛榮擊死（杜洛周了），餘黨降榮。榮凶焰益盛，南趨鄴城。安北將軍爾朱榮，因葛榮南逼，表請自發騎兵，東援相州，並不見報。唯納女入宮，得冊為嬪。魏主詡所愛唯此。進封爾朱榮為驃騎將軍，都督並、肆、汾、廣、恆、雲六州軍事，尋復進位右光祿大夫，開府儀同三司。懷朔鎮函使高歡，初與段榮、尉景、蔡雋先等，投入杜洛周，嗣見洛周不能成事，轉奔葛榮，旋覆亡歸爾朱榮。榮見歡形容顦顇，不以為奇，但安置帳下，作為隨卒。會歡從榮入馬廄，廄有悍馬，專喜踶齧，榮命歡修翦馬鬣。歡不加羈絆，執刀徐翦，馬竟不動。翦畢，語榮道：「御惡人也如是呢！」榮暗暗點首，即引歡入室，屏去左右，訪問時事。歡抵掌道：「今天子闇弱，太后淫亂，嬖孽擅命，朝政不行，如公雄才大略，乘時奮發，入討鄭儼、徐紇等，廓清君側，霸業可一舉即成了。」榮大喜道：「得卿言，似夢初醒哩。」遂復與歡促膝密談，自日中至夜半，歡才趨出。嗣後遇有軍事，必與歡謀。

并州刺史元天穆，係元魏宗室，與爾朱榮很是投契，榮復與他密謀入洛，天穆亦甚贊成。帳下都督賀拔嶽，又從旁慫恿，榮遂部署兵馬，聚集義勇，北捍馬邑，東塞井陘，將南向入都。適接到魏主密敕，召榮入除徐、鄭，榮愈覺有名，即日出師，用高歡為前鋒，浩浩蕩蕩，向南出發(此是高歡發軔之始)。

行次上黨，忽又有密敕頒到，止榮入都。榮不禁躊躇，歡又語榮道：「明公今日，騎虎難下，有進無退，何必多疑！」榮乃復擬進行。越日由都中發出哀詔，說是魏主暴崩，立嗣子為皇帝。又越數日，傳到太后詔令，謂嗣子非男，實係皇女，今決立臨洪王世子釗，入纂正統，大赦天下。這種迷離恍惚的詔書，頓時觸怒爾朱榮，當即抗表道：

伏承大行皇帝，背棄萬方，奉諱號踴，五內摧剝。仰承詔旨，實用驚惋。今海內草草，異口一言，昔云大行皇帝鴆毒致禍，臣等外聽訟言，內自追測，去月二十五日，聖體康怡，隔宿即奄忽升遐，即事觀望，實有所惑。且天子寢疾，侍臣不離左右，親貴名醫，瞻仰患狀，面奉音旨，親承顧託，豈容不豫初，不召醫，崩棄曾無親奉，欲使天下不為怪愕，四海不為喪氣，豈可得乎？是以皇女為儲兩，虛行慶宥，上欺天地，下惑朝野，已乃選君於孩提之中，使奸豎專朝，賊臣亂紀，唯欲指影以行權，假形而弄詔，此何異掩眼捕雀，塞耳盜鐘！今秦隴塵飛，趙魏霧合，醜奴勢逼幽雍，葛榮憑陵河海，楚兵吳卒，密邇在郊，古人有言：邦之不臧，鄰之福也。一旦聞此，誰不闚？竊唯大行皇帝，聖德馭宇，斷體正君，猶邊烽迭舉，妖寇不滅。況今從佞臣之計，隨親戚之談，舉潘嬪之女以誑百姓，奉未言之兒而臨四海，欲使海內安爰，實所未聞！伏願留聖善之慈，回須臾之慮，鑑臣忠誠，錄臣至款，聽臣赴闕，參預大議，問侍臣帝崩之由，訪禁衛不知之狀，以徐、鄭之徒，付之司敗，雪同天之恥，謝遠近之怨，然後更召宗親，推其年號，聲副遐邇，改承寶祚，則四海更蘇，百姓幸甚！

看官聽說！這魏主詡年才十九，素無疾病，如何忽然暴崩？原來鄭儼、徐紇，因爾朱榮引兵南向，情甚惶急，陰與胡太后商議，謀鴆魏主。太后已與魏主有嫌，樂得依從，遂將魏主鴆死，立偽皇子為帝。先是潘嬪生女，託稱皇子，慶赦並行，改元武泰。及魏主被鴆，權立皇女，後且據實宣告，改立臨洮王世子釗。從前京兆王愉，叛命削籍（見四十二回），胡太后卻追愉為臨洪王，令子寶月襲爵（魏書明帝紀作寶暉），釗即寶月子，年甫三歲，太后利他年幼，因即迎立。偏爾朱榮出來反對，抗表上聞。胡太后接覽榮表，很是驚心，亟擬故主諡尊諡，稱為孝明皇帝，廟號肅宗，喪葬禮儀，概從隆備。一面遣榮從弟世隆，賫敕慰榮，勸令還鎮。小子有詩嘆道：

淫牝怎得屢司晨，況復戕君滅大倫！
當日爾朱猶假義，出師還算魏忠臣。

究竟爾朱榮曾否依敕，且至下回再詳。

蕭寶夤事魏已久，封王爵，拜尚書令，魏之待寶夤也，不為不優。即一再免官，亦由寶夤之喪師致罪，非魏之過事苛求也。況旋黜旋用，寵眷不衰，彼乃妄思稱尊，構兵叛魏，其視杜洛周、葛榮、萬俟醜奴輩，固不可同日語矣。杜葛等未受魏恩，揭竿為亂，史筆不得謂之非賊，況寶夤乎！本回歷敘戰事，獨提寶夤為主腦，誅其心也。胡太后以母害子，綱目直書曰弒。君主時代，尊無二上，不得以太后恕之；況其為淫亂不法，毫無母德耶！爾朱榮抗表問罪，義正詞嚴，假使他日入洛，清宮掖，肅紀綱，則功績豈出伊霍下？故以事蹟論，則爾朱興師之日，尚非肆逆之時。應貶則貶，應褒則褒，論史者固具有苦心乎！

第四十八回

喪君有君強臣謝罪　因敵攻敵叛王入都

卻說爾朱世隆，齎著魏廷詔敕，行至晉陽，適與爾朱榮相遇。兄弟敘談，當然有一番情話。榮覽敕後，語世隆道：「這事我不便依從，弟亦無須回朝。」世隆道：「朝廷疑兄，故遣世隆到此，今留世隆，反使朝廷得以預防，亦屬非計。」榮乃遣還世隆，自與元天穆商議，謂彭城王勰夙有忠勳，名傳身後，第三子子攸，近封長樂王，亦有令望，不如將他擁立，較孚眾望云云。天穆亦以為然，榮因令從子天光等，往見長樂王子攸，具述榮意。子攸便即允議。皇帝是人人喜做的。天光等返至晉陽，向榮報命，榮又不免疑惑起來。從前魏國立後，必範銅為像，像成方得冊立，否則目為不祥，應即罷議。榮援例卜吉，也將顯祖獻文帝（即魏主弘）子孫，一一鑄像，多半未就，唯長樂正獨成，乃即起兵發晉陽。

世隆還都後，模糊復旨，及聞榮南下，潛逃出都，徑投榮軍。胡太后得了軍報，很覺徬徨，悉召王公大臣等入議。大眾都不直太后，莫肯發言。獨徐紇出對道：「爾朱榮乃是小胡，擅敢稱兵向闕！據現在文武宿衛，出外控制，已是有餘。今但分守險要，以逸待勞，臣料彼千里遠來，士馬疲敝，不出數月，包管能剿滅呢。」不容你算奈何？胡太后乃授黃門侍郎李神軌為大都督，率眾拒榮。另遣他將鄭先護、鄭季明等往守河橋，武衛將軍費穆屯小平津。

榮行至河內，遣使至洛，密迎子攸。子攸即與兄彭城王劭，弟霸城公子正，潛自高清渡河，至河陽會榮。將士見子攸到來，爭呼萬歲，子攸即引著榮軍，復濟河南行，在途稱帝，築壇受朝。也未免太急。進兄劭為無上王，子正為始平王，爾朱榮為侍中，都督中外諸軍事，兼尚書令領軍將軍，封太原王。當即傳詔遠近，諭令效順。

鄭先護素善子攸，與鄭季明開城相迎，費穆亦奉表通誠。李神軌狼狽夜遁。徐紇聞報，料知大勢已去，也不暇顧及胡太后，竟揑稱詔敕，夜開殿門，取御廄中良馬十匹，挈領眷屬，東奔兗州。鄭儼也照樣施行，逃回鄉里。統是薄倖郎。胡太后失去二嬖，好似沒有手足一般，急得不知所措。躊躇多時，想出一著無聊的方法，盡召肅宗后妃，迫令出家，自己亦執著銀剪，把頭上的玲瓏寶髻，一刀除去。煩惱青絲，已剪得太遲了。她以為做了道姑，總可免罪，省得爾朱氏追究。哪知爾朱榮不肯放鬆，一面召百官出迎新主，一面派騎士入宮，擄了太后及幼主，同至河陰。百官奉召，急急的奉了璽綬，備著法駕，至河橋恭迎新主子攸。胡太后見了爾朱榮，尚帶泣帶語，自言為嬖倖所誤，請榮鑑原。幼主釗一味啼哭，曉得什麼好歹，惹得榮拂衣起座，顧令左右，立把太后幼主驅出，沉入河中。河伯如欲娶婦，倒還可以將就。

費穆入見爾朱榮，附耳密語道：「公士馬不出萬人，今長驅向洛，兵不血刃，成功太速，威力無聞。京中文武官吏，不下數百，兵民更不可勝計，若知公虛實，必致輕視。今日非大行誅罰，更植親黨，恐公他日北還，未逾太行山，內變便要發作了。」導人好殺，怎得令終！榮一再點首，轉告親將慕容紹宗，紹宗道：「胡太后荒淫失道，嬖倖弄權，淆亂四海，所以公得興兵問罪，入清宮廷，今無故殲戮多士，不分忠佞，恐天下失望，反與公有不利，請公三思！」

榮不肯從，佯請新主子攸，就陶渚引見百官，只說是即日祭天。俟百官趨集，卻下了一聲軍令，縱騎兜圍，把百官困住垓心，然後申辭指斥。說是國家喪亂，肅宗暴崩，統由朝臣貪虐，未能匡弼，應該聲罪行誅，不使稽戮云云。這語一傳，王公大臣等，才知為榮所賺，各嚇得魂馳魄散，面色倉皇。那爾朱榮確是厲害，即遣騎士入圍捕戮，拿一個，殺一個，也不問有罪無罪，一古腦兒割下首級，自丞相高陽王雍，司空巨平公欽，儀同三司東平王略，以及廣平王悌，常山王邵，北平王超，任城王彝，趙郡王敏，中山王叔仁，齊郡王溫等，凡元氏宗室，在朝任職，悉數畢命。就是直聲卓著的元順，時已為左僕射，亦為所殺。不忘遺直。公卿以下，遇害至二千人，尚有朝士百餘，遲到數刻，亦被胡騎圍住。榮又下令道：「有人能作禪位文，便即免死！」言未畢，即有侍御史趙元則，應聲如響。是一個好差使，哪得不上前速應？當下釋出元則，令他草詔，餘多戮斃。榮復謂元氏當滅，爾朱氏當興，囑軍士同聲附和，共稱萬歲。乃遣將弁數十人，持刀入行宮，剁斃彭城王劭，始平王子正，迫子攸徙居河橋，錮置幕下。比董卓、朱溫還要凶狠。

子攸憂憤交併，使人向榮達意道：「帝王迭興，盛衰無常。今四方瓦解，將軍投袂起師，所向無前，這是天意，原非人力所能致此！我生不辰，遭際衰亂，本不敢妄覬天位，只因將軍見逼，勉強承統。若天命已歸將軍，不妨早正位號。就使推讓不居，存魏社稷，亦當更擇親賢，善為輔弼。我但求保全生命，不必多疑！」榮聽了此言，再與將佐熟商。都督高歡，勸榮即日稱帝。獨將軍賀拔嶽進言道：「將軍首建義兵，志除奸逆，大勳未立，遽有此謀，恐未必邀福，反足速禍呢！」榮忐忑不定，自鑄銅為像，四次不成。又令功曹參軍劉靈助，卜筮吉凶，靈助亦言未吉。榮沉吟良久，方語靈助道：「我若不吉，天穆何如？」靈助道：「天穆亦不應推立，只有長樂王方應吉徵。」榮素信靈助言，不由的慚懼起來，自傍晚至夜半，不食不寢。但在室中繞行，且自言自語道：「爾朱爾朱，為何這般弄錯？只好一死塞責，報謝朝廷！」賀拔嶽乘間入言，請殺高歡謝天下。榮亦被他激動，意欲殺歡，經左右代歡解免，方才罷議。

時已四更，榮匹馬出營，直詣河陽幕下，拜謁子攸，叩頭請死。何前倨而後恭。子攸不得已慰勉數語，扶令起身，榮即自為前導，引子攸入宿營中。詰旦即擬奉主入都，部眾以濫殺朝士，積成怨憤，將來必有報復情事，不如遷都北方，可避後患。榮至此又不免起疑。好聽人言，怎能有成？武衛將軍訊禮，從旁力諫，乃將遷都計議，仍復打消。於是安排儀仗，簇擁嗣主子攸，輿駕入洛陽城，下詔大赦，改元建義。

京中官吏，已十死八九，剩了幾個散員末秩，也是逃避一空，不敢出頭。宿衛空虛，官守廢曠，只有散騎常侍山偉，詣闕謝赦，叩首山呼。爾朱榮瞧這形狀，也覺淒寂得很，便上書陳請道：

臣世荷藩寄，征討累年，奉忠王室，志存效死。直以太后淫亂，孝明暴崩，遂率義兵，扶立社稷。陛下登祚之始，人情未安，大兵交際，難可齊一。諸王朝貴，橫死者眾，臣今粉軀，不足塞往責以謝亡者。然追榮褒德，謂之不朽，乞降天慈，微申私責：無上王請追尊帝號，諸王刺史，乞贈三司，其位班三品，請贈令僕，五品之官，各贈方伯，六品以下，贈以鎮郡。諸死者無後聽繼，即授封爵，均其高下，節級別科，使恩洽存亡，有慰生死，或尚足少贖臣愆，謹拜表以聞！

魏主子攸當然允議，先尊皇考彭城王勰為文穆皇帝，皇妣李氏為文穆皇后，遷神主至太廟，號為肅祖。然後尊皇兄劭為孝宣皇帝，皇嫂李氏為文恭皇后；從子韶竄匿民家，遣人訪獲，令還朝襲封彭城王。他如皇伯父高陽王雍，皇弟始平王子正等，悉予尊謚。其餘死難諸臣，亦如榮言賜卹。榮又請遣使勞問舊臣，文官加二階，武官加三階，百姓復租役三年，都下吏民，始得少安。舊臣亦相繼赴闕，多仍原職。榮部下諸將士，因從龍有功，普加五階。

諸將士尚防有後患，勸榮請魏主徙都，榮復為所動，入白魏主子攸，主張北遷，都官尚書元諶，獨出來反對，與榮力爭。榮怒叱道：「遷都事與君無關，何必爭執？且河陰一役，君曾聞知否？」諶亦抗聲道：「天下事當與天下公論，奈何舉河陰毒虐，來嚇元諶！諶係國家宗室，位居常伯，生既無益，死亦何損，就使今日碎首流腸，也不足畏呢！」元氏猶有此人，好算難得。這一席話，惹得榮氣衝牛斗，即欲加諶死罪。爾朱世隆在旁力勸，諶得不死。盈廷無不震慴，諶仍神色不變，徐徐引退。

過了數日，魏主子攸偕榮登高，俯視宮闕壯麗，列樹成行。榮嘆息道：「前日愚昧，有北遷意，今見皇居壯盛，方信元尚書言，確有至理，無怪他抵死不從呢。」魏主亦好言撫諭，榮乃絕口不談遷都。唯鄭儼、徐紇、李神軌三人，在逃未獲，檄令地方有司，搜捕治罪。儼遁歸鄉里，與從兄滎陽太守仲明，謀據郡起兵，為部下所殺。紇奔至泰山郡，投依太守羊侃，嗣聞朝廷嚴捕，乃與侃南奔降梁。神軌不知下落，想已是竄死了。汝南王悅，臨淮王彧，北海王顥，前已避難南奔，彧因魏主定位，訪求宗室，乃上書梁廷，乞求放歸。梁主頗惜彧才，但不便強留，准令北還。魏主授彧尚書令，兼大司馬，彧遇事敢言，頗有直聲。

已而魏主欲冊立皇后，爾朱榮囑使朝臣，擬將前時納充嬪御的孀女，改配魏主，好乘時正位中宮。看官，試想榮女曾為肅宗嬪，肅宗詡係子攸從姪，名分攸關，怎得將姪婦充做御妻？子攸不便依榮，又未敢違榮，當然是懷疑未決。黃門侍郎祖瑩進議道：「從前春秋時候，晉文在秦，懷嬴入侍，事貴從權。幸陛下勿疑！」卻是一條正比例，但懷嬴止為晉文妾，榮女卻為子攸后，是尚不能強同。子攸不得已如祖瑩言。小子上文曾敘及肅宗后妃，被胡太后迫令出家，及爾朱榮入都，榮女正在瑤光寺，由榮迎回。此時祖瑩為榮申請，既得魏主允准，趕即報榮。榮不禁大喜，即令孀女釋服改裝，打扮得與娥姮相似，乘輿入宮。魏主子攸，見她炫服華容，倒也可愛，樂得將錯便錯，同赴高唐。一連三宿，訂定立后禮儀，御殿受冊。這位爾朱嬪豐神綽約，環壚雍容，居然被服珮衣，統掌六宮事宜，好做那北朝國母了。魏加爾朱榮為北道大行臺，巡方黜陟，先行後聞。

榮乃欲還鎮晉陽，入闕白主，申謝河橋罪過，誓言後無貳心。魏主起座扶榮，也與他握手設誓，彼此不貳。榮很是喜慰，求酒暢飲，喝得酩酊大醉，由魏主召令左右，掖入床輿。聽他鼾聲大作，不由的記憶前恨，惹起殺心。當下取刀在手，擬即殺榮，左右慌忙諫阻，各說是投鼠忌器，萬不可行。乃命將床輿舁入中常侍省，榮尚一睡未醒，直至夜半，方才驚寤。漸聞魏主有下刃意，心不自安，遂辭行北去。特薦元天穆為侍中，錄尚書事，領京畿大都督，兼領軍將軍。行臺郎中桑乾、朱瑞為黃門侍郎，兼中書舍人，內外勾通，腹心密布，仍然與在朝無異，不肯放寬一著。魏主亦只好得過且過，付諸緩圖。

會葛榮引兵圍鄴，眾號百萬，魏主將親往討，命大都督上黨王元天穆，總眾八萬為前軍，大將軍太原王爾朱榮，帶甲十萬為左軍，司徒楊椿，勒兵十萬為右軍，司空穆紹，統卒八萬為後軍。榮奉到詔敕，亟自率精騎七千名，倍道兼行，用侯景為前驅，東出滏口。葛榮橫行河朔，所過殘破，聞爾朱榮孤軍前來，侈然語眾道：「區區一軍，怎能敵我！爾等可各辦長繩，來一個，縛一個，不得有誤！」如此驕盈，不敗何待？便令列陣數十里，西向待著。

爾朱榮潛軍山谷，分騎士為數隊，每隊約數百騎，揚塵鼓譟，使賊眾不辨虛實，自率健騎繞出葛榮陣後，預約夾攻。葛榮只管前面，不管後面，但聽得譁聲大至，急忙備禦。等了許久，並無來軍，正擬解甲休息，又覺得喊聲四起，塵頭滾滾。好多時不見到來，轉使葛榮且驚且疑。既而自笑道：「這是爾朱榮的疑兵計，毫無實力，徒亂我心，我適受彼賺，不如大眾靜坐，休養銳氣為是！」這才中計。遂令部眾靜守，不必他顧。部眾各散伍小憩，不意陣前陣後，胡哨迭吹，霎時突入鐵騎，攪亂賊陣。葛榮倉猝上馬，尚只督眾向前，為抵敵計，忽背後馳到一大將，手起槊落，竟將葛榮打倒馬下，一聲呼喝，已由好幾個健卒，跳躍而至，立把葛榮縛住。賊眾見渠魁受擒，無不膽落，那大將又復傳令，降者免死，於是賊眾一齊投戈，匍匐乞降。大將又宣諭道：「爾等都有父母妻孥，奈何從賊尋死！我但拿問首逆，不問脅從，願留者聽，願歸者亦聽。」這諭傳出，大眾多半願歸，泥首拜謝，歡躍而去。冀、定、滄、瀛、殷五州，自是肅清。看官欲問大將為誰？無非是個爾朱榮。

榮既遣散賊眾，尚有若干賊目，無家可歸，亦量能錄用，不使失所。可巧賊目中有一少年，虎背猿軀，與眾不同，問他姓名，叫做宇文泰。乃父名肱，隨鮮於修禮戰死，泰轉投葛榮，至此為爾朱榮所愛，擢為軍將（宇文泰始此）。隨將葛榮檻送入洛，梟斬都市。葛榮了。魏主加榮為大丞相，都督河北畿外諸軍事，並封榮諸子為王。一面撤回元天穆各軍，進司徒楊椿為太保，城陽王徽為司徒。

是時梁將軍曹義宗，圍魏荊州，已歷三年，守將王羆，百計拒守，幸得不陷。魏廷因朔方多難，不遑南顧，至是始遣中軍將軍費穆，都督南征各軍，往援荊州。梁軍久頓城下，已經疲敝，不料費穆猝至，闖入梁營，曹義宗不及措手，竟被擒去，荊州解圍。梁主衍聞義宗被擄，當然不肯干休，索性想出因敵攻敵的計策，封降王元顥為魏王，派將軍陳慶之引軍納顥（顥南奔梁見上文）。顥遂北行，得拔滎城，擒住魏行臺統帥濟陰王元暉，自稱魏帝，改元孝基。

魏大都督元天穆方出略河間，往討偽漢王邪杲，杲前為幽州主薄，也想乘亂為王，招集河北流民，占踞北海，騷擾青州。天穆奉敕東征，一軍不能兩顧，魏主令他熟籌緩急。他決計先滅邢杲，然後討顥。卻喜東征得手，不到數月，便將杲擒送洛陽，斬首了事。乃移軍南趨，在途迭聞警耗，係是元顥導著梁軍，乘虛深入，取梁國，拔滎陽。當下驅軍急進，直至滎陽城下，偏被陳慶之殺將出來，急切不能阻攔，竟至敗北。慶之乘勢追擊，復陷虎牢。虎牢為洛陽要塞，一經失守，洛都當然大震。

魏主子攸急欲避難，未知所向，因召群臣會議。或勸魏主赴長安，中書舍人高道穆進言道：「關中荒殘，不宜再往。顥乘虛深入，將士不多，若陛下親率衛士，背城一戰，臣等亦誓盡死力，不難破顥。倘謂勝負難料，不若暫時渡河，徵召大丞相爾朱榮，與大將軍天穆，犄角進討，不出旬月，定可成功。這乃是萬全之計呢！」魏主子攸，遂帶領數騎，夜走河內。都中無主，便即大亂。臨淮王彧，安豐王延明，倡議迎顥，遂封府庫，備法駕，率百僚迎顥入城。

顥入洛陽宮，改元建武，也循例施赦，授陳慶之為侍中，領車騎大將軍。元天穆收集敗卒，得四萬人，掩入大梁，再分兵二萬，使費穆為將，往攻虎牢。顥亟遣慶之擊穆，穆正力攻虎牢，聞慶之將至，已有畏心。嗣又得天穆北去消息，只剩得自己孤軍，越覺徬徨失措，一俟慶之到來，即望塵迎降。慶之送穆至洛，顥責他趨奉爾朱，濫殺王公，即令推出梟首。該殺。一面命黃門侍郎祖瑩，作書貽子攸道：「朕泣請梁朝，誓在復恥，但欲問罪爾朱，出卿虎口，卿與我肯同心戮力，皇魏或可再興，否則爾朱得福，卿益得禍。卿宜三復斯言，庶富貴可共保哩。」

書去後杳無複音，唯河南州郡，陸續輸誠。再遣使四出，招諭官民。齊州刺史沛郡王元欣，意欲受詔，軍司崔光韶抗言道：「元顥受制南朝，引寇兵覆宗國，乃是亂臣賊子，人人得誅，不但大王家事，所應切齒，就是下官等亦夙受國恩，未敢仰從！」長史崔景茂等，亦齊聲道：「軍司言是！」欣乃斬顥使，示與決絕。還有襄州刺史賈思同，廣州刺史鄭先護，南兗州刺史元暹，俱不受顥命。冀州刺史元孚，自葛榮受誅後，仍復原職。顥令為東道行臺，封彭城郡王，孚將顥書轉獻魏主子攸，表明誠意。平陽王元敬先，起兵討顥，不克而死。

顥入洛城時，適遇暴風，緩轡至閶闔門，馬忽驚躍，不肯入城，當由左右代為執轡，驅策數次，才得馳入。顥頗有戒心，所以入城申諭，禁止侵掠，內自宮掖，外及民舍，統皆安堵如恆。過了一二旬，漸漸的驕怠起來，所有賓客近習，統皆寵待，自己日夕縱酒，不恤兵民。所從南兵，陵轢市里，不復加禁，因此朝野失望，公私不安。恆農人楊曇華私語親友道：「顥必無成，假兗冕不過六十日。」諫議大夫元昭業，亦竊議道：「從前更始即新莽時之劉玄。自洛西行，初發馬驚，奔觸北宮鐵柱，三馬皆死，後卒無成。援古證今，相去亦不遠呢。」高道穆兄子儒，自洛陽出從子攸，子攸問洛中事，子儒答道：「顥敗在旦夕，不足深慮！」子攸才得少安。小子有詩嘆道：

休言成敗屬穹蒼，一得生驕定不長；
閶闔門前驚坐馬，區區未足驗災祥。

顥既驕恣，復欲叛梁。欲知後來情形，俟至下回再表。

爾朱榮入清君側，本屬有名，前回中已經評及。及觀本回所敘之事實，乃知榮之心術，比莽、操為尤凶。胡后有罪，亦應上告宗廟，妥定刑名，幼主何辜，竟同赴洪流，慘遭溺斃。如此處置，已覺過甚，復誤信費穆奸言，屠戮王公大臣，多至二千餘人，長樂二弟，亦遭駢戮，是可忍，孰不可忍乎？天奪其魄，始迎新主入都，乃復有納女為后一事。女為嫠婦，使之改適，一不可也；以姪婦而再醮叔翁，逆倫傷化，二不可也。倒行逆施，一至於此，魏豈尚有國法乎？葛榮惡貫滿盈，天然假諸榮手，非榮之果能殲賊也。彼元顥導敵覆宗，亦不足道，彭城王勰，有功枉死，其子子攸，尚為人所屬望。北海王詳，貪淫不法，死不足惜，顥徒借梁軍以圖一逞，誤矣。況一得自豪，即萌驕態，此而不亡，不特無天道，並且無人道矣。貶抑之以儆效尤，所以示天下亂賊之防也。

第四十九回

設伏甲定謀除惡　縱輕騎入關行凶

卻說元顥自銍縣出發，轉戰入洛，共取三十二城，大小四十七戰，無不獲勝，這都出之陳慶之的功勞。哪知他忘恩負義，潛生貳心，私與臨淮王彧，安豐王延明，密謀背梁；因此待遇慶之，亦漸不如前。慶之已微察隱情，預為戒備，且入朝語顥道：「我軍不滿萬人，遠來至此，幸得成功，人情尚未盡服。彼若知我虛實，調兵四合，如何抵禦？不如速啟南朝，更請濟師。如北方有南人陷沒，應敕諸州送入都中，兵多勢厚，方可無虞。」顥支吾對付，轉告安豐王延明。延明道：「慶之兵不過七千，已是難制，今若更添兵力，怎肯再為我用？大權一去，事事仰人鼻息，恐元氏宗社，要自此顛覆了。」顥乃遣使上表梁廷，但言河北河南，同時戡定，只有爾朱榮一部，尚敢跋扈，臣與慶之自能擒討，不煩添兵勞民云云。慶之副將馬佛念，密白慶之道：「將軍威行河洛，聲震央原，功高勢重，為魏所疑，一旦變生不測，禍且及身，不如乘他無備，殺顥據洛，倒是千載一時的機會，將軍幸勿錯過。」為慶之計，確是良謀。慶之搖首道：「此計太險，恐不可行。」

嗣來了河北急報，爾朱榮自晉陽發兵，與天穆相會，護送子攸南還，前驅已到河上了。慶之亟往見顥，顥令慶之出守北中城，自據南岸，抵遏北軍。慶之引兵直前，與北軍相持三月，接仗至十一次，殺傷甚眾，未嘗敗衄。安豐王延明等，沿河固守，北軍乏舟可渡，亦不能亟進。爾朱榮意欲退師，再圖後舉，黃門侍郎楊侃語榮道：「勝負本兵家常事，裹創血戰，古今屢聞，況今並未大損，怎可中道折還，自阻銳氣？今四方顒顒，視公此舉，遽復引歸，民情失望。如慮乏舟渡河，何勿多為桴筏，參用舟楫，沿河數百里間，皆為渡勢，使顥防不勝防，一或得渡，必立大功。」高道穆亦進言道：「今乘輿飄蕩，主憂臣辱，大王擁百萬雄兵，奉主南歸，若分兵造筏，沿河散渡，指掌可克，奈何無端退卻，使顥復得完聚？這所謂養虺成蛇，悔將無及了。」榮已為感動，詢及劉靈助，靈助亦謂不出十日，河南必平。適伏波將軍楊櫆族人，居住馬渚，自言有小船數艘，願為嚮導，榮乃命從子車騎將軍爾朱兆，與都督賀拔勝，縛木為筏，自馬渚夜渡，襲擊顥軍。顥不及預備，倉猝應敵，至為北軍所乘。領軍將軍冠受，係顥愛子，竟被擒去。顥大驚遁還，安豐王延明等亦皆潰退。陳慶之孤軍失倚，忙收眾結陣，匆匆引歸。會值嵩高水漲，不便徒涉，那爾朱榮卻自督大軍，從後追來。慶之部眾，急不擇路，或投河溺斃，或緣河逃散，單剩得數十百騎，隨著慶之。慶之急令從騎下馬易服，自把鬚髮薙去，溷充沙門，從間道逃至汝陰，始得奔歸建康。

顥由轘轅南出臨潁，從騎四竄，臨潁縣卒江豐，誘顥入室，取刀殺顥，傳首洛陽。魏主子攸，早至北邙，由中軍大都督楊津，灑掃宮禁，召集百僚，出迎子攸，涕泣謝罪。子攸慰勞已畢，遂入居華林園，頒詔大赦。加爾朱榮為天柱大將軍，爾朱兆為車騎大將軍，儀同三司，元天穆為太宰。凡北來軍士，及隨駕文武諸臣，各加五級，出宮人三百名，繒錦雜彩數萬匹，班賜有差。臨淮王彧，仍詣闕請罪，有詔不問。安豐王延明自覺無顏，挈妻子南奔梁朝，後來病死江南。

爾朱榮留都數日，仍辭歸晉陽，遣都督賀拔勝，出鎮中山，復使統軍侯淵，討滅葛榮餘黨韓樓。越年再使從子驃騎將軍爾朱天光，與左都督賀拔嶽，右都督侯莫陳悅，率兵往討萬俟醜奴。醜奴出沒關中，屢為民患，時正往攻岐州，令黨徒尉遲菩薩等，自武功南渡渭水，撲城攻柵。賀拔嶽引著千騎，倍道赴援，菩薩已拔柵收兵。嶽前往挑戰，誘菩薩至渭南，依山設伏，俟菩薩輕騎追來，發伏齊起，得將菩薩捉住，名為菩薩，奈何毫無神力？收降賊眾萬餘。

醜奴聞菩薩陷沒，退保全定。嶽與天光會師岐州，揚言夏令將至，不便行師，應俟秋涼再進。醜奴信為實言，散眾歸耕，據險立柵。天光遂與嶽悅二都督，乘夜發兵，攻入大柵。所得俘囚，悉數縱還，諸柵聞風皆降。天光長驅直進，徑達安定，醜奴無兵可守，棄城出走，賀拔嶽等從後追躡，趕至平涼，圍住醜奴。裨將侯莫陳崇，單騎突入，與醜奴交手，不到三合，便把醜奴活捉了來，大撥出陣，賊皆披靡。乘勝進逼高平，蕭寶夤為醜奴太傅，尚欲拒守，天光將醜奴推至城下，指示守卒，諭令速降。守卒立即應命，執住寶夤，送入大營，關中悉平。醜奴寶夤，械送都中，縛至閶闔門外，示眾三日，方將寶夤賜死，醜奴處斬（醜奴了，寶夤亦了）。

宇文泰曾隨軍討顥，因功封寧都子，至此復從賀拔嶽入關，討平醜奴，魏主子攸，擢泰為徵西將軍，行原州事。泰安撫關隴，待民有恩，民皆感悅，互相告語道：「早遇宇文君，我等怎肯從亂呢！」（為北周開國張本。）

這且慢表。且說爾朱榮迭平叛亂，勛爵愈隆，威勢亦愈盛，雖居外藩，遙制朝政，宮廷內外，遍布心腹，伺察魏主動靜。魏主有心振作，勤政不怠，常與吏部尚書李神雋，議清治選部，榮奏補曲陽縣令，資格未合，為神雋所擱置。榮當即怒起，擅自調補，神雋惶恐辭職，榮即使從弟僕射爾朱世隆，代理吏部，欲調北人鎮河南諸州，魏主未許。太宰元天穆，出鎮并州，竟為榮上奏道：「天柱立有大功，為國宰相，若請變易全國官吏，陛下亦不得遽違，況止調數人為州吏，如何不即允許哩。」魏主復諭道：「天柱若不為人臣，朕亦須聽他命令；如猶存臣節，怎得黜陟百官！」天穆轉告爾朱榮，榮當然生恨。爾朱后性又妒忌，稍有不平，便忿然道：「天子由我家置立，怎得自專？我父原擬自為，何不早自決計呢！」爾父若為天子，爾只能做個公主，怎能總制六宮？世隆亦謂兄不為帝，自己未得封王，陰生觖望。唯魏主外制強臣，內迫悍后，居常愀然不樂。城陽王徽妃，係魏主舅女，侍中李彧，是魏主姊婿，魏主因她戚誼相關，格外親信。二人欲得權寵，嘗恨爾朱氏牽制，所以日夕毀榮，勸主除害。侍中楊侃，膠東侯李侃晞，僕射元羅等，亦曾與謀。魏主亦時思除榮，只一時未敢猝發。榮好遊獵，寒暑不輟，輒繪縛虎圖進呈，謂臣不忘武功，實欲北掃汾胡，南平江淮，為天子作統一計。又稱參軍許周，勸臣取九錫禮，臣未立大功，怎得叨受殊榮，已將許周斥去等語。魏主見他詞意驕倨，益有戒心，唯璽書褒答，申奬忠誠。無非以假應假。

會爾朱后懷妊九月，將要分娩，榮表請入朝，欲乘便視后。城陽王徽等謂榮果詣闕，正好伏兵刺斃。李侃晞獨言榮必設備，恐未可圖，不如先殺榮黨，發兵拒榮為是。兩議俱屬未妥。魏主尚是未決，都下已頗洩祕謀。中書侍郎邢子才等多畏禍東去。爾朱世隆亦有所聞，自為匿名書，黏貼門上，有天子欲殺天柱一語。旋即揭紙寄榮，榮自恃盛強，不以為意。且扯書擲道地：「世隆膽怯，孰敢生心！看我單騎入朝，有人能撓我毛髮麼？」榮妻亦勸榮不行，榮終不聽。即率將士等南下，妻亦隨行，直抵洛陽。

魏主本即欲殺榮，因恐天穆在并州，必為後患，乃虛與周旋，優禮相待。榮入宮待宴，醉後奏陳，謂外人屢言陛下疑臣，意欲加誅。魏主不待說畢，便接口道：「人亦有言王欲害我，謠說無憑，怎可輕信！」榮歡顏稱謝。嗣是入謁，從人不過數名，又皆不持兵仗，魏主見榮尚無反意，擬取消前議，城陽王徽慫恿道：「就使榮果不反，亦不可耐；況未必可保呢。」魏主乃徵天穆入朝，欲一併除去。榮全未察覺。再加朝士隨員，向榮獻諛，或說是將加九錫，或說是將下禪文，或說是長星入中臺，為除舊布新的預兆，或說是并州城上有紫氣，不日當有應驗，哄得爾朱榮心花怒開，揚揚自得。

榮有小女，適魏主兄子陳留王寬，榮嘗指寬示人道：「我終當得此婿力。」這種詞態，傳入宮廷，越令魏主生嫌。魏主又夢中取刀，自割十指，醒後很覺驚懼。問諸徽及楊侃，徽答道：「蝮蛇螫手，壯士斷腕，夢中割指，亦是此類。陛下若臨機立斷，可保吉徵。」魏主意乃決定。

可巧天穆奉召入都，由魏主邀同爾朱榮，迎入西林園，擺酒接風。榮請令群臣校射，且面奏道：「近來侍臣多不習武，陛下宜率五百騎出獵，振勵武功。」魏主含糊許可，但心中愈覺動疑。越日召入中書舍人溫子升，問漢殺董卓事，魏主道：「王允若赦涼州人，必不至死。」良久復語子升道：「如朕心理，卿亦應知，死猶欲為，況未必死呢！若戮及渠魁，曲赦餘黨，想不至有意外禍端！」子升唯唯應命。魏主囑他預作赦文，指日誅惡，子升受命退去。

詰旦即召榮與天穆，入宴明光殿，令楊侃等伏甲以待。榮與天穆入座，宴飲未畢，便即起出。侃等從東階入殿，見榮等已至中庭，不便動手，乃任他自去。既而榮詣陳留王家飲酒，大醉而歸，因自稱病發，連日不入。

魏主恐密謀漏洩，寢饋不安，城陽王徽入白道：「事不宜遲，何不託言后生太子，召榮入朝，就此斃榮？」魏主道：「后懷孕只及九月，怎得即言生子？」徽又道：「婦人不及產期，便是生兒，也是常事，彼必不疑。」魏主乃再伏兵明光殿，聲言皇子已生，遣徽馳告榮及天穆。榮正與天穆坐博，徽即脫去榮帽，歡舞盤旋。忽又由殿中文武，傳聲促入，榮信以為真，遂與天穆一同入賀。兩人應該同死，所以連屬。

魏主聞榮等進來，不覺失色，溫子升趨入道：「陛下色變，速請飲酒壯膽。」魏主因索酒連飲，漸覺心膽少豪。子升袖出赦文，正要呈覽，遙見榮已登殿，料知不及再閱，便取文趨出。巧巧與榮相遇，榮問是何文書？子升只說一敕字。榮見他神色自若，也不欲取視，惘然竟入。魏主在東序下西向坐著，榮與天穆，至御榻西北入席。尚未開談，李侃晞等持刀進來。榮料知有異，起趨御座，魏主已橫刀膝下，順手取出，向榮力斫，榮即僕地。侃晞追上一刀，嗚呼畢命！天穆亦被砍死。榮長子菩提等，共三十人，隨榮入宮，俱為伏兵所殺。內外歡噪，聲滿都城。

魏主即登閶闔門，飭溫子升宣詔大赦，並遣武衛將軍奚毅，前燕州刺史崔淵，率兵鎮北中城。爾朱世隆，聞變夜出，奉榮妻及榮部曲，走屯河陰。榮黨田怡等，欲進攻宮門，賀拔勝謂內必有備，不如出城，再圖他計。怡乃隨世隆出走，勝獨不往。黃門侍郎朱瑞，雖為榮所委，卻能委曲將事，頗得主眷。故雖從世隆出城，半途逃回。金紫光祿大夫司馬子如，素為爾朱氏死黨，棄家奔世隆。世隆即欲北還，子如道：「兵不厭詐，今天下洶洶，唯強是視，君若北走，反示人以弱，不如分兵據守河橋，還襲京師，出其不意，或可成功。」子如實是戎首。世隆依議，即夜攻河橋，擒殺將軍奚毅等人，據北中城。

魏主大懼，遣前華陽太守段育慰諭，竟被世隆殺死。先是散騎常侍高乾，與弟敖曹避難奔齊，受葛榮官爵，聚民為亂。魏主招令反正，授乾為給事黃門侍郎，敖曹為通直散騎侍郎。爾朱榮奏請黜乾兄弟，謂叛人不宜再用，乃聽解職還鄉。敖曹復行抄掠，由榮誘拘晉陽，榮入都時，恐他生變，獨令隨行，禁居駝牛署。榮已誅死，魏主釋令入侍，授官直閤將軍。高乾亦自冀州至洛都，魏主命為河北大使，使與敖曹偕歸，招集鄉曲，作為外援。乾兄弟臨行時，魏主親送出城，舉酒指河道：「卿兄弟本冀部豪傑，能令士卒致死；倘京都有變，可為朕至河上，耀眾揚塵。」乾垂涕受諭，敖曹拔劍起舞，誓以必死，待魏主回城，始相偕引去。

世隆遣族人爾朱拂律歸，率胡騎千人，白衣至郭下，索太原王屍。魏主自登大夏門眺望，且令從臣牛法尚俯語道：「太原王立功不終，陰圖叛逆，王法無親，已正刑書。罪止榮身，餘皆不問。」拂律歸應聲道：「臣等隨太原王入朝，忽致冤酷，今不忍空歸，願得太原王屍，生死無恨！」言已大哭，群胡相率舉哀，聲震京邑。魏主亦覺悵然，便遣朱瑞齎著鐵券，往賜世隆。世隆道：「太原王尚不得生，兩行鐵字，何足為憑！」說著，舉券投地。瑞拾券還報，魏主乃募敢死士討世隆。三日得萬人，出御拂律歸，究竟士係新募，未習戰陣，屢戰不克。會皇子誕生，下詔大赦。慶賀既畢，複議討叛，群臣皆面面相覷，不發一言。只能放火，不能收火，此等人有何用處？獨散騎常侍李苗挺身道：「小賊敢橫逆如此！臣雖不武，願率一旅出戰，為陛下徑毀河橋！」魏主大喜，即假平西將軍職銜，率數百人出城，由馬渚上流，乘船夜下，縱火焚河橋。爾朱兵頓時大亂，從南岸爭橋北渡，俄而橋絕，溺斃甚眾。苗還泊小渚，守待南援，哪知官兵一個不至，敵兵卻陸續趨擊。苗拚死力戰，終因寡不敵眾，部下盡殲，苗亦投水自盡。魏主聞報，很是痛惜，追封河陽侯，予謚忠烈。何不預發援兵？爾朱世隆經此一嚇，卻召回拂律歸，向北遁去。

魏主詔行臺都督源子恭出西道，楊吳出東道，各率兵萬人，追討世隆。子恭至太行丹谷，築壘設防，控遏晉陽。時爾朱兆為汾州刺史，已發兵至晉陽城，擬即南向犯闕。適值世隆北返，兩下會談，議先奉太原太守行并州事長廣王曄為主，然後進攻洛陽。曄係前中山王英從子，輕躁有力，既得爾朱氏推戴，便欣然稱帝，改元建明。命世隆為尚書令，兆為大將軍，皆封王爵，世隆從兄衛將軍度律為太尉，天柱長史彥伯為侍中，徐州刺史仲遠為車騎大將軍，兼尚書左僕射，領徐州大行臺。仲遠遂起兵遙應，約共入洛。

驃騎大將軍爾朱天光，正與賀拔嶽、侯莫陳悅，西循關隴，聞榮死耗，亦下隴南行，擬向洛陽。魏主使朱瑞往撫，進天光為侍中，儀同三司，兼領雍州刺史。天光與賀拔嶽謀，欲令魏主外奔，更立宗室。乃使瑞歸報云：「臣無異心，但欲仰奉天顏，再申宗門罪狀。」又令僚屬佯為奏聞，謂天光暗蓄異圖，願思勝算以防微意。狡哉天光。魏主兩得奏報，不免懷疑，只好加封天光為廣宗王，曲示羈縻。那長廣王曄，亦封天光為隴西王。天光隱持兩端，觀望成敗。

爾朱兆引眾向洛，先召晉州刺史高歡，願與偕行。兆素驍勇善戰，獨爾朱榮未死時，謂兆非歡匹，終當為彼穿鼻。至是歡接兆書，慨然嘆道：「兆狂愚如是，敢為悖逆，我不能長事爾朱了！」遂託言山蜀未平，不肯應召。

兆自督眾南行，到了丹谷，與源子恭相持。爾朱仲遠亦自徐州北向，陷西兗州，擒去刺史王衍。魏主亟命城陽王徽，兼大司馬，錄尚書事，總統內外，使車騎將軍鄭先護為大都督，與右衛將軍賀拔勝共討仲遠。先護疑勝曾附爾朱，揮置營外，勝已心懷怨望。及行次滑臺東境，與仲遠相遇，交鋒數次，先護並不出援，竟至敗卻。勝挾恨益深，遂潛奔仲遠，返攻先護。先護狼狽奔走，後且投順梁朝。南路失敗，北路亦潰，源子恭部將崔伯鳳陣亡，史仵龍開壁降兆。子恭慌忙奔回，還算幸全性命，洛陽大怖。

城陽王徽，毫無韜略，但惜財吝賞，失將士心。魏主與他商議，一味敷衍，謂小賊無慮不平。魏主亦以大河深廣，兆等未能即來，誰知永安三年十一月間，河水淺涸，暴風揚塵，兆竟輕騎南來，渡河入都，守城將士，倉猝四潰，及兆縱騎叩宮，宿衛方才驚覺，立即駭散。魏主倉皇出走，步行至雲龍門外，適遇城陽王徽，跨馬急奔，連呼數聲，並不見應。

及徽已去遠，卻來了胡騎數十名，順手把魏主牽住，往報爾朱兆去了。小子有詩嘆道：

叛臣入闕始驚奔，失勢何人認至尊？
天子窮途猶若此，才知處士貴爭存。

未知魏主性命如何，容待下回再詳。

平葛榮，滅元顥，誅萬俟醜奴，擒蕭寶夤，爾朱榮之功，不可謂不高。功高者本易震主，況如爾朱榮之有心篡逆，遙制朝政，而能不遭主忌耶！魏主子攸，定謀闕下，伏甲除奸，梁冀死而鍾簴不驚，董卓誅而宮廷無恙，不可謂非一時快事。惜乎所用非人，滿廷闒茸，城陽王徽，貪佞無能，而任為統帥；源子恭、鄭先護輩，皆等諸自鄶以下，不足譏焉。忠憤如李苗，挺身出戰，冒險焚橋，乃不為後援，任其戰死，雖欲不亡，寧可得乎？逆兆入宮，始得聞知，狼狽出走，立遭牽縶，識者有以知子攸之自取矣。

第五十回

廢故主迎立廣陵王　煽眾兵聲討爾朱氏

卻說魏主子攸，被胡騎牽去，往報爾朱兆。兆不欲與見，但令牽往永寧寺中，鎖禁樓上。自入宮撲殺皇子，見有嬪御妃主，一併拘住，揀得幾個美貌少婦，姿情汙辱。獨不提及爾朱后，想尚顧全姊妹。餘皆隨給將弁，任他處置，並縱兵大掠，都市為墟。司空臨淮王彧，尚書左僕射范陽王誨，青州刺史李延實等，皆為亂兵所殺。

城陽王徽走至山南，抵前洛陽令寇祖仁家。祖仁一門三刺史，皆徽所引拔，總道他記念舊情，肯為留納，哪知祖仁佯為歡迎，請徽入室。徽有金百斤，馬五十匹，皆寄交祖仁，祖仁私語子弟道：「今日富貴並至，不但可得徽財，且可因徽得賞呢！」徽僅留一日，祖仁即偽言官捕將至，縱令他適。徽慌忙逃避，途次被殺。這刺客便由祖仁所使。既得徽首，便傳送洛陽，兆竟不加賞。

未幾兆夢中見徽，叫他往祖仁家，取貯金二百斤，馬百匹。鬼猶狡猾，生前可知。兆即遣人掩捕祖仁，祖仁料不可匿，據實供明。兆疑與夢中未符，硬要逼索，祖仁將私蓄黃金三十斤，馬三十匹，悉數輸兆。兆尚未信，怒執祖仁，懸首高樹，用大石繫足，搒掠至死。可憐寇祖仁貪圖富貴，不顧仁義，害得這般結局！孽報難逃，可作後鑑，奉勸世人，勿昧心利己哩！苦口婆心。

爾朱世隆聞兆已成功，也即至洛。兆按劍瞋目道：「叔父在朝日久，耳目應廣，如何令天柱受禍！」說至此，聲色俱厲，嚇得世隆膽顫心驚，慌忙拜謝，方得無事。仲遠亦自滑臺入洛陽。會河西賊帥紇豆陵步蕃，聲稱奉魏主密詔，討爾朱兆，進軍秀容。兆無暇居洛，亟還晉陽，並將魏主劫去，留世隆、度律、彥伯等，鎮守洛都。晉州刺史高歡，率騎兵邀截魏主，已是不及，乃作書致兆，為陳禍福，謂不應加害天子，徒受惡名，兆毀擲歡書，竟拘魏主至三級佛寺中，把他縊死，年才二十四。越二年為魏主修太昌元年，始追諡為孝莊皇帝，廟號敬宗。

陳留王寬曾隨魏主北行，也為兆所殺。兆自率眾御步蕃，到了秀容，連戰皆敗，急遣使至晉州，向刺史高歡乞援。歡雖應召，沿途逗留，直至兆再三告急，方與兆會師平樂。步蕃乘勝進逼，歡約兆為後應，自當前鋒。行至石鼓山，大破河西寇眾，擊死步蕃。兆大喜過望，即與歡約為兄弟，連宵宴飲，相得甚歡。恐要被他穿鼻了。且因葛榮餘黨，出沒六鎮，謀亂不止，特向歡問計。歡答道：「六鎮叛眾，不能盡殲，王何不迭用心腹，使為統帥！如有叛亂，統帥連坐，叛亂自漸少了。」兆欣然道：「此計甚善！但何人可使？」旁座賀拔允接入道：「莫如高公！」道言未絕，那唇間已著了一拳，流血滿口，折落一齒。看官道由何人所擊？原來就是高歡。出人不料。歡既擊落允齒，且厲聲道：「天下事取捨在王，汝何得妄言！王宜速殺此人！」渾身是假。兆搖手道：「允言甚是，君何必作態？今日便分兵屬君，統帥六鎮。」正要你說出此語。歡尚飾詞謙讓，兆以歡為誠，越加信任，堅囑勿辭。

酒闌席散，兆已醉枕座上，歡恐他醒後悔言，遂出諭大眾，已受委統州鎮兵，可集汾東受號令。乃即建牙陽曲川，部署兆軍。軍士素憚兆凶狠，情願就歡，相率投效麾下。歡又請將並、肆降戶，就食山東。兆信歡方深，又復依議。長史慕容紹宗道：「不可！不可！今四方紛擾，人懷異望，高公雄才蓋世，若再使外握強兵，譬如蛟龍得雲雨，尚肯受人約束麼？」兆咈然道：「我與彼有香火重誓，何必過慮！」紹宗道：「親兄弟尚不可信，何論一區區香火呢！」兆不禁動怒，便叱道：「你敢離間我友情麼？」遂喝令左右，把紹宗牽禁獄中。全然是一鹵莽漢。一面促歡就道。

歡自晉陽出滏口，正值爾朱榮妻，自洛陽行來，有良馬三百匹。他即指麾軍士，截奪良馬，另用羸馬掉換。榮妻未敢與爭，只好入城報兆，兆始覺驚疑，釋出慕容紹宗，再與商議。紹宗道：「歡去未遠，還是掌握中物呢。」兆乃自追歡至襄垣，適漳水暴漲，橋被衝坍，歡隔水拜語道：「借馬非有他意，實防山東盜賊，王乃信讒來追，歡何惜一死，但恐部眾便要叛離了。」兆亦自明無他，復躍馬渡水，與歡並坐帳前，拔刀授歡，引頸就斫。歡大哭道：「自從天柱薨逝，賀六渾何所仰望，但願大家千萬歲，戮力同心，今奈何忽出此言！」兆乃投刀地上，覆命斬白馬，與歡為誓，且留宿夜飲。歡部下尉景，欲乘機執兆，歡齧臂戒諭道：「今欲殺兆，彼黨必併力來爭，勢不可敵，不若且從緩議。兆徒勇無謀，將來總為我所擒呢。」尉景乃止。

詰旦兆渡河歸營，復召歡會談。歡上馬欲行，長史孫騰牽住歡衣，歡乃託詞不赴。兆隔水責歡，說他負約，歡不與答語。兆亦無法，不得已馳還晉陽。

那爾朱世隆等鎮守洛陽，屏除盜賊，流通商旅，恰尚能勉力維持。爾朱天光入會世隆，談及新主元曄，未洽人望，不如更立近親。世隆也以為然，郎中薛孝通入白天光道：「何不改立廣陵王？既屬近支，又有令望，沈晦不言，多歷年所，若奉以為主，必天人允葉了！」天光因告世隆，世隆道：「廣陵王數年不言，莫非真有瘖疾不成？」天光道：「且遣人試驗真偽。」乃使爾朱彥伯往告廣陵王，他竟說出「天何言哉」四字，才知他並非真瘖，實是「遵養時晦」的意思。彥伯返報世隆，世隆大喜，便決意改立廣陵王。

究竟廣陵王為誰？聞他單名是一恭字，就是孝文帝宏的姪兒，廣陵王羽的嗣子（廣陵王羽見四十二回中）。從前元叉擅權，恭恐得禍，避居龍華寺，佯稱叉疾，謝絕交通。至永安年間，都下謠傳，寺中有天子氣，由魏主子攸遣人監束，並無異徵，乃得免害。世隆等既議定廢立，天光仍還雍州。同謀不同行，無非取巧。可巧長廣王曄，來都定位，已至邙山南首，世隆亟遣泰山太守竇瑗，往啟曄道：「天意人心，俱屬廣陵，願王行堯舜事，勿再遲疑。」曄不覺失色，滿口支吾，瑗已懷著禪文，竟取出示曄，硬令署印。曄無法推託，只好照署，瑗即返示廣陵王恭。恭尚奉表三讓，及百官備駕恭迎，然後入宮即位，改建明二年為普泰元年。令黃門侍郎邢子才草撰赦文，文中敘及太原王榮枉死情狀，魏主恭勃然道：「永安手翦強臣，並非失德，不過因天未厭亂，所以遇著成濟的遺禍呢。」（成濟弒曹髦見三國魏史中）。因取筆自作赦文，節去爾朱榮死事。恭閉口八年，至是始言，中外推為明主，想望太平。改封長廣王曄為東海王，餘如樂平王爾朱世隆，潁川王爾朱兆，彭城王爾朱仲遠，隴西王爾朱天光，常山王爾朱度律，各仍元曄時故封。車騎大將軍高歡，及都督斛斯椿以下，各加六級。斛斯椿本為魏東徐州刺史，曾依附爾朱榮，榮受誅時，椿懼禍南奔，依附汝南王悅（悅曾奔梁見四十二回）。及爾朱復盛，仍然北歸，得為將軍，這且待後再敘。

唯爾朱世隆等，請追贈爾朱榮，魏主恭贈榮為相國晉王，並加九錫。世隆意尚未足，再使百官議榮配饗。司直劉季明抗言道：「今若配饗世宗（恪），時尚無功；配饗孝明（詡），親害乃母；配饗先帝（子攸），為臣不終，下官謂無從配饗！」不愧司直。世隆發怒道：「汝不怕死麼？」季明道：「下官既為議首，自當依禮直陳，不合尊意，翦戮唯命！」世隆倒被他駁倒，不敢加刑。但將榮配饗高祖（即孝文帝）廟廷。又至首陽山立廟，就借周公廟舊址，重加建築。廟貌甫成，偏被祝融氏收去。不可謂元聖無靈。世隆亦只好罷休。

爾朱兆以廢曄立恭，事未預聞，將發兵攻世隆。世隆令彥伯前往調停，費了無數唇舌，才平兆怒，總算按兵不發，但已未免生嫌了。爾朱之敗，已露端倪。

最可笑的是幽州刺史劉靈助，好談術數，為爾朱榮所賞拔，得刺幽州。此時自加推算，逆料爾朱將衰。竟糾眾為亂，自稱燕王，聲言為故主子攸復仇，且妄述圖讖，謂劉氏當王。幽瀛滄冀四州愚民，多往奔投，靈助遂引眾南下，進據博陵郡的安國城。

河北大使高乾兄弟，前曾奉遣至冀州，招募徒眾（應前回）。爾朱兆防他為變，特遣監軍孫白鷂往冀州城，託言調發兵馬，將掩捕高乾兄弟。乾瞧破機關，即與前河內太守封隆之等，襲據信都，擊殺白鷂，奉隆之行州事，並為故主子攸舉哀，縞素升壇，誓眾討爾朱氏。一面通書靈助，願受節制。殷州刺史爾朱羽生，率兵襲擊，及城中聞知，羽生兵已到城下。高敖曹丕及擐甲，攜槊上馬，僅十餘騎出城，衝入羽生軍中，舞槊四刺，無人敢當。從騎亦皆死戰，以一當百，頓時摧陷敵陣，紛紛竄散。高乾登城拒守，縋下五百人接應，那羽生已魂銷膽落，逃回殷州去了。時人俱服敖曹驍勇，稱為項籍再生。

偏高歡硬來出頭，揚言將討滅信都，信都人當然驚惶。高乾道：「高晉州雄略蓋世，豈肯長居人下！今日爾朱無道，弒君虐民，正是英雄立功的機會。他欲來此，必有深謀，我且前去謁他，定可無虞。」乃與封隆之子子繪，潛至滏口，迎見高歡。歡召入與語，乾乘機進言道：「爾朱酷逆，痛結神人，凡有知識，莫不思奮。明公威德素著，天下歸心，若兵以義動，無論如何倔強，不足敵公。敝州雖小，戶口不下十萬，賦稅亦足濟軍資，願公熟思，毋誤事機！」歡見乾詞氣慷慨，語語動人，幾乎相見恨晚，便促膝與談，呼乾為叔，話至夜半，且引與同寢。

越宿先遣乾歸，自引兵東向徐進。前驅遇著一人，乘露車，載素箏濁酒，投刺軍前，自言願謁見高公。當有軍吏傳報，歡略閱名刺，見是南趙郡太守李元忠數字。便道：「這人是個酒鬼，見我何為？」說著，也不傳見，又不拒絕。元忠待了片刻，不見覆語，便下車獨坐，酌酒擘脯，且飲且嚼。連飲了好幾觥，乃復顧語軍吏道：「聞高公招延雋傑，故不惜來謁。今未見吐哺迎賢，慢士可知，請還我名刺，不勞再報！」軍吏又復告歡，歡始命引入，尚是淡漠相遭。元忠再就車上取酒及箏，一面飲酒，一面彈箏，繼以長歌。歌罷乃語歡道：「天下事已可知，公尚欲事爾朱麼？」歡答道：「富貴皆因彼所致，怎敢不外彼盡節！」元忠喟然道：「迂拘小謹，怎得稱為英雄！」狂態咈語，彷彿三國時之禰衡。嗣又問及高乾兄弟，曾來過否？歡詐言未來。元忠又道：「公果是真語呢，還是假語呢？」歡微哂道：「趙郡醉了。」因使人扶出。元忠不肯起，長史孫騰進言道：「此君係天遣至此，願公勿違。」歡乃復與問答，元忠慨陳時事，嗚咽流涕。歡亦不覺動容。元忠因進策道：「河北形勢，莫如冀、殷，殷州城小，又無糧仗，不足濟大事，最好是往就冀州，高乾兄弟必傾心事公，殷州便可賜委元忠。冀、殷既合，滄、瀛、幽、定自然弭服了。」歡聞言起座，握元忠手，親為道歉，留諸幕下，與談數日，方令歸圖殷州，自率眾至信都。

隆之與乾，開門納歡。敖曹正在外略地，未預乾議，聞乃兄迎歡入城，嗤為婦人，即遺兄布裙。歡素知敖曹勇悍，加意籠絡，特遣長子澄往見敖曹，執子孫禮，敖曹乃與澄俱來。歡格外優待，敖曹方無異言。

乾與隆之，本依附劉靈助，既迎高歡為主帥，便與靈助斷絕往來。魏亦使大都督侯淵，驃騎將軍叱列延慶，往討靈助。靈助嘗自占道：「三月末旬，必入定州。」淵至固城，用延慶計，偽言將西入關中，暗中卻簡選精騎，昏夜疾馳，直入靈助壘中。掩他不備，得將靈助首級取來，函入定州，正值三月末日。靈助只算得半著，平白地喪了性命。

魏廷既討平靈助，復欲規劃冀州，陽賜高歡為渤海王，徵令入朝。看官，試想此時的高歡，還肯應命入都，再受爾朱氏的暗算麼？爾朱世隆升授太保，專攬朝綱，爾朱兆兼督十州軍事，奄有並汾，爾朱天光加位大將軍，專制關右，爾朱仲遠徙鎮大梁，復加兗州刺史，性最貪暴，境為富室，往往誣他謀反，取男子投入河流，籍沒婦女財產，悉入私家，所入租稅，亦未嘗解送洛陽。東南州郡，畏仲遠似虎狼，恨不即日誅殛。只因爾朱勢盛，未敢反抗，沒奈何忍氣吞聲（即為爾朱滅亡張本）。獨高歡養士繕甲，招兵撫民，將與爾朱氏決一雌雄，蓄銳以待，所以魏廷徵令入朝，當然託辭不至。魏廷亦無可如何，只好設法羈縻，授歡為大都督東道大行臺，領翼州刺史。徵朝不至，反授重寄，爾朱氏未亡先餒，衰兆已見，魏主恭亦安得為英主耶！

歡益起雄心，再加部將斛律金、庫狄幹，及妻弟婁昭，姊夫段榮，從旁慫恿，勸他速討爾朱。歡乃詐為爾朱兆書，謂將遣六鎮人刺配契胡，眾皆憂懼。又偽示并州符檄，徵兵討步落稽（亦胡人之一種）。因調發萬人出郊，由歡親自送行，灑淚敘別，大眾號慟，聲震原野。歡且泣且諭道：「我與爾等均為羈客，義同一家，不意在上徵發如此！今若西向，一當死；後軍期，二當死；配國人，三當死。奈何奈何？」大眾齊聲道：「只有造反一法。」逼出一個反字。歡皺眉道：「造反二字，實非美名，必不得已，亦須推一人為主帥。」大眾聞言，當然推歡。歡又嘆道：「爾等獨不見葛榮麼？有眾百萬，散漫無紀，終致敗亡。今若推我為主帥，當聽我號令，毋陵漢人，毋違軍律！否則我不能為天下笑呢。」眾皆叩首道：「死生唯命。」歡乃椎牛饗士，起兵信都，但尚未敢顯斥爾朱。

會李元忠起兵逼殷州，歡令高乾率眾往應。乾佯言是赴救殷州，單騎入見爾朱羽生，與謀戰守事宜。羽生即偕乾出御元忠，乾覷隙刺死羽生，與元忠會師，持羽生首脅降州民，遂留元忠守殷州，自攜首級報歡。歡撫膺道：「今日只好決計造反了！」乃令元忠為殷州刺史。隨即表聞魏廷，歷舉爾朱氏罪狀，抗辭聲討。

爾朱世隆匿表不通，但奏稱高歡造反，於是爾朱兆、爾朱仲遠、爾朱天光、爾朱度律等，皆受命討歡，由世隆居中排程。狼子狼孫，一齊出來，煞是熱鬧。歡聞爾朱氏一齊來攻，當然要部署兵馬，出御各軍。

忽有一人滿身衰絰，踉蹌至軍門，求見高歡。歡一見名刺，即命召入。那人到了案前，匍匐地上，放聲大哭。歡亦淚下，自起扶持，令他起坐。與見李元忠時又是一種寫法。那人尚流涕道：「一家百口，盡斃賊臣手中，聞明公起義興師，所以奔波至此，願效犬馬，圖報大仇！」歡嘆息道：「君家世忠孝，乃為逆賊所屠，可悲可恨，我正為此起事，天道有知，必不使逆賊漏網哩！」遂面授行臺郎中，令他參議軍情。

看官道此人為誰？原來是魏司空楊津子愔。津長兄名播，次兄名椿，皆仕魏有名。播性剛毅，椿津謙恭，家世孝友，緦服同爨，男女百口，人無間言。椿津位至三公，一門七郡太守，三十二州刺史。播先病逝，子侃曾為侍中，與殺爾朱榮（見前回）。爾朱兆入洛，侃逃歸華陰故里，爾朱天光佯言赦侃，召令出仕，侃明知有詐，但尚望保全百口，寧糜一身。乃即出應召，果為天光所殺。時楊椿亦已致仕，與子昱同返華陰。椿弟冀州刺史順，順子東雍州刺史辯，正平太守仲宣，皆在洛陽，就是司空津，亦留居都中。爾朱氏恨侃切齒，甚至欲屠戮全家，乃由世隆出奏，誣言楊氏謀反，請一律捕治。魏主恭不肯依議，偏經世隆固請，乃命有司檢案以聞。世隆遽遣兵圍津第，屠戮無遺。原來天光亦發兵至華陰，把楊氏一門老小，殺得精光。只有楊愔在外，幸得脫逃，奔至信都謁歡。尚留楊愔一人，未始非孝友之報，然亦慘矣。

愔頗有才智，為歡謀議，甚得歡心。歡因將文檄教令等件，一概委㸑，但令諮議參軍崔，作為副手。㸑下筆千言，詞多慨切，一經頒布，無不傳誦，於是爾朱氏罪惡，遐邇共知。爾朱兆出攻殷州，李元忠獨力難支，棄城奔信都。酒鬼究屬無用。爾朱仲遠及爾朱度律，與將軍斛斯椿、賀拔勝、賈顯智等，亦進軍高平，歡頗以為憂。

長史孫騰獻議道：「今朝廷隔絕，號令無所稟承，眾將沮散，不如先立元氏宗親，維繫眾志。」此策實屬無謂。歡不能無疑，騰一再固請，乃奉渤海太守魯郡王元朗為帝。朗係景穆太子晃玄孫，父為章武王融，至是迎入信都，即皇帝位，改元中興。命高歡為侍中丞相，都督中外諸軍事，高乾為侍中司空，高敖曹為驃騎大將軍，領冀州刺史，孫騰為尚書左僕射，魏蘭根為右僕射。歡既受命統軍，指日出征，用了一條反間計，遂令爾朱氏自相猜忌，走仲遠、度律，並大破兆軍。小子有詩嘆爾朱氏道：

人生興廢本無常，一姓爭榮一姓亡；
自古強宗無不覆，禍根多半起參商。

究竟高歡計策若何，請看下面第五十一回。

本回述高氏得勢之由來，即北齊開國之動機，無爾朱氏之亂魏，則高氏不得興；無爾朱氏之舉兵相委，則高氏亦不得興。諺有之：亂世出英雄。高歡其果為亂世之英雄乎？彼爾朱子弟，皆非歡敵，爾朱榮固已逆料之矣。爾朱將佐只有一慕容紹宗，而不能用。賀拔兄弟反覆無常，皆不足取。歡則蓄甲養士，疏狂如李元忠而優容之，悍戾如高敖曹而禮遇之，跡其所為，彷彿魏武，宜乎乘時崛起，而為一世雄也。然爾朱氏目無長上，置君如弈棋，倏廢倏立，致當時目為亂賊，而高歡亦從而蹈之，為義不忠，以暴易暴，歡之與爾朱相去，得毋所謂不能以寸耶！

南北史演義——從廢主出宮至聲討爾朱氏

作　　者：蔡東藩
發 行 人：黃振庭
出 版 者：複刻文化事業有限公司
發 行 者：複刻文化事業有限公司
E-mail：sonbookservice@gmail.com
粉 絲 頁：https://www.facebook.com/sonbookss/
網　　址：https://sonbook.net/
地　　址：台北市中正區重慶南路一段 61 號 8 樓
8F., No.61, Sec. 1, Chongqing S. Rd., Zhongzheng Dist., Taipei City 100, Taiwan

電　　話：(02)2370-3310
傳　　真：(02)2388-1990
印　　刷：京峯數位服務有限公司
律師顧問：廣華律師事務所 張珮琦律師
定　　價：350 元
發行日期：2024 年 11 月第一版
◎本書以 POD 印製

國家圖書館出版品預行編目資料

南北史演義——從廢主出宮至聲討爾朱氏 / 蔡東藩 著 . -- 第一版 . -- 臺北市：複刻文化事業有限公司 , 2024.11
面；　公分
POD 版
ISBN 978-626-7595-69-5(平裝)
857.4534　　113016454

電子書購買

爽讀 APP

臉書